suhrkamp taschenbuch 3430

In einer aus dem Libanon ins brasilianische Manaus eingewanderten Familie wächst die Erzählerin als Ziehkind der Matriarchin Emilie auf. Als sie erfährt, daß Emilie im Sterben liegt, kehrt sie nach Jahren der Abwesenheit zurück an den Ort ihrer Kindheit, zurück zu ungeordneten Erinnerungen an Kinderlieder, an Geselligkeiten, an die fremden arabischen Laute, aber auch an die Unnahbarkeit Emilies. Geheimnisvoll blieben für das Kind viele der Geschehnisse, Stillschweigen herrschte über den Tod von Emilies geliebtem Bruder, und auch das Verhältnis zwischen Emilie und ihrem Mann war stets undurchsichtig. Immer auf der Suche nach ihrer Vergangenheit, trägt die Erzählerin nun ihre Erinnerungen und die Zeugnisse anderer zusammen; die Berichte Dorners, des deutschen Photographen, die Erzählungen von Hakim, ihrem Onkel, und die von Hindié, der besten Freundin Emilies, verschmelzen zu einem Brief an ihren in Europa lebenden Bruder, in dem sie ihre eigene Stimme »wie einen riesigen, aber einfühlsamen Vogel über den anderen Stimmen schweben läßt«.

In dichter lyrischer Sprache hat der brasilianische Autor hier eine Familiensaga komponiert, wobei er es meisterhaft versteht, die leisen Zwischentöne zu treffen.

»Ein Werk, inszeniert wie ein Kammerkonzert. Es gibt eine neue Stimme in der brasilianischen Literatur«, schrieb die *Frankfurter Allgemeine Zeitung* bei Erscheinen der deutschen Erstausgabe.

Milton Hatoum wurde 1952 in Manaus als Sohn einer libanesischen Einwandererfamilie geboren. Er lehrt französische Literatur an der Universität von Manaus. Für seinen hier vorliegenden, 1989 in Brasilien erschienenen Roman erhielt er den in seinem Heimatland angesehenen Jabuti-Preis.

Milton Hatoums zweiter Roman *Zwei Brüder* ist ebenfalls im Suhrkamp Verlag erschienen.

Milton Hatoum
Brief aus Manaus

Roman

Aus dem brasilianischen Portugiesisch von
Karin von Schweder-Schreiner

Suhrkamp

Die Originalausgabe erschien 1989
unter dem Titel *Relato de um certo Oriente*
bei Companhia das Letras, São Paulo.
Die deutsche Erstausgabe erschien 1992
unter dem Titel *Emilie oder Tod in Manaus*
beim Piper Verlag, München.
Die Übersetzung wurde für die vorliegende
Ausgabe neu durchgesehen.

Umschlagfoto: Luiz Braga

suhrkamp taschenbuch 3430
Erste Auflage 2002

Satz: Hümmer GmbH, Waldbüttelbrunn
Druck: Nomos Verlagsgesellschaft, Baden-Baden
Printed in Germany
Umschlag nach Entwürfen von
Willy Fleckhaus und Rolf Staudt

1 2 3 4 5 6 – 07 06 05 04 03 02

Brief aus Manaus

Zum Gedächtnis an Sada und Fadel,
für meine Eltern
und Rita

Shall memory restore
The steps and the shore,
The face and the meeting place;
W. H. Auden

I

Als ich die Augen aufschlug, sah ich die Umrisse einer Frau und eines Kindes. Die beiden Gestalten standen reglos vor mir, doch im diffusen Licht des dunstigen Morgens schrieb ich sie der Müdigkeit und Erschöpfung nach einer unruhig verbrachten Nacht zu. Ohne es zu merken, war ich von dem Platz, den ich mir zum Schlafen ausgesucht hatte, in eine Art Pflanzenhöhle zwischen der Kugellampe und dem Laubengang gekrochen, der zum rückwärtigen Teil des Hauses führt. Wegen des Morgentaus eng zusammengerollt, lag ich auf dem Rasen, spürte mein feuchtes Kleid auf der Haut, und meine Hände ruhten auf den ebenfalls feuchten Seiten eines aufgeschlagenen Heftes, auf denen ich im Halbschlaf ein paar Eindrücke vom Nachtflug festgehalten hatte. Ich erinnere mich, daß ich beim Einschlafen die Konturen des verschlossenen, fast unbewohnten Hauses betrachtet und versucht hatte, mir die beiden steinernen Löwen zwischen den Silhouetten der Mangobäume auf der anderen Straßenseite vorzustellen.

Die Frau kam näher und schob wortlos mit dem Fuß eine Stoffpuppe beiseite, die zwischen dem Rucksack und meinem Gesicht lag; dann stand sie wieder still da und blickte gedankenverloren in das Dunkel der Höhle, während das Kind die Stoffpuppe aufhob, im Zickzack davonlief und im Inneren des Hauses verschwand. Ich versuchte, das Gesicht der Frau zu erkennen. Vielleicht hatte ich irgendwann in meiner Kindheit mit ihr zusammengelebt, aber ich fand keinen vertrauten Zug, keinerlei Anhaltspunkt, der auf die Vergangenheit wies. Ich sagte, wer ich sei, wann ich gekommen sei, und fragte nach ihrem Namen.

»Ich bin eine Tochter von Anastácia und eines der Ziehkinder von Emilie«, antwortete sie.

Mit einer Handbewegung forderte sie mich auf, ins Haus zu kommen. Sie hatte bereits ein Zimmer für mich hergerichtet und das Frühstück gemacht. Die Luft im Haus war durchtränkt von einem intensiven Duft, an dem ich sofort Farbe, Konsistenz, Form und Geschmack der Früchte wiedererkannte, die wir immer von den Bäumen rings um den Patio des anderen Hauses gepflückt hatten. Ehe ich ins Eßzimmer ging, wollte ich noch einen Blick in die Räume im Erdgeschoß werfen. Zwei ineinander übergehende Wohnzimmer befanden sich in einem separaten Teil des Hauses. Sie waren schummrig und vollgestopft mit Möbeln und Sesseln, Teppichen aus Kasher und Isfahan, indischen Elefanten, deren blankes Porzellan glänzte, und Chinatruhen mit Drachenreliefs auf allen fünf Flächen. Die einzige Wand, an der keine Reproduktion von chinesischen Schriftzeichen und Pagodenaquarellen hing, bedeckte ein Spiegel, der sämtliche Gegenstände wiedergab und dem Auge ein chaotisches Bild täglich abgestaubter und polierter Dinge bot, als wäre dieser Umgebung ein ständiger Aufenthalt oder auch nur kurzes Verweilen eines Menschen fremd. Vor der breiten Fensterfront waren rote Samtvorhänge zugezogen; nur ein Lichtkegel fiel durch ein kleines, nicht ganz abgedecktes Glasviereck, das die Helligkeit hereinließ. An dieser Wand zog ein Blatt Papier meine Aufmerksamkeit auf sich. Es sah aus wie eine Kinderzeichnung, die jemand gut einen Meter über dem Boden an die Wand geheftet hatte; von weitem verschwand das bunte Viereck zwischen böhmischen Kristallvasen und onyxbeschichteten Konsolen. Bei näherem Hinsehen stellte ich fest, daß die beiden Farbflecke aus tausend Strichelungen bestanden, wie winzige Zuflüsse zweier unterschiedlich getönter Wasserströme; ein mit wenigen Strichen gezeichnetes Männchen ruderte in einem Kanu, das sich ebensogut auf dem Wasser als auch daneben befinden konnte. Unbestimmt schien auch sein Ziel, denn nichts auf der Zeichnung verlieh dem Kanu eine Fahrtrichtung.

Und das Festland oder der Horizont schienen sich außerhalb des Papiervierecks zu befinden.

Diese Zeichnung, die so sehr von der luxuriösen Einrichtung ringsum abstach, beschäftigte mich; während ich sie ansah, pochte es in meiner Erinnerung, ich fühlte mich auf eine Reise geschickt, mit einem Satz um Jahre, Jahrzehnte zurückversetzt. Ich fragte das Hausmädchen, wer sie gezeichnet hatte; sie konnte es nicht sagen und wußte nicht einmal, daß sich dieses Papierstück in dem Raum befand, den sie jeden Morgen zum Putzen betrat. Dann fragte ich nach dem Geschehen in der Stadt, erkundigte mich, ob das Kind ihre Tochter sei oder eine Verwandte, doch sie reagierte auf den Hagel von Fragen mit einem Murren und zog sich erneut in ihr abgründiges Schweigen zurück. Ich hätte gern gewußt, wann unsere Mutter abgereist war, sprach das Thema aber nicht an. Ich sagte nur, ich würde Emilie besuchen gehen. Zum ersten Mal sah mir die Frau ruhig und lange in die Augen; dann kamen die längsten Sätze, die sie während meines kurzen Aufenthaltes in der Stadt herausbrachte.

»Nimm etwas Honig vom Land für sie mit, den mag sie am liebsten«, sagte sie, während sie die Wanduhr aufzog.

»Ob Emilie schon wach ist?« fragte ich.

»Sie sagen, daß deine Großmutter schon seit langem nicht mehr schläft; sie träumt Tag und Nacht von dir, von deinem Bruder und von den Fischen, die sie frühmorgens in der Markthalle kaufen geht; um diese Zeit ist sie bestimmt schon zurück und unterhält sich mit den Tieren.«

Emilies Zwiegespräch mit den Tieren, ihre Träume, ihr Gang zur Markthalle, wenn die Sonne dem Grün so viele Schattierungen entlockt und das dunkle Silberband des Stroms zum Leuchten bringt. In den Worten der Frau, die vor mir stehengeblieben war, lag ein Stück vergangenen Lebens, ein Inferno von Erinnerungen, eine in der Erwartung von Bewegung erstarrte Welt. Ja, mit Sicherheit hatte Emilie ihr schon etwas über uns erzählt. Die Frau wußte, daß wir Geschwister waren und daß Emilie uns angenommen hatte. Vielleicht wußte sie auch schon von der Existenz der vier Kinder Emilies: Hakim und Samara Délia, die für uns Onkel und Tante geworden waren, und die zwei anderen, Emilies namenlose böse Söhne, die den Teufel im Leib hatten und mit Feuerzungen sprachen.

Es war schon fast sieben, als ich beschloß, aus dem Haus zu gehen. Ich nahm das Heft, den Recorder und die Briefe, die du mir aus Spanien geschickt hast, aus dem Rucksack und legte alles auf ein Onyxtischchen neben der Zeichnung an der Wand im Wohnzimmer. Aus Unachtsamkeit oder Gewohnheit behielt ich die Armbanduhr an. Nie hätte ich gedacht, daß ich an diesem Tag tausendmal auf sie schauen würde, so manches Mal nutzlos, dann wieder in der Hoffnung, die Zeit würde im Flug vergehen oder unvermutet einen Satz machen. Draußen herrschte noch immer schwache Helligkeit, und mit einem Blick auf die reglosen Pflanzen im Garten befand die Frau: »Regnen wird es erst später.«

In diesem Augenblick geschah es mit einer unglaublichen Präzision; ich kann kaum sagen, ob zwischen den Schlägen der Uhr im Eßzimmer und dem Klingeln des Telefons auch nur der Bruchteil einer Sekunde lag. Die beiden Töne erklangen zur selben Zeit und schienen dieselbe akustische Quelle zu haben. Die Gleichzeitigkeit der Töne währte ein paar Sekunden; in dem Augenblick, als das Telefon verstummte, warf das Kind die Puppe mit dem Kopf gegen die Pendel der Uhr, worauf mehrere tiefe, unsaubere Akkorde ertönten, wie von einem verstimmten Klavier. Die beiden Pendel stießen noch aneinander, als ich das letzte Läuten der Kirchenglocke hörte. Erst da lief ich zum Telefon und nahm ab, hörte aber nichts außer Knistern und Störgeräuschen.

Bevor ich aufbrach, um Emilie wiederzusehen, dachte ich daran, wie es dir wohl gerade ging, dort in Barcelona, zwischen der Sagrada Familia und dem Mittelmeer, vielleicht saßest du auf einer Bank an der Plaza Diamant, dachtest vielleicht auch an mich, an meinen Rundgang durch das Reich unserer Kindheit: imaginäre Stadt, gegründet an einem Morgen im Jahre 1954...

Du warst damals zu Weihnachten 1954 noch ein Krabbelkind, und Soraya Ângela war meine Spielkameradin. Du quengeltest fast immer, wenn sie auftauchte und mit dir spielen und schmusen wollte; ihr erschrockener Blick und ihre brüsken Bewegungen konnten wirklich jedem angst machen. Ich weiß noch, daß die Kinder in der Nachbarschaft sie ablehnten, und sie selbst spürte es auch, denn sie fand sich damit ab und spielte mit den Tieren, trieb mit ihnen Schabernack, ritt auf den Schafen, verdrehte ihnen die Ohren oder machte den Affen Knoten in den Schwanz. Sie war bei ihren Streichen von einer wahrhaft beängstigenden Wildheit, aber anschließend lachte sie und wurde still und starrte uns mit ihren großen, dunklen Augen an, als würde nach diesem Blick ein Wunder geschehen: die Laute eines Wortes, und mochte es auch schlecht artikuliert sein, oder einer aus Ungeduld oder Unmut hervorgestoßenen Silbe. Nie geschah solch ein großes Wunder, auch kein kleines, aber am Tag vor jenem Weihnachtsfest kam Anastácia Socorro in die Küche gelaufen, rief: »Die Kleine kann schon schreiben«, und fast alle eilten hinaus in den hinteren Garten: Emilies drei Söhne, die Nachbarn und ihre Freundinnen, ihr Bruder Emílio und allen voran Samara Délia, die ständig zur Messe ging und jede Zeitung von vorn bis hinten las in der Hoffnung, etwas über eine Entdeckung der Medizin zu finden, die ihrer Tochter die beiden Sinne zurückgeben konnte, die ihr fehlten. Emilie kam später dazu, und alle traten beiseite, damit sie Soraya Ângela sehen konnte, die zwischen den weißen Kaladien mit einer roten Kreide in der linken Hand saß und auf den Rücken der

Schildkröte Sálua ungelenk den letzten Buchstaben eines allzu vertrauten Namens schrieb.

»Das ist das schönste Weihnachtsgeschenk«, rief Emilie, nachdem sie ihren eigenen Namen entziffert hatte, und wandte den Blick nicht mehr vom Panzer der Schildkröte. Samara Délia strahlte in diesem Augenblick, denn zum ersten Mal erkannten ihre Brüder an, daß Soraya ein menschliches Wesen war und kein Monstrum.

Viele Jahre nach dem Tod ihrer Tochter, bevor ich Manaus verließ, erzählte mir Tante Samara, daß sie bereute, damals so glücklich gewesen zu sein.

»Ich war noch zu naiv«, bekannte sie. »Ich dachte, meine Brüder hätten mir verziehen, daß ich ein Kind bekommen hatte, aber das war alles nur Theater, um die Zuneigung meiner Mutter zu gewinnen; Emilie glaubte, sie hätten das Eis mir gegenüber gebrochen, aber sie grüßten mich nur in ihrer Gegenwart. Sie umschmeichelten die arme Frau und taten, als hätten sie Respekt vor unserem Vater, aber nur, weil sie den Hausschlüssel und Kleingeld für ihre Vergnügungen brauchten; ich sagte das zu meiner Mutter, und weißt du, was sie mir antwortete? Deine Tochter ist von Geburt an taubstumm, und du wirst allmählich gefühllos; deine Brüder lieben dich, manchmal haben sie kein Verständnis für dich, weil sie noch halbe Kinder sind, die Jugend ist das Alter der Rebellion.«

»Ja, sie waren unreif und zynisch«, fuhr Tante Samara fort. »An dem Tag, als meine Tochter starb, wagten sie es, bei Madame Verdade Blumen aus Schweizer Organdy zu bestellen. Ich glaube, sie hatten den Tod meiner kleinen Soraya vorausgeahnt, denn schon kurz nach dem Unfall war ihr zertrümmertes Köpfchen mit Stoffblüten bedeckt. Nie habe ich mich so gedemütigt gefühlt. Sechs Jahre lang hatten sie nicht mit mir gesprochen, kein einziges Mal die Kleine geherzt, und plötzlich schmücken sie ihren leblosen Kopf mit Blumen, die ein Vermögen kosten!«

Ich weiß nicht, ob du dich an Soraya Ângela erinnern kannst, an ihr Leiden und ihren gräßlichen Tod. Sie krabbelte, um mit dir zu spielen, und ihr sammeltet die von Fledermauszähnen angenagten Sapotillfrüchte auf. Wie oft wachtest du auf und fürchtetest dich vor den schwarzen Trauben, die an der Zimmerdecke hingen, und am nächsten Tag zeigte ich dir das Loch im Maschendraht vor den großen Fenstern, durch das die Fledermäuse herein und hinaus flogen, bis das Tageslicht sie in die dunkle Höhle der Kirschmyrtenbaumkrone vertrieb, wo sie den Saft aus den Früchten saugten.

Du warst an jenem Morgen nicht da. Emilie hatte dich zur Markthalle mitgenommen, die Onkel schliefen noch, und Samara Délia machte mit Großvater Frühdienst im Parisiense. Alles geschah ganz schnell und unerwartet, als ob das Verhängnis mit seinem vernichtenden Schlag Soraya Ângelas Körper verfolgte. Wir beide waren allein im Garten vor dem Haus und lasen die von den Fledermäusen angebissenen Früchte auf. Oder vielmehr las ich die Früchte auf, pflückte den Mohn und die Kirschmyrtenblüten und legte alles zusammen in einen Korb; hin und wieder half Soraya mir, und es war eigenartig, wie sie die morgentaufeuchten Kirschmyrtenfrüchte und Mohnblüten sammelte. Lange Zeit stand sie da und betrachtete das Fruchtfleisch der samtigen Herzfrucht Kirschmyrte; am Klatschmohn, den Orchideen und anderen Blüten roch sie immer ausgiebig, und später wurde mir klar, daß sie mit Riechen und Sehen in gewisser Weise die beiden fehlenden Sinne ersetzte. An anderen Tagen spielte sie, so wie an diesem Morgen, mit der Stoffpuppe, die Emilie genäht hatte. Ich kann mich noch genau an das Gesicht der Puppe erinnern; sie hatte schwarze, vorstehende Augen, Pausbäckchen wie ein Engel, und wenn man sie sich näher ansah, stellte man fest, daß nur die Ohren und der Mund nicht appliziert, sondern mit rotem Garn gestickt waren – eine kleine Täuschung von Emilies Hand. Soraya trug die Puppe immer mit sich herum; sie schmückte ihren Kopf mit den Mohnblüten, die sie aufsammelte, gab ihr Obststückchen zu essen, bewegte entsprechend ihre Hände und ihr Gesicht, rieb ihren Körper mit Eau de Cologne ein, streichelte ihr über die Basthaare oder riß sie ihr in einem Wutanfall aus, ritt mit der Puppe auf den Schafen und legte sich mit ihr im Arm zum Schlafen. Es waren aufregende Tage, voller Entdeckungen. Soraya, die bis dahin wie eine aufgeschreckte Schlafwandlerin gewirkt hatte, begann sich abzusondern; sie zeichnete merkwürdige Gebilde, im allgemeinen in Kurvenlinien, auf das Tischtuch im Wohnzimmer; die gleichen Figuren malte sie auf die Wände, die rissigen Kacheln rund um den Brunnen und auf Sáluas Panzer, auf dem Emilies Name noch immer zu lesen war. Bei einer der wenigen Gelegenheiten, als Tante Samara von ihrer Tochter sprach, erzählte sie, daß sie Soraya eines Abends vor dem venezianischen Spiegel im Schlafzimmer dabei überrascht habe, wie sie der Puppe die Lippen und Wangen schminkte; die eine sah die andere an, und der Spiegel tat ein übriges, sie der Welt zu entrücken.

»Als ich sie da sah, so in sich versunken, drehte ich mich um und ging auf Zehenspitzen hinaus, um sie nicht zu stören. Zum ersten und einzigen Mal nach fünf Jahren hatte ich vergessen, daß Soraya taub war«, gestand sie mit einer verbitterten Stimme, die genausogut Emilies Qualen hätte ausdrücken können.

Ich habe mich immer über Samara Délias Schweigen gewundert, darüber, daß sie gar nicht wissen wollte, wie alles geschehen war. Ich stand erstarrt da, schaute zur Straße, und dieser dumpfe Knall schien in dem Dampf, der von den grauen Steinen aufstieg, weiterzuschwingen. Ich sah mich nach Soraya um, suchte sie hinter den Baumstämmen, dem Laub, das bis auf den Erdboden hing, redete mir ein, ich würde sie finden, nahm absurderweise an, sie sei in den Patio gegangen, weil sie die Tiere sehen wollte oder im Brunnen baden oder über den Zaun ins Hühnergehege klettern und wie wild vor der Hühnerstange fuchteln, damit das Federvieh aus dem Schlaf aufgeschreckt chaotisch die Flucht ergriff, mit ausgebreiteten Flügeln Luft und Erde aufwirbelte und eingepfercht zwischen dem unüberwindbaren Zaun und der schmächtigen Gestalt herumflatterte, die sie mit ihren wilden Verrenkungen ja gar nicht bedrohte; aber dieses morgendliche Schauspiel, das wir alle uns immer erschrocken und mitleidig ansahen, war für Soraya vielleicht ein Fest, eine Möglichkeit, ohne zur Sprache Zugang zu haben, dennoch gehört und wahrgenommen zu werden, ein Ausflug aus ihrem Alltag (in das Hühnergehege, den Garten, zu den Tieren), um sich den Blicken, den leisen Feststellungen zu entziehen: Sie kann nicht sprechen und nicht hören, ihr Körper ist ein einziger Wirbel von Gebärden im Mittelpunkt eines mit Nachsicht betrachteten Schauspiels. Bei Tisch, zu den Mahlzeiten, wurde euch, dir und Soraya, von Emilie aufgelegt, ihre Hände waren ständig beschäftigt, schälten Obst, zerkleinerten für euch beide das Essen, aber du konntest schon mit wenigen Worten, mit ja oder nein das Essen verweigern oder akzeptieren, während Soraya sich darauf beschränkte, den Teller wegzuschieben, den Kopf zu schütteln oder ihn über den Teller zu neigen, wobei sie manchmal zu dir herübersah, auf deinen Mund, und vielleicht dachte: »Wann hat es mir die Sprache verschlagen?« oder auch: »In welchem Augenblick habe ich entdeckt, daß ich nicht sprechen kann?«, vielleicht beschämt, weil du, so klein du warst, doch schon Sätze bilden konntest, zwar unvollständige, bruchstückhafte, zusammenhanglose, ja, aber auf eine Bewegung deiner Lippen reagierte jemand, bewegte seine Lippen, die Welt um dich herum existierte.

Von der Straße, dem Kasernentor, dem Platz, aus den Nachbarhäusern sah ich viele Menschen zu der Stelle laufen, woher der Knall gekommen war, und dazwischen Emilie mit dir an der Hand, und ihr Blick suchte nach mir; ich blieb eine Minute unter dem Kirschmyrtenbaum hocken, dann rannte ich los, ohne mich umzusehen, die Treppen hinauf, um jemanden zu holen. Oben schien alles friedlich zu sein und nichts von dem Geschehen draußen zu ahnen; ich lief den Flur entlang, der zu den Schlafzimmern führte, und blieb vor Onkel Hakim stehen, der in der Hängematte schlief. Ich hörte seinen gleichmäßigen Atem, spürte einen unbändigen Drang und Skrupel zugleich, ihn zu wecken, erkannte im Halbdunkel die hoch aufgestapelten Bücher, immer dieselben, so oft und ständig von neuem gelesenen Bücher; auf diesem Papierberg saßest du immer, während Onkel Hakim in einem Buch blätterte, eine Illustration zeigte, die ein bevorstehendes Verbrechen darstellte, eine Liebesszene, den Tod eines Protagonisten, dessen komplizierten Namen du mit gutturalem Stammeln Buchstabe für Buchstabe nachsprachst; wenn er deine Nachbildungen slawischer Namen hörte, verspottete Hakim alle anderen und auch sich selbst mit der Behauptung, die Namen dieser Personen könnten nur von Sorayas Mund oder dem eines zweijährigen Kindes richtig ausgesprochen werden. Von unseren drei Onkeln war er der einzige, der mit uns Quatsch machte oder mit Soraya an der Hand spazierenging, immer heimlich, denn er fürchtete, Tante Samara könnte es erfahren und ihm den Satz ins Gesicht schleudern, den sie seit der Geburt ihrer Tochter ständig wiederholte: »Keiner von euch ist es wert, meine Tochter anzufassen.« Aber er ließ sich von der Warnung seiner Schwester nicht einschüchtern, obwohl er wußte, daß sie ihre Gründe hatte, jeden Kontakt zwischen ihrer Tochter und ihren Brüdern zu verbieten. Dennoch ahnte Tante Samara in den Monaten vor jenem Weihnachten 1954 schon, daß Soraya mit Onkel Hakim die ersten Spaziergänge durch die Stadt machte. Beim Mittagessen, wenn alle da waren, schwiegen Samara und Hakim gemeinsam verlegen; Sorayas Grimassen, mit denen sie das Faultier imitierte, das einen Baum hinaufklettert; ihr steifer Körper, der die vor der Kaserne aufgepflanzten Bronzewachposten nachahmte, die Gesten, die sie mit Händen und Armen vorführte, um zu zeigen, wie die sizilianischen Brüder mit einem Hund redeten – nichts schien ihr auf ihren Streifzügen zu entgehen, als könnte sie allein mit dem Auge die Welt interpretieren und wiedergeben. Mit der Zeit gewöhnten wir uns an ihre Darstellung der Ereignisse in den Straßen der Stadt; wild gestikulierend brachte Soraya die verschiedensten Begebnisse ins Haus: Karikaturen eigentümlicher Menschen, zuerst die Zwillingsbrüder, die einem Hund eine endlose Geschichte erzählen, immer vormittags zur gleichen Stunde und auf derselben Bank am Platz unter einer Akazie; sie imitierte beide gleichzeitig, mit rasch wechselnden Gesten und plötzlich interessierter oder verständnisloser Miene, ziemlich weit aufgerissenen Augen, die Hände auf den Fußboden gestützt; zuerst die Zwillingsbrüder mit dem Hund, dann kamen die sich wiederholenden Zuckungen zweier Hände, die mit schaukelndem Handrücken aneinanderstießen. Alle mit Ausnahme der beiden Onkel lachten über solche Nachahmungen, die sich bis zur Siesta hinzogen; ich schwankte zwischen Lachen und Sprachlosigkeit und verstand nicht, warum Emilie erst lachte und dann ernst wurde, zum Zeichen, daß sie Sorayas Ausflüge mißbilligte. Tante Samara tat gleichgültig, aber im Grunde machte ihr dieses Spektakel Sorgen, dennoch untersagte sie die gelegentlichen Spaziergänge ihrer Tochter mit Onkel Hakim nicht. Schlimmer wäre es gewesen, mit ansehen zu müssen, daß sie nur innerhalb der Grundstücksgrenzen aufwuchs, nach Früchten und Mohnblüten herumkroch und sich beim Wühlen in Ameisenhügeln die Hände verbrannte.

»Ich habe Gott gedankt, als ich sah, daß meine Tochter die Puppe so innig liebte, sie herumtrug und sich mit einem Spielzeug vergnügte, das jedes kleine Mädchen lockt. Aber nach dem Unfall waren mir alle Puppen der Welt zuwider«, sagte Tante Samara an dem Tag, als ich zu ihr ging, um mit ihr über meine Reise zu sprechen.

Sie wohnte und arbeitete noch im Parisiense, und sie war so tüchtig im Geschäft, daß unser Großvater ihr endgültig eine risikoreiche und selbst von ihm gefürchtete Aufgabe übertrug: den Geschmack der Kundschaft zu erkunden und auszusuchen, welche Waren bestellt wurden. Sie kam selten ins Stadthaus, und abgesehen von ihrer Tätigkeit im Parisiense war ihr Leben für uns alle ein Geheimnis. Er machte vage Andeutungen, daß seine Tochter mehrmals im Jahr verreiste, wobei niemand das Ziel und den Grund dieser Reisen kannte. Sie waren immer so kurz und überraschend, daß unser Großvater beim Mittagessen nur mitteilte: »Samara ist wieder zurück.«

Und eines Tages, nachdem er diesen lakonischen Satz ausgesprochen hatte, ergänzte einer der Söhne: »Zurück aus ihrer geheimen Wohnung...«

Zu dieser Zeit hatte unser Großvater nicht die Kraft, diesem oder dem anderen zu widersprechen, und schon gar nicht, seine beiden Söhne, die er früher als Unholde beschimpft und denen er den Lederriemen angedroht hatte, zu rügen. Seit Soraya Ângelas Geburt hatte er sich bemüht, sie zu besänftigen, aber nach mehrfachen Versuchen, die nichts gefruchtet hatten, zog er sich zurück und sagte, daß ihn nicht mehr interessiere, was aus seinen Söhnen werde. Als ein des Lebens müder Patriarch in fortgeschrittenem Alter saß er stundenlang beim Backgammonspiel oder erzählte dir Geschichten, und wenn er seine einzige Tochter pries, tat er es mit einer so erstaunlichen Aufrichtigkeit, daß Emilies Ansichten über den Geisteszustand ihres Mannes ins Wanken gerieten.

»Ich verstehe überhaupt nichts mehr«, stammelte sie. »Ich weiß nicht, wann bei meinem Mann die geistige Klarheit aufhört und wann seine Verwirrung einsetzt.«

Tatsächlich bewies er nie eine solche geistige Klarheit wie

beim Lob seiner Tochter. Sein Ruf, ein kluger, strenger und starrsinniger Mann zu sein, verflüchtigte sich mit der Zeit, und von den voreiligen Bemerkungen über seine Persönlichkeit blieb nur die einstimmig vertretene Wahrheit übrig, daß er in erster Linie ein großzügiger Mensch war, der die Einsamkeit kultivierte. Er war es, der mir half, aus der Stadt herauszukommen und auswärts zu studieren, und außerdem hatte er sich, seit Emilie uns auf den Schoß genommen hatte, bis zum Tag unserer Trennung kein einziges Mal darüber beschwert, daß wir im Haus waren. Wir genossen die gleichen Freuden und die gleichen Rechte wie seine Kinder, und wie sie ertrugen wir die Zorngewitter und schlechte Laune eines rasenden Vaters und einer verzweifelten Mutter. Nichts und niemand schloß uns aus der Familie aus, aber als es angebracht war, stellte er nachdrücklich klar, wer wir waren und woher wir kamen, und erzählte alles in wenigen Worten, die nichts Mitleidiges oder Dramatisches an sich hatten.

Während der kurzen Zeit, die wir zusammen verbrachten, bedauerte Tante Samara, daß ihr Bruder Hakim nicht da war. Eine Spur vorwurfsvoll sagte sie: »Jetzt sind es fast zehn Jahre, daß er weggegangen ist, und er hat mir nie auch nur eine Zeile geschrieben.« Die Ereignisse der Vergangenheit quälten sie nicht mehr so sehr; vielleicht sprach sie deshalb ganz natürlich, ohne einen Deut Groll davon. Auf ihrem Gesicht lag ein freundlicher Ausdruck, aber ihr Körper trug noch dieselben Trauerattribute: ein einfarbig schwarzes Strickkleid, eine schwarze Spitzenhaube, die ihre dunklen Haare umrahmte, und eine schwarze Perlenkette, die Emilie gehört hatte. Sie war noch genauso zurückhaltend und menschenscheu wie früher und hatte auch nicht die Angewohnheit abgelegt, sich im Profil zu zeigen und von der Seite her zu blicken, während sie sprach. Hin und wieder erinnerte sie sich an ihre Tochter: »Ein bildhübscher Fratz, mit blonden, lockigen Haaren und einem schlanken kleinen Körper, wie eine Gazelle. Morgens beim Aufwachen kann ich es kaum abwarten, ihr Bild zu betrachten, so wie andere hinauseilen, um eine Rose zu pflücken. Emilie? Doch, manchmal kommt sie zum Parisiense, geht in mein Zimmer und weint. Ich weiß nie, um wen sie weint und was sie am meisten bedrückt: daß Hakim nicht da ist? Der Tod ihres Bruders oder Sorayas Tod? Der Schwachsinn ihrer beiden Söhne?«

Sie sah mich von der Seite her an und sagte: »Du weißt, daß ich die anderen nie gebraucht habe, aber Emilie ..., wie könnte ich ohne sie leben?«

Keiner konnte fern von Emilie leben oder sich ihren festen Vorstellungen widersetzen. Die Puppe zum Beispiel hatte den Unfall unversehrt überstanden und lag noch immer zwischen Emilies Sachen, denn sie hatte ihrer Tochter verboten, das Spielzeug zu verbrennen. Onkel Hakim hatte die Puppe gleich nach dem Unfall vor anderen Kindern sichergestellt. Ich weckte ihn, indem ich die Hängematte schaukelte, und vor Schreck fiel ihm seine auf die Stirn geschobene Brille herunter. Er war schlaftrunken und konnte nur mühsam die Wimpern voneinander lösen. Ich glaube, er genoß noch die Bilder eines besonderen Traums, denn er lächelte mir zu, seufzte: »du Schöne« und schloß wieder die Augen; da rüttelte ich kräftig an der Hängematte, warf ihm die Begonien, die Schnittblumen und die Obstkerne ins Gesicht, stammelte irgend etwas und zeigte auf die Straße, den Unfallort. Er sprang auf, sah mich an, und ich kletterte in die Hängematte und dachte an die vielen Menschen auf der Straße, machte mir Sorgen um dich, ich hatte dich gesucht, aber nur Emilie gesehen, die sich über eine Gestalt unter einem rotbefleckten Laken beugte. Auf den grauen Steinen lagen auch noch Fische und Gemüse und Obst, und die Soldaten drohten mit Schlagstöcken den Kindern, die sich die Einkäufe aus Emilies Korb schnappen wollten, als sie rings um den Körper meiner Kusine auf der Erde verstreut lagen;

ein paar kleine Jungen hüpften über die Blutlache, um die Aufmerksamkeit der bewaffneten, in Köper oder Khaki gekleideten Männer, im gleichen Farbton wie die Haut der Kinder, auf sich zu lenken.

Im grellen Sonnenlicht sahen alle bronzefarben aus, nur das Blumenmuster auf Emilies Rock hob sich ab und der rote Fleck, der sich noch immer auf dem zu einem Kokon gewickelten Laken ausbreitete, am Kopfende wie eine granatrote Kappe oder in kräftigerem, tieferem Rot, als wäre die Farbe dort, an dem einen Ende des Körpers, explodiert. Es war eines der schmerzlichsten Bilder meiner Kindheit; vielleicht mußte ich es deshalb in zwei oder drei Briefen an dich in Erinnerung rufen; in deiner Antwort bezeichnetest du mich als privilegiert, weil diese Ereignisse stattgefunden hatten, als ich sie mir schon einigermaßen gut einprägen konnte. In einem der Briefe, die du mir geschickt hast, schriebst du ungefähr folgendes: »Das wirkliche Leben beginnt mit der Erinnerung, und du erinnerst dich genau an diesen sonnigen, verhängnisvollen Morgen, an die vier Goldreife um Emilies rechten Arm und an ihr blumenbesticktes Kleid; welch ein Privileg, sich all dessen entsinnen zu können, und ich?, mit einem Matrosenanzug bekleidet, nahm ich das Entsetzen, die Traurigkeit der anderen überhaupt nicht wahr, ich weiß nur, daß Soraya existiert hat, sie war ein gutes Stück größer als ich, vage kann ich mich erinnern, wie ihre Hände mein Gesicht berührten, und daß sie so an den Tieren hing; ihr Verschwinden war, falls ich es überhaupt wahrgenommen habe, für mich ein Rätsel; oder, wie Emilie in den darauffolgenden Jahren zu mir sagen sollte: Deine Kusine ist auf Reisen... Von dir habe ich erfahren, daß ich beinah direkt miterlebt hätte, wie sie starb; ein schlechter Zeuge, denn wo war ich an jenem Morgen?«

Du erzähltest den ganzen Tag über von den Fischen und Tieren, die du in der Markthalle gesehen hattest, und konntest nicht verstehen, warum solch eine Hektik, solch tiefe Bestürzung im Haus herrschte. Du trugst eins der Kittelchen aus Leinenbatist, auf die Emilie immer zwei Pferdeköpfe stickte, oder vielmehr stickte sie den Umriß des Kopfes und die Mähne, und alles übrige blieb dem durchsichtigen Stoff überlassen, als Ode an deine Haut. So gekleidet präsentiertest du dich der Umwelt: Der bestickte Kittel reichte dir bis zu den Knien, du hattest Soldatenstiefel an und weiße, mit den Initialen deines Namens in gotischen Lettern bestickte Baumwollstrümpfe, die ebenfalls an den Knien endeten. Es war eine bunte Mischung, in der du von Kopf bis Fuß stecktest – Stiefel, Stickereien, Kniestrümpfe, extravagante Ideen von Emilie, die dich in einen hohen Stuhl setzte, deine Beine baumelten in der Luft, und dir wurde leicht schwindlig, denn du schautest nach unten wie in einen Abgrund und bliebst da oben still sitzen; als Statuette oder Spielzeug für die Erwachsenen, die dich betrachteten, sich deine Bäckchen ansahen, dein Profil, das wenige von deinem Körper, das auf diesem Thron zu sehen war, den man im kleinen Patio fürsorglich unter die Weinlaube gestellt hatte, das grüne Dach, das dich vor der Sonne schützte. Es war mir etwas unbehaglich, dich so zu sehen, umringt von Frauen mit gepuderten Gesichtern, lachende Masken im hellen Tageslicht, die dich verschlingen wollten, alles, was du machtest, rief verzücktes Geschrei hervor, alle hielten Fächer in der Hand und stritten sich um einen Platz an deiner Seite, um Emilies kleinem Abgott Luft zuzufächeln.

Emilie genoß diese Stunde der Anbetung, es war eine Freude, sie in ihrer Pose als Große Erdenmutter zu beobachten, wie sie sich über dich breitete, einer strahlenden Schutzhülle gleich, die sich ständig weiter aufbläht, und ich gestehe, daß es fast demütigend für die anderen Kinder war, diese Szenen der Huldigung und Verzückung mitzuerleben; wer hätte schließlich nicht gern dort oben gesessen, wie ein heiliges Neugeborenes, umspielt von Atemluft aus Mündern und zartem Windhauch von Fächern in prächtigen Farben. Du schwebtest, ohne es zu wissen, in einer Narndenduftwolke. Und später, als du zwei Jahre alt wurdest, schaffte man den Thron ab, du durftest inzwischen die Füße auf die Erde setzen und konntest allein laufen, wurdest aber immer noch von einer Mauer von Frauen umringt, die genauso fremdartig dufteten wie ihre Namen klangen: Mentaha, Hindié, Yasmine; du vermißtest Soraya Ângela, die mit dir herumgekrabbelt war, euer beider Köpfe streiften den Erdboden, wenn ihr auf die großen Blattschneiderameisen Jagd machtet, dem fast nicht endenden Pfad der Feuerameisen nachspürtet oder euch eine Ameisenreihe auf Wanderschaft aussuchtet, die unterhalb eines Baumstamms verschwand; dort stocktet ihr und verfolgtet dann in umgekehrter Richtung die schwarze, gewundene Linie am Beet entlang, bis sie in den Hintergarten verlief, der sich an den Patio mit dem Brunnen anschloß; endlich fandet ihr die Löcher, durch die sie ein und aus gingen: unterirdische Bauten, unsichtbare Labyrinthe, wandernde Häufchen, die anwuchsen, hier verschwanden und da wieder auftauchten. Ihr wußtet schon, daß die Erdaufwerfungen und die in den Boden gepieksten Löcher wie Feuer brannten; für dich waren es Berge und gefährliche Pupillen, aber Soraya amüsierte sich damit, sie mit den Fingern, den Händen, dem Gesicht zu reizen; einmal rieb sie sogar ihr Gesicht an einem dieser Feuerhügel und rannte gleich darauf wie der Blitz zum Brunnen; ihr Gesicht sah aus, als stünde es in Flammen, und die ganze Qual ihrer nicht vorhandenen Stimme konzentrierte sich in ihrem verzerrten Gesicht, ihren zusammengekniffenen Augen, ihren Händen, die den Rand der riesigen Steinmuschel nach etwas abtasteten, etwas Flüssigem zur Linderung ihrer Schmerzen, den Wasserstrahlen aus dem steinernen Mund der Engel; du wurdest traurig, weil Soraya nicht da war, und vereinsamt zwischen Feuerburgen und -höhlen, nicht mehr vom Schatten ihres Körpers beschützt, weintest du jämmerlich los, allerdings erst, nachdem du zum Brunnen geschaut, Sorayas verquollenes Gesicht erblickt, ihr Lachen gesehen hattest, das zwischen den Wasserspritzern und Haarlocken aufblitzte. Es war wie eine Umkehrung der Qual und des Schmerzes, du weintest über dein Alleinsein, und sie lachte, als sie merkte, warum du weintest. Du verstummtest, als sie vom Brunnen zurückkam, dich mit Wasser aus den Handmuscheln bespritzte, dich zu den Fliesen im Patio lockte, zu dem Brunnen, dich zu dem braunen, gewölbten Stein führte, der in ewigem Schlaf zu ruhen schien; an manchen Tagen begegnete man dieser seltsamen Skulptur morgens neben dem Brunnen und hielt sie für einen Teil des dicken, rissigen Brunnengesteins; zu anderer Tageszeit wieder hielt man vergeblich nach ihr Ausschau, wie oft habe ich den Garten, den Seitengang und die Patios erfolglos abgesucht; es frustrierte mich, daß ich das Versteck eines so langsamen Tieres nicht fand, aber diese Langsamkeit, die es über hundert Jahre durch das Leben begleitet und die uns wie eine Trotzhaltung oder eine Beleidigung vorkommt, ist Teil des Urwesens dieses Tieres; ich erschrak, wenn ich es ungewollt unter einem Blätterhaufen auf der Erde getarnt entdeckte; ganz unvermutet verriet es sich mehr durch seine Bewegung als durch die besondere Beschaffenheit seiner Oberfläche, im Unterschied zu anderen, nicht gepanzerten Tieren, als seien diese unausweichlich dem Wetter, der Umgebung, der ganzen Welt ausgesetzt. Durch die Rippen der Fensterläden beobachtete ich euch beide neben der großen schwarzen Uhr, jenem Gehäuse mit goldenen Stangen, das fast ein ganzes Jahrhundert mit Emilie um die Wette den sich wiederholenden Kreislauf der Tage durchlebt hatte; diese Wanduhr, die leiseste, die ich je erlebt habe, gehörte zu den Gegenständen, die Soraya am meisten faszinierten. Stundenlang stand sie davor, ihr Blick hing gebannt an der Pendelbewegung der goldenen Stange und dem Minutenzeiger und wartete auf den regelmäßigen und ebenfalls geräuschlosen Ruck des schwarzen Pfeiles. Heute denke ich darüber nach, wieviel Zeit sie diesem stummen Zwiegespräch mit der Zeit gewidmet hat, unberührt von den Schlägen, wenn die beiden Pfeile aufeinandertrafen; ich brauche nur zu sagen, daß mir die tiefen, lauten Zwölfuhrschläge in den Ohren weh taten und ich vor der Lärmquelle das Weite suchte. Niemand ertrug übrigens die Uhrenschläge, die plötzlich wie Donner losbrachen. Von klein auf habe ich Soraya reglos vor dem schwarzen Gegenstand stehen sehen, der zwölf Uhr anzeigte; anfangs meinte ich, es sei vielleicht nur ein Spiel, aber sie wandte auch dann nicht den Blick ab, wenn Emilie, wie jeden Tag um zwölf, zu der Uhr kam; in einer Atmosphäre, die nur aus Nachschwingungen bestand, öffnete sie den Glasdeckel, suchte in einer Ecke des Kastens nach irgend etwas, tastete die Innenwände ab und nahm einen Schlüssel heraus, und dann versank ihre Hand in den metallenen Eingeweiden, suchte nach der Öffnung, dem Schlitz, der den Schlüssel ins Innerste des Mechanismus einließ.

Die Wanduhr war der einzige Gegenstand im Haus, an dem Soraya Ângela hing. Onkel Hakim, der ständig merkwürdige Geschichten über diese Uhr erzählte, sagte, sie sei irgendwann in den dreißiger Jahren nach monatelangen Verhandlungen zwischen Emilie und dem Marseiller, dem die Familie das Parisiense abgekauft hatte, an der Wohnzimmerwand gelandet. Fast wäre das Geschäft wegen Unnachgiebigkeit beider Seiten geplatzt, und Großvater soll sogar Emilie vorgehalten haben, womöglich würde alles nur wegen einer Uhr ins Wasser fallen.

»Damit riskieren wir, daß wir mit leeren Händen in unsere Heimat zurückgehen müssen«, sagte der Alte.

»Das macht nichts«, erwiderte Emilie, »im Libanon habe ich die Uhr, die ich will, und außerdem brauche ich da nicht zu stottern oder in Wörterbüchern nachzuschlagen, wenn ich sagen will, was mir gerade in den Kopf kommt.«

Nach viermonatigem Bieten und Gegenbieten wurde vereinbart, daß nicht nur die Uhr, sondern auch die venezianischen Spiegel und Kronleuchter, die Art-déco-Stühle und ein komplettes Silberbesteck mit Elfenbeingriffen in Emilies Besitz übergehen sollten; diese bot dem Marseiller in dem geduldigen, aber hartnäckigen Hin und Her zwei aus Lyon importierte Stoffballen und einen Papagei, der über einen starken Midi-Akzent verfügte und »Marseille«, »La France« und »Soyez le bienvenu« sagen konnte. Sich von dem Papagei zu trennen war schmerzlich für Emilie, denn sie hatte ihn von Hindié Conceição geschenkt bekommen, die den Arara lange Zeit in der Kunst des guten sprachlichen Ausdrucks unterrichtet hatte. In seinem Bauer, den man ihm in der Mitte des hinteren Patio des Parisiense aufgehängt hatte, betete er ein Ave-Maria, sagte einen Vers aus dem 5. Buch Mose auf, und bei Anbruch der Dunkelheit oder an sonnigen Vormittagen klatschten Emilies Hände im Rhythmus zu dem Lieblingslied der beiden Freundinnen: »Baladi Baladi«. Abends meinten nicht ganz aufmerksame Kunden oder Besucher, es handelte sich um eine Kurzwellenübertragung von einer Novene oder Messe, die auf der anderen Seite des Ozeans stattfand. Großvater soll sie mit den Worten aufgeklärt haben: »Wer hier am Amazonas die Worte der Apostel spricht, trägt ein buntes Federkleid und scheißt den Ungläubigen auf den Kopf.« Emilie wußte, daß Laure mit ihren Liedern, die sie wie eine Spieldose herunterschnarrte, ihrem Mann so auf die Nerven ging, daß er sich immer von dem Patio fernhielt. Dennoch ließ ihre Begeisterung über den Vogel erst nach, als dieser sich mit einem Hausmädchen anlegte, das in der Familie arbeitete, bevor Anastácia Socorro endgültig zu uns kam. Es war eine schwarze Waise, die Emilie aus dem Haufen elternloser Mädchen in den Räumen der brasilianischen Wohlfahrtsliga ausgesucht hatte; sie war so ausgemergelt und armselig, daß sie sowohl ihren Vornamen als auch ihren Familiennamen vergessen hatte und sich nur mit Gebärden und Seufzern mitteilte. Laure hatte von der ersten Begegnung an etwas gegen die Neue: Sie weigerte sich, die Bananen und Papayas zu fressen und die mit Milch vermischte Tapioka zu schlucken, die das Hausmädchen ihr servierte, und verstummte mitten in einem Lied oder einem Gebet, wenn sie merkte, daß sie sich im Patio befand. Emilie tolerierte diese Abneigung eine gewisse Zeit lang, aber als Laures Schnabel eines Morgens mit einer Paste aus klebrigem Brei und Salz beschmiert war, entließ sie das Mädchen am selben Tag. Seitdem war der Vogel stumm. In den Monaten der Verhandlungen mit dem Marseiller nahm Hindié den Papagei wieder zu sich, bemühte sich mit Feuereifer, ihn wieder zum Sprechen zu bringen, und brachte ihm mit Erfolg ein paar französische Sätze bei. Der Marseiller war so beeindruckt von Laures phonetischen Talenten, daß er ihr aus Furcht, sie könnte davonfliegen, die Federn stutzte, ihr einen Bambuskäfig baute und sie ungeachtet ihres Geschlechts auf Strabon umtaufte. Die Franzosen und Gäste des in der Rua do Sol gelegenen Restaurants La Ville de Paris staunten, als sie einen fast zwingergroßen Vogelbauer unter der Achse des Deckenventilators hängen sahen; der Bauer schaukelte und drehte sich wie ein gigantisches, orientierungsloses Mobile in halber Höhe durch den acht Meter hohen Raum. Erst wenn die Ventilatoren zum Stillstand kamen, konnte man Strabon erkennen, der da mit gesträubten Federn und eingezogenem Kopf kauerte. Erlöst von den Windstößen, nahm der Vogel wieder seine ursprüngliche Gestalt an, die Wärme gab ihm die Farbenpracht seines Federschmucks und seine stolze Haltung zurück, und eine krächzende Stimme plapperte den zuletzt gelernten Satz: »Je vais à Marseille, pas toi?« Manche lachten, ohne es zu verstehen, andere wurden traurig, denn der Hafen, den Strabon ansteuerte, war für sie unerreichbar und schürte nur die Sehnsucht nach dem fernen Midi. Emilie ihrerseits wurde wütend, als sie erfuhr, daß der Marseiller Laure dem künstlichen Sturm aussetzte, damit das Tier sich schon jetzt an die kalten Winde im europäischen Winter gewöhnte. Eines Tages beschloß sie, zum Restaurant zu gehen, blieb aber vor der Tür stehen, als sie sah, daß die französische Kolonie dichtgedrängt unter dem Bauer stand und nach oben blickte, während ein Blinder, umringt von Rotwein- und Champagnerflaschen, die Marseillaise auf dem Akkordeon begleitete. Empört kam sie nach Hause und beklagte sich: »So viele Hähne laufen hier herum, aber sie müssen unbedingt einen Papagei zum Vaterlandssymbol machen. Es fehlt nur noch, daß sie meinen Liebling in einen Trikolor-Arara verwandeln.«

Für meinen Großvater, für uns alle blieb lange Zeit ein Rätsel, warum die Uhr so dringend erworben werden mußte. Wenn Manaus und Tripoli irgend etwas gemeinsam hatten, war es nicht unbedingt das Hafenleben, die Fülle an Märkten unter Dach und im Freien, das Geschrei der fliegenden Händler und Fischverkäufer oder der dunkle Teint der Menschen; in Wirklichkeit fielen allen, die hier ankamen, die Unterschiede viel deutlicher auf als die Ähnlichkeiten, schon allein, weil der Wechsel von einem Hafen in einen anderen fast immer eine Veränderung im Leben bedingt: die Wasserlandschaft, die schneebedeckten Berge, das Meersalz, andere Gotteshäuser und vor allem, daß der Name Gottes in einer anderen Sprache angerufen wurde. Aber eine Analogie überragte alle Unterschiede: In Manaus wie in Tripoli brachte nicht die Uhr die ersten Regungen des Tages in Gang und bestimmte auch nicht, wann der Tag endete; das Sonnenlicht, das Zwitschern der Vögel, das Stimmengewirr der Menschen, das von der Straße bis in den hintersten Raum drang, das alles läutete den Tag ein; die Stille verkündete den Abend. Emilie beobachtete den Stand der Sonne und kümmerte sich nicht um die Stunden auf der Uhr, das Läuten der Glocken von Nossa Senhora dos Remédios oder das Hornsignal, das ihre Ohren dreimal am Tag vernahmen. Ihr mißfiel, daß jemand im Abstand von sechs Stunden auf einem Horn blies und der Ton sich über den Dächern einer Stadt fortsetzte, deren Einwohner vom Krähen der Hähne aufwachten – der sonnenstrahlende Morgen brach unvermittelt und plötzlich mitten im Krähen an. Deshalb wunderte unser Großvater sich, daß Emilie so viel an dem Erwerb der Uhr gelegen war; sie bestand darauf, die Uhr sofort ins Obergeschoß zu bringen, als dieses bezogen wurde; die Spiegel und das Mobiliar kamen erst später, als das Parisiense nur noch eine Arbeitsstätte war.

Auch ich war immer sehr begierig, den Grund für Emilies Interesse an der Uhr herauszufinden. Ich wußte, daß von ihren Kindern einzig Hakim Geheimnisse zu entlocken waren. Als er aus dem Flugzeug stieg, hatte Emilie schon den letzten Atemzug getan. Er kam am frühen Freitagabend an, nach einem gut zehnstündigen komplizierten Flug voller Zwischenlandungen. Im Gepäck brachte er eine Unmenge orientalischer Leckereien und eine Kiste persischen Tabak mit, damit die älteren Levantiner, die ihre Wasserpfeife nur mit dem aus Teheran stammenden Tabak rauchten, ihrem Laster frönen konnten. Auch er hegte bei der Ankunft noch etwas Hoffnung, denn Onkel Emílio mit seiner diskreten und zurückhaltenden Art hatte es vermieden, dem Neffen die Wahrheit zu sagen. Am Telefon hatte er mitgeteilt, daß Emilie eher traurig als altersschwach sei und Sehnsucht habe, und ihn angefleht, noch vor Sonnenuntergang an jenem Freitag dort zu sein. Onkel Hakim hatte es zugesagt, ohne auf einem Gespräch mit Emilie zu bestehen, denn er wußte, daß seine Mutter ziemlich schwerhörig war und abgesehen von Hindié Conceição nur zwei oder drei andere Menschen verstand, und selbst diese mußten brüllen, ganz langsam und auf arabisch. Als wir am frühen Abend vom Friedhof zurückkehrten, fanden wir ihn allein im stillen Garten vor dem verschlossenen Haus. Er blickte durch das

Lattengitter auf die Unordnung im Wohnzimmer, ungehalten, weil er nicht hineingehen konnte, und untröstlich wegen der düsteren Ahnung, die sich erfüllte, als die Autos hintereinander vorfuhren und die Frauen in dunkler Kleidung aus den Wagen stiegen und ihn begrüßten. Ich sah ihm seine Befangenheit an, während er sich mit der flachen Hand über das ergraute Haar fuhr, mit hastigen Bewegungen Haltung annahm und das Leinenjackett glattstrich, sah den unsicheren Ausdruck auf seinem Gesicht, denn die Begrüßung, die sonst nach einer so langen Abwesenheit überschwenglich und herzlich gewesen wäre, ging nicht über einen Händedruck oder eine beileidsbekundende Umarmung hinaus. Sie sammelten sich in einem Kreis um Onkel Hakim, einige setzten sich auf die Koffer und weinten, andere suchten im unaufgeräumten, von nur einer Glühbirne beleuchteten Wohnzimmer nach den Überbleibseln eines ganzen Lebens und schoben den schwierigen Entschluß vor sich her, in den Raum zu gehen, der noch nach Blumen und geschmolzenem Wachs duftete. Endlich fing Onkel Hakim an zu sprechen, auch er inzwischen von dem unerwarteten Schmerz ergriffen, und ich hörte draußen in Abständen seine Stimme, eine Stimme, die gleichzeitig Fragen stellte und Antworten gab, wobei ihm einzig daran gelegen war, seine Stimme im Raum nicht verklingen zu lassen, damit Emilies Bruder und Freunde nicht alle Augenblicke über das große Unglück klagen konnten, das am frühen Morgen geschehen war. Onkel Emílio nutzte eine Pause, um mitzuteilen, daß ich da war, und rief so eindringlich nach mir, daß man meinen konnte, er machte mir Vorwürfe, daß ich mich als passive Beobachterin ungesellig verhalte. Einen Augenblick lang wich die Trauer überschwenglichem Gefühl; Onkel Hakim und ich fielen uns in die Arme, und während wir uns umarmten, schimpfte er, obwohl wir beide schon so lange im Süden, in benachbarten Bundesstaaten, wohnten, hätte ich ihn nur ein einziges Mal besucht, und das vor weiß

Gott wie langer Zeit. Unter der Last des Körpers und des Alters war er etwas krumm geworden, besaß aber noch immer seine frühere Eleganz, zu der sich die unbeschwerte Liebenswürdigkeit eines einsamen, aber gutmütigen Junggesellen gesellt hatte. Er bat darum, die Tür aufzuschließen, denn er wollte die Geschenke verteilen und sich ein Weilchen in den Sessel setzen, noch immer der aus alten Zeiten, wie er feststellte. Hindié, die sich im Haus auskannte, als sei es ihr eigenes, schaltete die Lampen an und verschwand mit den Worten im Flur, sie wolle einen Kaffee machen; Onkel Hakim beschäftigte sich mit den Koffern, um sein Unbehagen zu überspielen, denn über den Personen und allen Gegenständen in diesen Räumen lag noch Emilies dichter Schatten. Nachdem er die beiden Koffer geöffnet hatte, verteilte er selbst an jene, die er nicht kannte, bunte Päckchen und stapelte auf dem Perserteppich die Mitbringsel für die nicht anwesenden Freunde, die er ihnen persönlich überreichen wollte, wenn er sie traf. Nur ein Beutel blieb verschlossen, und ich begriff sofort, daß er nie geöffnet werden würde. Manche bedankten sich lächelnd, während sie die Päckchen auspackten, und in jedem fand sich ein Gegenstand, der genau zu dem Geschmack und der Person seines Empfängers paßte; trotzdem kam nur wenig Freude auf, und deshalb begann Onkel Hakim einen nach dem anderen zu fragen, wie es ihm gehe, sprach aber so verhalten wie alle, denn über ihnen schwebte ein Todeshauch. Da blieb ihm nur noch, sich voll und uneingeschränkt dem Schmerz hinzugeben, den er bis dahin angestrengt überspielt hatte; also trauerte und erinnerte er sich zusammen mit den anderen, aber derart übertrieben, nahezu grimmig, daß Hindié Conceição von Kopf bis Fuß zu zittern begann, und es fehlte nicht viel, dann wäre die korpulente Frau mit dem Tablett voller gefüllter Kaffeetassen umgefallen. Ich war von Onkel Hakims Reaktion so überrascht, daß ich Emilies Freunde nicht bemerkte, die hereingekommen waren, angelockt von dem Licht im Haus, den offenen Türen und der Stimme eines Sohnes, der wie ein Magnet die Aufmerksamkeit der anderen auf sich zog, als er von seiner Mutter sprach: »Wißt ihr noch, was Emilie immer machte?« fragte Onkel Hakim und trank den letzten Schluck Kaffee. »Sie forderte alle auf, ihre Tassen umgekehrt auf das Tablett zu stellen, und später sah sie sich den Tassenboden an und las jedem aus dem schwarzen Liniengewirr der angetrockneten Flüssigkeit die Zukunft.«

Es war abzusehen, daß sich die Unterhaltung bis in die späten Abendstunden hinziehen würde, denn die Menschen konnten nicht die Geschichten anhören, ohne ihre Meinung zu äußern oder von eigenen Erinnerungen zu sprechen; irgend jemand hatte bereits die ersten Pralinenschachteln und Dosen mit Gebäck als Beilage für die nächste Runde Kaffee geöffnet; anschließend würde es Säfte und Schnäpse geben und womöglich mitten in der Nacht noch eine improvisierte Mahlzeit. Das alles brachte mich Emilie näher und schürte meine Neugier, etwas über ihr Leben in der Zeit vor unserem gemeinsamen Leben zu erfahren. Ich nutzte das Stimmengewirr und Weinen, schlich mich aus dem Wohnzimmer und verließ das Haus, ohne es jemandem zu sagen. Ehe ich durch die Gartenpforte ging, merkte ich, daß mich jemand einholte, und es war Onkel Hakim, der hinter mir herlief, um sich von mir zu verabschieden.

»Hast du etwas von Samara Délia gehört?« fragte er.

»Nein, nichts«, sagte ich. »Ich weiß nur, was Onkel Emílio mir gesagt hat: daß sie das Parisiense aufgegeben hat und kein Mensch weiß, wo sie ist.«

Dann erkundigte ich mich, wie lange er in Manaus bliebe. Mit besorgter Miene sah er sich um, als wollte er verhindern, daß ein Fremder dazukam, und antwortete: »So lange, bis ich meine Schwester wiedergesehen habe.«

Da sagte ich, daß ich mich gern mit ihm unterhalten würde, fern von dem Getümmel, fern von allen anderen. Ich sprach von der schwarzen Wanduhr und von etlichen anderen Dingen, über die ich mehr wissen wollte; er versprach, sich mit mir zu treffen, sobald er sich wieder gefaßt und etwas erholt habe.

»Ich kann bis an mein Lebensende über die Vergangenheit sprechen«, sagte er, und jetzt klang seine Stimme gelassener.

Unser Treffen fand am Sonntag abend statt, in der Weinlaube im kleinen Patio, genau unterhalb der Fenster der Zimmer, in denen wir gewohnt hatten. Am Montag morgen sprach Onkel Hakim noch immer, und er hielt nur im Sprechen inne, um noch einmal nach den Tieren zu sehen oder kurz zum Brunnenpatio zu gehen, wo er sich das Gesicht und die Haare befeuchtete; dann kam er mit frischer Kraft zurück, den Kopf voller Szenen und Dialoge, als hätte er gerade den Schlüssel zur Erinnerung gefunden.

2

»Ich war in meiner Jugend genauso neugierig oder, besser gesagt, seit jeher. Mehrmals habe ich meine Mutter gefragt, warum sie diese Uhr wollte, und nach etlichen Ausflüchten forderte sie mich auf, noch einmal den Satz zu sagen, den ich beim Anblick des Vollmonds von mir gegeben hatte. Ich muß damals ungefähr drei Jahre alt gewesen sein, als ich auf den dunklen Himmel zeigte und sagte: ›Das ist das Licht der Nacht.‹ Das war die ausweichende Erklärung, die Emilie in meiner Kindheit gefunden hat, um nicht über sich zu sprechen.

Erst Jahre später, als ich aus Hindié Conceição ein paar Worte herausholen konnte, wurde die Sache einigermaßen klar. Sie erzählte mir von einer dunklen Episode in Emilies Leben. Meine Mutter und ihre Brüder Emílio und Emir sollten in Tripoli in der Obhut von Verwandten bleiben, während meine Großeltern Fadel und Samira sich auf eine abenteuerliche Reise in die Ferne begaben, zum Amazonas. Emilie konnte die Trennung von den Eltern nicht verkraften.

Am Morgen des Abschieds in Beirut riß sie sich von den Brüdern los und flüchtete sich in das Ebrin-Kloster, von dem ihre Mutter ihr schon erzählt hatte. Die Brüder suchten den ganzen Monte Libano nach ihr ab, bis sie nach zwei Wochen das Gerücht hörten, Fadels Tochter sei in das Noviziat des Ebrin-Klosters eingetreten. Emir machte eine fürchterliche Szene, als er erfuhr, daß seine Schwester ein Leben als Nonne anstrebte: Ohne die geringste Ehrfurcht vor der strengen Umgebung stürmte er in das Kloster, rief laut nach Emilie und verlangte mit erhobenem Zeigefinger, sie solle in das Büro der Schwester Oberin kommen; endlich betrat seine Schwester den Raum, vollkommen weiß gekleidet und das Gesicht von Organdyplissee umrahmt; dieser Anblick hat ihn vielleicht mehr noch als ihre Flucht zu dem bewogen, was er dann tat; er zog einen Revolver aus der Tasche, hielt sich den Lauf an die Schläfe und drohte, sich zu erschießen, falls sie nicht das Kloster verlasse. Emilie fiel vor ihm auf die Knie, worauf sich die Schwester Oberin einschaltete und sagte, sie solle mit ihrem Bruder gehen, der Herrgott werde sie an jedem Ort der Welt aufnehmen, wenn sie sich dazu berufen fühle, Ihm zu dienen.

Es war ein furchtbarer Schlag für Emilie. Sie willigte ein, das Kloster noch am selben Tag zu verlassen, bat aber inständig, den restlichen Vormittag über beten und um zwölf die Glocke zum Abschluß der Betstunde läuten zu dürfen. Die Aufgabe, zwölfmal an dem Glockenseil zu ziehen, das in dem Flur neben dem Kreuzgang von der Decke hing, hatte die Vizeoberin Schwester Virginie Boulad ihr übertragen. Veranlaßt hatte sie dazu die Faszination, die eine schwarze Uhr auf der weißen Wand im Büro der Vizeoberin auf Emilie ausübte. Emilie soll, als sie den Raum genau zur Mittagsstunde zum ersten Mal betrat, stumm und wie in Ekstase stehengeblieben sein und dem Klang der zwölf Schläge gelauscht haben, ehe sie die Stimme der Nonne wahrgenommen habe. Hindié Conceição hat mir mehrmals erzählt, daß ihre Freundin Emilie immer die Augen schloß, wenn sie an diesen übersinnlichen Augenblick in ihrem Leben zurückdachte.

Sie sprach von einem tiefen, harmonischen Ton, der von irgendeinem Ort zwischen Himmel und Erde zu kommen schien und sich anschließend im Raum ausbreitete wie die Wärme der Barmherzigkeit, die von dem Ewigen und Seinem Wort ausgeht. Und sie verglich die Klangfolge mit den tausend geheimen Stimmen der Glockenschläge, die nach Nächten voller Seelenqualen Ruhe bringen und die Gläubigen wecken und zum Altar geleiten, wo Reue, Schuldlosigkeit und Unglücklichsein durch die Stille und die Meditation vergegenwärtigt werden. Vielleicht trat deshalb jedesmal ein Stillstand in Emilies Leben ein, wenn das kaum hörbare Echo der Glockenschläge von der Remédios-Kirche wie eine über dem Patio schwebende Wolke verhauchte, während sie dort die steinernen Engel von den Algen und dem Ungeziefer säuberte, die sich in der Zeit der sintflutartigen Regenfälle angesammelt hatten, und sie anschließend blank putzte. Sie hielt in ihrem Tun inne, gab Anastácia keine Anweisungen mehr und schaute sinnend zum Himmel, als könnte sie zwischen den Wolken, die sich vor dem leuchtendblauen Hintergrund spannten, den schwarzen Kasten mit seinem gläsernen Deckel, den goldenen römischen Ziffern, den übereinanderstehenden Zeigern und dem Metallpendel entdecken.

Das ist alles, was Hindié Conceição mir über die Wanduhr und den Aufenthalt meiner Mutter vor mehr als einem halben Jahrhundert im Ebrin-Kloster erzählt hat. Ständig die Hand am Griff der Wasserpfeife, befächelte sie sich mit einem ungewöhnlichen, aus Garn geflochtenen und mit Vogelfedern verzierten Fächer und hörte nur auf zu schwatzen, um Atem zu schöpfen und sich mit dem Rocksaum den Schweiß aus dem Gesicht zu wischen, wobei sie sich nicht daran störte, daß die durchsichtigen Stoffschichten zwischen ihrer Haut und der geblümten Baumwolle der Tunika zu sehen waren, die sie nie auszog. Diese scheinbar ungenierte Geste, die im übrigen für Hindié offenbar ganz selbstverständlich war, ließ indessen eine nahezu familiäre Vertrautheit zwischen ihr und den ›Kindern‹ im Haus aufkommen. Zwar war ich schon knapp achtzehn, doch mein schmächtiger Körper und dazu mein schüchternes und zurückhaltendes Wesen betonten noch den Altersunterschied zwischen uns. Während sie sich mit Handbewegungen befächelte, die sich schließlich im ganzen Körper fortsetzten, spürte ich den immer wiederkehrenden warmen, mit Rauch vermischten Luftstoß im Gesicht und lauschte ihrer Stimme, ohne zu blinzeln, wobei ich kaum eine Chance hatte, mich in den verschlungenen Faden des Gesprächs einzuflechten, das sie allein führte. Sie stand nämlich unter dem Druck einer so großen Redelust, daß sie in der Lage war, in einer Minute ihres Monologs die Mißstimmung von gestern mit dem Ereignis zu verknüpfen, das sich kurz vor einem weit zurückliegenden Weihnachtsfest zugetragen hatte, als wir noch im Parisiense wohnten.

Alle kamen immer im Eßzimmer des großen rosafarbenen Hauses zusammen, mit Ausnahme meines Vaters, der sich in sein Zimmer zurückzog oder in der Cidade Flutuante, der ›schwimmenden Stadt‹, spazierenging, sich in den Pfahlhütten mit den alten Freunden oder den frisch vom Land Hinzugezogenen unterhielt und anschließend zum Hafen schlenderte und Lagerhallen und Schiffe besuchte.

Noch ehe es hell wurde, weckte Emilie mich, um mit mir die Blumen im Garten zu pflücken; dann holten wir Samara aus der Hängematte, fuhren mit der Straßenbahn ins Franzosenviertel und kauften wilden Jasmin und hellrote Bougainvillea in Sträußen. Mit gelbem Garn und einer Holznadel reihten wir sie zu Halsketten und Blumenschmuck als Geschenk für die Gäste, und Emilie legte in jede Porzellanschale ein weißes Blütenblatt und streute Jasminblüten auf den Fußboden im Alkoven. Die Frauen aus der Nachbarschaft halfen in der Küche den Teig für die Pasteten und das Blätterteiggebäck kneten und ausrollen. Überall im Haus lagen dünne Weizenlaken ausgebreitet, milchige Tücher, die schattige Höhlen bildeten, und wir versteckten uns darin, errieten die Silhouetten der anderen, drückten unsere Gesichter auf die Flächen, so daß sie sich der Haut anschmiegten, oder hängten sie uns wie eine Maske oder Kapuze über den Kopf. Onkel Emílio machte die Einkäufe, schlachtete und zerlegte die Hammel, drehte dem Geflügel den Hals um und stach ihnen das Messer in die Kehle, damit das Blut in kräftigem Strahl herausfließen konnte, wie mein Vater verlangte. Ein einziges Mal nur gingen sie beim Schlachten des Geflügels nach einer anderen Methode vor. Sie bestand darin, die Tiere betrunken zu machen und ihnen den Hals abzubinden, damit die Welt sich wie ein Kreisel vor ihrem schon trüben Blick drehte. Die Vögel starben langsam und trunken, ihre Augen wie zwei glühende Punkte, und der Hals baumelte wie ein Stück Schnur. ›So ein Martyrium können sich nur Christen ausgedacht haben‹, schimpfte mein Vater, da er wußte, daß Hindié es schon in anderen Häusern gemacht hatte und die Methode in der Stadt ziemlich verbreitet war.

Vor dem bewußten Weihnachtsfest erschien Hindié mit einer großen Flasche *cachaça* bei uns und flößte eigenhändig den zwölf Hähnchen und vier Truthähnen den Schnaps ein, wickelte ihnen eine Palmbastschnur um den Hals und lud die Nachbarschaft ein, sich das Massensterben mit anzusehen. Ich habe nie den Anblick der Vögel vergessen, die mit schlackernden Hälsen im Kreis flatterten und erstickten, denn mit jedem Hüpfer würgten sie einander langsam zu Tode. Hindié klatschte in die Hände und lachte lauthals, zeigte sorglos ihre Lücken im Kiefer und scherte sich nicht um die Fliegenschwärme, die auf ihren rückenlangen Haarsträhnen klebten.

Neugierig, aber auch etwas furchtsam sah ich das alles an jenem Nachmittag von weitem mit an. Hindié behandelte jedes Kind, als wäre es ihr eigenes, und überhäufte ihre kleinen Opfer, die in der näheren Nachbarschaft ihres Hauses wohnten, mit einem Schwall von Küssen, Umarmungen und liebevollen Worten. Aber diese Zuwendung war wohl so etwas wie die Äußerung eines verkappten Sadismus, denn die übertriebene Zärtlichkeit, die uns von einer Frau wie Hindié entgegengebracht wurde, weckte in uns ein Gefühl körperlichen Unbehagens, sie besaß nicht die Innigkeit und Selbstverständlichkeit einer mütterlichen Geste, die weder Übertreibungen noch große Inszenierungen nötig hat, um warmherzig und gefühlvoll zu sein. Vielleicht fühlte ich mich deshalb als Kind in Hindiés Gegenwart erdrückt und gehemmt, nicht so sehr, weil sie so häßlich und ungepflegt war, sondern eher deshalb, wie sie mir folgte oder, besser gesagt, mich verfolgte mit ihren ausgebreiteten, fuchtelnden Armen, die, gemessen an der Körpergröße eines Kindes, wie zwei riesige, bedrohliche Tentakel wirkten. Wenn sie zu Besuch kam, klatschte sie schallend in die Hände und rief Emilies Namen mit einer belegten Stimme, die von ihrem Gaumen her kam und in den Räumen des Parisiense widerhallte. Dann rannten Samara und ich Hals über Kopf in den hintersten Winkel des Hauses, rollten uns in einer Hängematte ein und horchten auf die Schwingungen einer mächtigen Stimme, die bis zu unserem Versteck drangen. Aber es gab etwas an ihrem Körper, das noch stärker und abstoßender war: der Geruch, der säuerliche Dunst, der wie eine Aura stinkender Aromastoffe um diese Frau schwebte. In der Kindheit erlebt man unvergeßliche Gerüche. Ich weiß nicht, ob ich in all diesen Jahren meiner Abwesenheit in der Lage gewesen wäre, mir aus der Erinnerung Hindiés ganze Gestalt vorzustellen, aber der üble Geruch, den sie selbst von fern verströmte, verfolgte mich wie der Luftstrom eines ewigen, aus weiter, weiter Ferne kommenden Windes. Mein Vater sagte, sie rieche noch ekelhafter als ein Ozelot. Etwas ironisch flüsterte er mir zu: ›Wenn die Frau in den Urwald geht, leckt ihr jeder brünstige Ozelot die Beine.‹

Seit jenem Weihnachtsfest jedenfalls vertrugen mein Vater und Hindié sich nicht mehr. Bis heute weiß ich nicht, wie er herausbekommen hat, daß die Hühner und Truthähne Schnaps zu trinken bekommen hatten, ehe sie erdrosselt wurden. Hindié, die mit ihm ebenso hart zu Gericht ging, sagte während des Gesprächs zu mir: ›Dein Vater hat eine feinere Nase als ein Hund. Er hat den Schnaps draußen im Garten gerochen, obwohl da der weiße Jasmin so duftet.‹

Als wir ihn forsch, aber mit mißtrauischer Miene hereinkommen sahen und er keinen begrüßte, ahnten wir, daß über diesem Abend, an dem ja normalerweise gefeiert und geschmaust werden sollte, bedrohlich ein dünner, straffgespannter Faden hing, der durchaus reißen konnte, wenn Gelächter, Späße, Komplimente, Tanz und Loblieder auf die üppigen Speisen und die Ausschmückung des Raumes – ein buntes, wie ein Kaleidoskop ständig wechselndes Szenario – ihren Höhepunkt erreichten.

Die Pinie in einer Ecke des Wohnzimmers, ein Ersatz für die Zeder, war mit Baumschmuck und durchsichtigen Schachteln behängt, in denen in Seidenpapier gewickelte Geschenke steckten; auf den Borden der Vitrinen und Glasschränke standen Tabletts mit Süßigkeiten, Pralinen, Dörrobst und verschiedenen Torten aus den diversen, hier heimischen Früchten. Die Decke des Wohnzimmers bedeckten schillernd bunte Luftballons, und überall im Haus verstreut lagen in Kreppapier eingewickelte Kapokkugeln, die kleine Schachteln mit Bonbons und Schokoladenpralinés mit Nußfüllung enthielten. So viele bunte Sachen prangten in und außerhalb der Vitrinen, daß dieses Weihnachtsfest an die Vorbereitungen für den Karneval erinnerte; es fehlten nur die Masken und Kostüme, dann wäre aus dem religiösen Nachtessen ein heidnisches Fest geworden.

Vor Mitternacht spielte das Grammophon portugiesische und orientalische Lieder, begleitet von rhythmischem Händeklatschen, und die ausländischen Nachbarn kamen festlich gekleidet, um Emilie guten Abend zu sagen und Metahas Töchtern nach dem Essen beim Tanzen zuzusehen. Es wäre ein verhängnisvoller Abend geworden, hätten nicht Emilie und ein überraschender Besuch es verhindert.

Mein Vater blieb während der Dämmerung und einen Teil des Abends über im Schlafzimmer; wir alle spürten, daß in dem Schweigen des Mannes, der sich zurückgezogen hatte, ein stummer, aber überdeutlich seine Absicht verratender Protest lag. Emilie gab weiterhin vor, mit allerhand beschäftigt zu sein, obwohl ihr bewußt war, daß sich die Menschen um sie herum vorsichtig bewegten, weil sie ahnten, daß Mißstimmung in der Luft lag.

›Ich riet deiner Mutter, mit ihm zu sprechen, aber sie ist kein Mensch, der anderen um den Bart geht‹, sagte Hindié. ›Dann fragte ich sie, was ihren Mann verärgert hatte.‹

Wahrscheinlich wieder irgendein Verbot aus dem Heiligen Buch‹, antwortete Emilie ironisch, ›aber heute bestimme ich, was erlaubt ist und was nicht, und nicht ein kriegerischer Analphabet, der sich als Prophet und Erleuchteter ausgibt.‹

Das Haus quoll schon von Menschen über, da hörten wir die Schritte auf der Diele und den kurzen Knall einer wütend zugeschlagenen Tür. Alle Stimmen verstummten, aber eine Hand der Vorsehung stellte das Grammophon lauter; trotzdem verhielt sich keiner mehr außer Emilie ungezwungen, alle waren erstarrt, wie auf einem Familienphoto. Er ging unverändert forsch durch die beiden Wohnzimmer und den Ladenraum und grüßte die Menschen mit einem Kopfnicken, obwohl er sie nicht sah. Wer ihm die Hand hatte entgegenstrecken wollen, ließ sie sinken, denn er hatte in einem Bündel Sachen zusammengepackt, als wollte er eine Wüste durchqueren: die Wasserpfeife mit Perlmuttintarsien, ein Glasgefäß mit getrockneten Kürbiskernen, ein Päckchen mit Brot und *zátar* und das holländische Philco-Radio, das die Wellen aus Ost und West empfangen konnte, auch Sender aus Kairo und Beirut, die ihn mit den neuesten Nachrichten auf dem laufenden hielten, Musikprogramme spielten und die mächtige Stimme eines Muezzin übertrugen, die ich Jahre später auf einer Aufnahme hörte, die er mir geschenkt hatte.

Alle hielten den Kopf gesenkt, und selbst unsere Nachbarin Tante Arminda (eine fröhliche Portugiesin vom Minho, die auch den schwierigsten Stunden im Leben mit einem ewigen Lächeln begegnete) wurde ernst und bedeckte ihre großen, vorstehenden Zähne. Ich stand ganz dicht neben Samara und drückte ihre feuchte Hand, aber ich glaube, uns brach beiden der kalte Schweiß aus. Hindié erinnerte sich, daß mein Vater ihr einen vernichtenden Blick hätte zuwerfen können, doch er sah niemanden an, während er durch den Raum ging. Bevor er allein in der dunklen Nacht verschwand, klatschte Emilie in die Hände, schwatzte drauflos und zog mich von Samara fort, um mit mir zu tanzen, und dann tanzten und lachten wir ohne den Schatten meines Vaters in dem hellerleuchteten Haus. Und wie ein Bild, das lebendig wird, oder wie eine Gruppe Statuen, die sich in Bewegung setzen, gesellten sich die anderen zum Tanzen zu uns, und Arminda setzte wieder ihr Lächeln auf, während Hindié die Vase mit Jasmin auf dem Tisch zurechtrückte und den Blätterteig und die *esfihas*, die Hefeteigtaschen, aus dem Ofen holte.

›Ich wies jedem seinen Platz am Tisch an, wußte aber nicht, ob jemand zur Mitternachtsmesse gehen wollte‹, erzählte Hindié weiter, während sie hastig rauchte, den Rauch gleichzeitig einatmete und schnaufend ausstieß, und ihre Hand, die den Fächer hielt, zitterte wie die Flügel eines Kolibris.

Meine Mutter brach den Tanz ab, ging mit mir zum Tisch und drängte die Gäste, zum Essen zu bleiben. Viele blieben. Ganz ohne Umstände, mit der allergrößten Selbstverständlichkeit setzte sie mich ans Kopfende, auf den angestammten Platz meines Vaters und teilte allen mit, sie wolle ihre durchgeschwitzte Bluse wechseln und komme in einer Minute zurück. Sie blieb nur kurz fort, aber als sie wieder in den Raum trat, schimmerte ihre Gesichtshaut nicht mehr wie lichtgebadetes, mit ungemein leuchtendem Schmelz überzogenes Elfenbein. Die Gäste begannen zu tuscheln, und Hindié ging ihrer Freundin entgegen, um die betretene Stimmung zu überspielen.

›Angeblich hatte sie plötzliche Kopfschmerzen bekommen, als sie in ihr Zimmer ging‹, sagte Hindié gekränkt. ›Deine Mutter wollte nicht darüber reden, denn sie ging mir gleich aus dem Weg und servierte der Kinderschar Fruchtsäfte, und wenn jemand eine Speise lobte, verkündete sie mit brüchiger Stimme das Rezept, erinnerst du dich nicht mehr?‹

Ich erinnere mich, daß sie nicht von meiner Seite wich, solange ich widerstrebend aß. Sie schob Samara das Essen in den Mund, wachte über meinen Appetit, knabberte an einem Salzgebäck, fragte Arminda, ob sie von ihren portugiesischen Verwandten gehört habe, dann Dona Sara Benemou, wann die Synagoge eingeweiht werde und ob man in Rabat den berühmten Salat *tabule* und *esfihas* mit Hammelfleischspießchen kenne, und schließlich sämtliche Gäste am Tisch mit leuchtendem Blick in die Runde, ob sie schon wüßten, daß Dorner wieder in der Stadt sei.

›Vor sechs oder sieben Jahren hat er hier in Manaus gewohnt‹, sagte Emilie. ›Dann machte er eine lange Reise durch den Urwald und besuchte im Süden verschiedene Verwandte.‹

›Damals warst du noch unverheiratet‹, warf Esmeralda ein.

›Ja, und einerseits glücklich, andererseits unglücklich‹, ergänzte Emilie, und ihr Blick schweifte zu einem ovalen Bilderrahmen auf der weißen Wohnzimmerwand. ›Dorner, ein Deutscher, kannte meinen Mann und war mit unserem lieben Emir befreundet.‹

Emilie atmete schwer, und ihre nervöse, zitternde Stimme zog aller Aufmerksamkeit auf das Gespräch. Aber in dem Schweigen, das dann eintrat, schauten alle zu dem ovalen Rahmen mit der Photographie eines jungen Mannes, dessen zielloser Blick aus großen Augen den Beobachter zwang, seinen Blick von dem Bild abzuwenden und vergeblich nach einem anderen Gegenstand an der Wand Ausschau zu halten, denn auf der weißen Fläche befand sich nichts außer der Photographie.

›Neulich habe ich Dorner vor dem Café Polar getroffen‹, sagte Esmeralda dann. ›Er feierte mit seinen Freunden, die er noch hier hat, und erkundigte sich, ob sie jemanden kannten, der bald heiratet, und wer das Geburtstagskind der Woche sei. Dieses Mal scheint er endgültig hierbleiben zu wollen.‹

Arminda fand, er sei großzügig und gebildet, habe aber eine Menge Ticks, denn er sammele alles und interessiere sich für alles, genau wie der Kommendatore. Außerdem liebe er es, andere zu überraschen. Sie wühlte in ihrer Tasche, zog eine Photographie heraus, und dann sahen wir ihr blasses und etwas erschrocken lächelndes Gesicht in einem Fenster zwischen Hortensientöpfen.

›Er hat mich überrumpelt‹, sagte Arminda mit dem Photo in der Hand.

Emilie bereute, daß sie ihn nicht eingeladen hatte; der Arme habe hier keine Verwandten und würde zu Weihnachten allein sein. Kaum hatte sie ausgesprochen, daß Ausländer immer willkommen seien, hörten wir ein Händeklatschen, ein Guten-Abend und ein Fröhliche-Weihnachten-allen-zusammen. Die Kinder lachten, als sie die große Gestalt mit ungelenken Schritten zwischen den Vitrinen daherkommen und ganz ungeniert auf das Wohnzimmer zustreben sahen. Auf seinem abgepellten Gesicht waren rote Flecken, und um das Gelenk seiner linken Hand schlang sich die Tragschlaufe eines Futterals, das er so energisch und entschieden festhielt wie ein Adler seine Beute in den Klauen. ›Du wirst noch lange leben‹, rief Arminda mit perfektem Minho-Akzent aus. Der Besucher begrüßte jeden einzeln, beugte sich vor, um den Damen die Hand zu küssen und den Kindern mit den Fingern über das Haar zu streichen. Als er zu Arminda kam, hob er die Photographie, die sie noch immer in der Hand hielt, neben ihr Gesicht, streifte die Schlaufe ab und zog mit einer katzenhaften Bewegung das Blitzgerät und die Kamera aus dem Futteral. Wir hörten es knallen und versanken gleich darauf in der verwirrenden Blindheit nach dem Blitz, der alles ringsum weißlich gefärbt hatte. Als die Menschen und Gegenstände wieder Konturen annahmen, lächelten die beiden Armindas immer noch furchtlos, aber erschrocken. In der Woche darauf zeigte er uns das Photo von dem Gesicht der Frau neben dem Photo von dem Gesicht der Frau, und damit bestätigte sich ein alter Verdacht: Armindas Lächeln war kein Lächeln, sondern ein Tick, den sie schon seit ihrer Kindheit hatte, wie unsere Nachbarin Esmeralda Hindié Conceição verraten hatte.

Nicht nur die aus dem portugiesischen Póvoa de Varzim stammende Familie, sämtliche Nachbarn wollten wissen, was an diesem Heiligabend geschehen war. Sie vermuteten bereits, daß mein Vater nicht zu Hause geschlafen hatte und noch immer spurlos verschwunden war. Der unerwartete spätabendliche Besuch des Photographen war für Emilie ein Trost und verhinderte größere Peinlichkeit.

›Ohne diese Ablenkung‹, bemerkte Hindié, ›hätte deine Mutter ständig weitergeredet und gegessen, immer dicht neben dir, sie hätte Worte ausgespuckt und Essen verschlungen, damit ihre Kräfte sie nicht verließen und sie nicht endgültig zusammenbrach, wie es dann am nächsten Morgen geschah. Ich ging sehr früh zum Parisiense und fand noch das ganze Chaos vom Abend vor.‹

Ein Bataillon Feuerameisen hatte sich, von dem Honig im Blätterteiggebäck, den Krümeln und den Zuckerresten angelockt, über die Vitrinen hergemacht; auf dem Tisch und den Tellern herrschte ein wildes Durcheinander von Knochen, Kernen und Obstschalen, und über den Porzellanplatten hingen Fliegenschwärme. Die auf das Tischtuch gestickte ländliche Szene (ein Jäger an einem Bachufer bei der Pirsch auf einen weißgefiederten Vogel und einen Pfau, durch dessen aufgeschlagene Schwanzfedern das Sonnenlicht fällt) war mit Fettflecken und Spritzern der verschiedenen Getränke verschmutzt. Da dies für Anastácia der einzige freie Tag war, an dem sie immer frühmorgens aus dem Haus ging, um Verwandte zu besuchen, und erst am Abend zurückkam, kümmerte sich Emilie ums Aufräumen und Saubermachen, damit das Parisiense am späten Nachmittag wieder wie eine Wohnung und ein Laden aussah und nicht mehr wie ein Chaos, das Kunden und Besucher gleichermaßen verwirrt hätte.

›Anastácia stand schon in der Tür und wollte mir nicht sagen, warum das Haus in so einem wüsten Zustand war‹, sagte Hindié. ›Sie teilte mir im Vertrauen mit, daß ihre Herrin mitten in der Nacht ziemlich aufgeregt durch das Haus gelaufen, manchmal vor der Tür zum Kinderzimmer stehengeblieben sei und, nachdem sie eine Weile schimpfend im Badezimmer verbracht habe, das Mädchen nach Klebstoff, Zahnstochern und einer Schere geschickt habe. Ihre Hände hingen kraftlos herunter, und ihr Gesicht war verquollen, und bevor sie sich ins Schlafzimmer zurückzog, flüsterte sie Anastácia kurz etwas ins Ohr. Ich bedrängte und flehte sie sogar an, mir zu erzählen, was Emilie ihr gesagt hatte, aber weißt du, was sie mir geantwortet hat: ‚Nicht mal über meine Leiche, Comadre. Die Herrin hat gesagt, das ist ein Geheimnis.' Dann sah sie mich mit aufopferndem und pflichtbewußtem Blick an und beendete das Gespräch: ‚Jetzt gehe ich, denn die Zeit rast. Sie können ins Schlafzimmer gehen, Dona Emilie ist schon auf.' In Wirklichkeit hatte deine Mutter überhaupt nicht geschlafen; sie saß auf dem Fußboden, und als sie mich sah, schlug sie kurz mit der flachen Hand auf den Teppich und sagte mit heiserer Stimme: ‚Ich habe die Kinder zu Esmeralda gebracht, da bleiben sie den Tag über. Jetzt setz dich und sieh zu, wie du mir helfen kannst, zu tun gibt es genug.' Das Zimmer sah wie ein Schlachtfeld aus ...‹, sagte Hindié bedrückt.

Sie verstummte, versteckte ihr Gesicht hinter dem Fächer

und lehnte sich im Stuhl zurück. Sie schwieg eine ganze Weile – wollte sie die Erinnerung wieder aufleben lassen? Atem schöpfen? Den Groll besänftigen, der beim Zurückdenken an jenen Tag in ihr hochkam? Und ohne den Fächer von ihrem Gesicht zu nehmen, zählte sie dann mit Zorn und Empörung in der Stimme die Heiligenfiguren aus Gips auf, die zerbröckelt, die aus Holz geschnitzten, die brutal zerbrochen waren, die kurz und klein geschlagene Madonna und das zertrümmerte Jesuskind. Aber die seltenen und kostbaren Buchmalereien, die Emilie auf der Iberischen Halbinsel erstanden hatte, waren verschont geblieben, desgleichen der Mahagoni-Hausaltar und das Bildnis der Mutter Gottes aus dem Libanon; beide waren unversehrt, von der Raserei meines Vaters in der Dämmerung und am frühen Abend verschont geblieben. Das Zimmer sah aus, als wäre es von einem Erdrutsch, einem Wirbelsturm oder einem einzigen Schrei des Allmächtigen heimgesucht worden. Hindié gab ihr Gesicht wieder frei und sah mich an, als wäre ich ein Echo, ein Nachhall des väterlichen Ausbruchs, als hätte sich die Zeit zurückgedreht und sie erlebte in diesem Augenblick Emilies Jammer, während ich nach dem Entweihen des Schlafzimmers irgendwo verschwunden wäre. Ich hatte unterdessen nicht den Mund aufgemacht, nur Gedanken gewälzt. Meine Reaktion auf das, was sie mir erzählte, stand auf meinem Gesicht und in meinem Blick, als Ausdruck von Überraschung, Interesse, Schmerz und Mitgefühl. Warum sie so lange darüber sprach? Nicht, um meinen Vater anzuklagen, der die Reliquien zerstört hatte, die den beiden Freundinnen Tag für Tag Kraft spendeten, sondern um sich selbst von der Rolle der Sünderin freizusprechen, die dem Wort des Propheten getrotzt hatte. Ich sah sie im Geiste auf dem Teppich sitzen, dessen Muster mit seinen Rosetten und Schnecken, seinen Kreisen, Quadraten und Dreiecken und einem zarten, abgezirkelten Blumenmotiv innerhalb eines von einem Kreis umschlossenen Sechsecks an die Ornamente des Grabtores erinnert. Sie wußten nicht (vielleicht wußte es nur mein Vater), daß die gleichmäßigen Muster auf diesem Teppich, von dem sie Gipsstückchen und Holzteile aufsammelten, um die Heiligenfiguren wieder zusammenzusetzen, die Schöpfung symbolisierten, die Sonne und den Mond, den Fortgang des Kosmos in Zeit und Raum, den Umlaufzyklus der irdischen Zeit und die Ewigkeit. Und daß sich genau in der Mitte des Teppichs, in einem Halbkreis, der von der häufigen Berührung mit einem zum Gebet niederknienden Körper blankgescheuert war, ein Kasten oder ein Schrein befand, der das heilige Buch der Offenbarung enthält, dargestellt durch ein kleines gelbes Viereck.

Während Hindié erzählte, wie sie Holzstücke zusammenklebten und mit Farbstoff aus Kernen und Obstschalen den Umhang und die Haarlocken der Figuren bepinselten und mit Luchsaugen die auf dem Teppich verstreuten Gipssplitter auflasen, dachte ich innerlich lachend daran, was in den auf diesen Weihnachtsabend folgenden Tagen geschehen war. Bis dahin hatte die Religion zu keinen ernsten Mißstimmungen zwischen meinen Eltern geführt. Er nahm Emilies religiösen Eifer ganz natürlich und verständnisvoll hin. Er duldete die christlichen Feste, entzog sich aber mit vollendeter Verachtung den von Emilie verfaßten Gebeten, sah über die Heiligenbilder und -figuren hinweg und hielt sich auf Abstand zu der Nähkammer, in der die beiden Frauen aus Pergamentpapier Rechtecke schnitten und sie mit gezacktem Rand versahen, um daraus bunte Heiligenbildchen zu machen, die den im Internat der Schule Nossa Senhora Auxiliadora lebenden Waisenmädchen zur ersten Kommunion geschenkt werden sollten.

Den ganzen Tag über widmeten sie sich der Instandsetzung der heiligen Gegenstände. Am späten Nachmittag standen die Statuetten mit Farbflecken und Bruchspuren wieder auf den Holzsockeln und in den Nischen.

›Ich war schon erschöpft‹, fuhr Hindié fort, ›aber deine Mutter war wie in einem Bann oder Rausch und hatte noch die Kraft, das Wohnzimmer aufzuräumen, die Vitrinen und die feuchten Räume im Haus auszuräuchern und einen Blumenschmuck für ein Tischchen zusammenzustellen, auf dem eine grüne Decke lag. Sie machte fast alles allein, und als Esmeralda euch beide brachte, konnte ich mich nicht mehr auf den Beinen halten; ich taumelte, benommen von Kopfschmerzen, weil ich meine Augen überanstrengt und fast zehn Stunden auf dem Fußboden gesessen hatte. Ich verabschiedete mich von Emilie, und als ich draußen war, erkannte ich von weitem den Gang deines Vaters. Unter dem Arm trug er das Radio und die Wasserpfeife; hinter ihm kam Anastácia mit ihrem Bündel und den Päckchen. Hatte das Hausmädchen ihn zufällig getroffen? Hatten deine Eltern sich während der Nacht gestritten? Ich habe nie erfahren, was geschehen war, denn Emilie hat mir nichts erzählt, und ich habe auch nicht darauf bestanden, das Thema anzusprechen. Aber am darauffolgenden Weihnachten bat mich Emilie sehr taktvoll, das Schlachten des Geflügels deinem Onkel Emílio zu überlassen, diesem gescheiten Engel, der das Unheil geahnt und sich von der Weihnachtsfeier ferngehalten hatte.‹

Hindié hat nie erfahren, daß Anastácia in dem Zwist zwischen meinen Eltern die Vermittlerin gespielt hatte, und auch nicht, daß Emilie ihr aufgetragen hatte, unbedingt ihren Mann zu finden und ihn noch vor dem Abendessen nach Hause zu bringen. In der qualvollen Nacht hatte sie nicht vergessen, für ihn einen Teller mit Essen, eine Platte mit Süßspeisen und Dörrobst und eine Schale mit Guavenkompott beiseite zu stellen. Dabei flüsterte sie dem Hausmädchen zu, der Groll eines verliebten Mannes lasse sich mit Zärtlichkeit und Leckerbissen besänftigen.

›Das sind zwei schlagkräftige Waffen, mit denen man den Jähzorn meines Mannes dämpfen kann‹, stellte sie fest.

Später habe ich erfahren, daß Anastácia den ganzen Tag nach meinem Vater gesucht hatte, bis sie ihn in der Cidade Flutuante fand, wo er sich mit Freunden vom Land unterhielt. Er hatte bei einem guten Bekannten übernachtet, den er vom Rio Purus kannte – in einer rosa und grün gestrichenen Pfahlhütte, umringt von Kerosinkanistern, in denen Kaladien, weiße Lilien und wilde Blumen wucherten. Er saß in einem Kreis von Männern, die neugierig dem fremdartigen Klang eines Liedes im Radio lauschten und mit schallendem Gelächter reagierten.

›Als er mich sah, stand er sofort auf und fragte nach deiner Mutter‹, sagte Anastácia zu mir.

›Und was hast du geantwortet?‹

›Daß sie seit gestern mit dem Abendessen auf ihn wartet und daß der Teppich im Schlafzimmer wie die Morgensonne strahlt.‹

Die beiden gingen zusammen ins Parisiense hinein. Anastácia wollte schnell in die Küche, aber Emilie fing sie ab und ordnete an: ›Bring den Kindern das Abendessen aufs Zimmer.‹

Dieser Satz bedeutete uns, daß wir den Rest des Abends in dem Raum zu verbringen hatten, in dem wir schliefen. Samara wich nicht von meiner Seite und blickte verstohlen zu unserem Vater, der um die Vitrinen herumging und wie ein Fremder wenige Meter von unserer Zimmertür vorbeikam. Trotzdem sagten wir beide gleichzeitig gute Nacht, unsere Stimmen waren so hauchdünn, daß sie uns fast in der Kehle steckenblieben. Emilie küßte uns zur Erwiderung auf die Augen. Sie war so stark parfümiert wie noch nie, und als sie mir über das Haar strich, sah ich, daß sie den Saphirring trug, von dem in den Gesprächen über Schmuck aus dem Orient so viel die Rede war; ihr im Nacken zu einem Knoten zusammengefaßtes Haar ließ ihre glatte, mandelweiße und nach Amber duftende Stirn schimmern. Ich weiß noch, daß ich nicht in der Lage war, von den Resten der Weihnachtsspeisen zu essen, und den größten Teil des Abends mit gespitzten Ohren auf die Geräusche von der anderen Seite der Wand horchte. Ich hatte Angst, mein Vater könnte sich in einen grimmigen und unbezwingbaren Antar verwandeln und über die Frau herfallen, die mich geküßt hatte, die mich jeden Abend, ehe der Schlaf kommt, küssen sollte. Es war ein bedrückender, unendlich langer Abend. Ich rechnete jeden Augenblick mit einem Vergeltungsschlag, irgendeiner Form von Rache, einem donnernden Lärm, als ob jemand eine dicke, massive Mauer abreißt. Mit diesem unbehaglichen Gefühl schlief ich ein, Hand in Hand mit Samara, die immer mit einer breiten Spitzenschleife im Haar zu Bett ging.

Am nächsten Morgen, als ich zur Schule gehen wollte, kam ich durch den Laden und sah zufällig, wie mein Vater heimlich zwei Heiligenfiguren in den Schrank mit den Brautkränzen stellte. In dem Augenblick dachte ich mir nichts dabei, ich glaubte sogar, Emilie hätte ihn darum gebeten, um sie vor Schimmelpilz und Holzwurm zu schützen, die in den Regenmonaten die Holzgegenstände zerfressen und den Gips verfärben. Als ich aus der Schule zurückkam, herrschte im Haus ein einziges Drunter und Drüber, und alle waren mit der Suche nach den Figuren beschäftigt. Auf dem Gesicht meines Vaters stand Schadenfreude über Emilies Not, ihr fassungsloses Gesicht und ihre kreischenden Schreie, denen Faustschläge auf den Tisch und gegen die Wände folgten. Sie kniff die Lippen zusammen, schnaubte und schimpfte unaufhörlich und fragte Anastácia, ob ein Fremder das Schlafzimmer betreten oder sie vielleicht die Heiligenfiguren zum Putzen mitgenommen habe. Ich wartete bis zur Siesta nach dem Essen, dann erst verriet ich meiner Mutter den profanen Altar der Figuren. Sie traute kaum ihren Augen. Nachdem sie mich mit Küssen überhäuft hatte, beschloß sie auch noch, mich mit zwanzig Réis Taschengeld zu belohnen, damit ich mir Knusperwaffeln und anderen Schleckerkram kaufen konnte. Am nächsten Tag wiederholte sich die Geschichte, und so ging es eine Woche lang: Morgens, wenn Emilie zur Markthalle ging, bemächtigte mein Vater sich der Heiligenfiguren, und ehe der Nachmittag um war, gab ich sie meiner Mutter zurück, die das Spiel schließlich mit Humor nahm, aber dennoch auf Vergeltung sann. Sie wartete geduldig den Monat Juni ab, und am Morgen des siebenundzwanzigsten Tages wurden die Türen des Parisiense mit Riegel und Vorhängeschloß zugesperrt. Die Wohnung und der Laden verwandelten sich in einen lichtlosen Kerker, in dem mein Vater blind umhertappend nach den vier Engeln der Seligpreisung und den achtundzwanzig Häusern des Mondes suchte, in denen das Alphabet und der Mensch in seiner Vollkommenheit wohnen. Zwar hatte er das ganze Haus verriegelt und von der Außenwelt abgeschnitten, aber er fing nicht, wie erwartet, an zu toben und verlangte auch von niemandem, den abhanden gekommenen Gegenstand zu suchen. Tatsächlich waren nur er und Anastácia eingeschlossen, denn Samara und ich waren zur Schule gegangen; meine Mutter stand bei der Rückkehr vom Markt vor verschlossenen Türen und hämmerte vergeblich mit der kleinen Eisenhand, die als Türklopfer diente. Als sie mich mit offenem Mund hilflos vor der fensterlosen Fassade stehen sah, schlang sie die Arme um mich und sagte triumphierend lächelnd: ›Diese Fastentage bringen deinen Vater um den Verstand, mein Schatz.‹

Obwohl ich den Satz nicht verstand, dachte ich mir, daß etwas Seltsames im Parisiense vor sich ging. Für mich war dies ein Freitag wie jeder andere, es gab keinen Grund dafür, daß wir draußen bleiben, vor fünf versiegelten Türen stehen mußten und meine Mutter lachend die kleine Eisenhand gegen das massive Holz schlagen ließ. Sie ging mit uns auf den Bürgersteig, in den Schatten eines Paranußbaumes, öffnete ihre geflochtene Markttasche und gab uns

Obst. Aus meiner Schultasche zog sie ein Heft und einen Stift und begann mit langsamen Handbewegungen, dem Lauf der Sonne folgend, zu schreiben, säte zwischen die schwarzen Linien tanzende Schriftzeichen, rätselhaft wie Hieroglyphen. Sie schrieb drei Zeilen, riß das Blatt aus dem Heft, faltete es zusammen und bat mich, es unter der Tür hindurchzuschieben. Wenige Minuten später erschien in der sich öffnenden Haupteingangstür Anastácia Socorro, schüttelte den Kopf und machte mit dem Zeigefinger kreisförmige Zeichen an ihrem rechten Ohr; der Daumen ihrer anderen Hand wies in das Innere des Parisiense, und diese beiden gleichzeitigen Gebärden ihres vom dunklen Türbogen umrahmten, schmächtigen Körpers lösten bei uns einen Lachanfall aus, der erst verstummte, als wir in die Finsternis hineintraten und eine tiefdunkle, melodiöse Stimme hörten.

›Er hat es also schon gefunden ...‹, sagte Emilie unvermittelt. Erst da erfuhren wir, daß sie das Buch versteckt hatte und daß mein Vater das Haus verriegelt hatte, damit kein menschliches Lebewesen in dem verdunkelten Raum etwas sehen konnte, ehe nicht das Buch wiederaufgetaucht war.

Während ich den Frauen half, die Fenster und Türen zu öffnen, dröhnte die Stimme unaufhörlich durch die Räume. Menschen, die auf der Straße vorbeigingen, blieben horchend stehen und schauten in das inzwischen helle Haus hinein, konnten jedoch nicht ausmachen, woher die mächtige Stimme kam. Sie sahen uns herausfordernd an, als wollten sie fragen: Wer ist denn dieser Bauchredner? Aus welcher Wand, aus welcher Höhle kommt die Stimme? Sie kam aus dem offenen Schlafzimmer, in dem ein seit Tagen im Fasten fiebernder Körper mit durchdringender Lautstärke die Gebete des letzten Tages sprach. Seitdem bohrte in mir eine maßlose Neugier, ich stand im Bann der drei von Emilie geschriebenen Zeilen und meines Vaters Stimme. Allmählich hatte ich mich zwar schon an diese fremden Klänge gewöhnt, aber eine Zeitlang glaubte ich, es handelte sich um eine Sprache, die nur von Älteren gesprochen würde; das heißt, ich glaubte, daß die Erwachsenen nicht so wie die Kinder sprächen. Mit der Zeit nahm ich wahr, daß sie heftiger gestikulierten, wenn sie sich dieser Sprache bedienten, und gelegentlich erriet ich aus den Gesten, was sie sagten. Eines Abends, als ich ihrer Unterhaltung lauschte, fragte ich, ob sie über den neuen Nachbarn sprächen. Sie antworteten, daß sie über mich sprächen, über meine Neugier und darüber, daß ich gern herumlungerte und Stimmen zuhörte, die ich nicht verstand. An diesem Abend flüsterte meine Mutter mir zu, als sie mich in unser Zimmer brachte, daß wir am nächsten Samstag damit anfangen würden, gemeinsam das *alifebata* zu lernen. Sie setzte sich auf mein Bett und erzählte mir, daß ihre Großmutter ihr schon Lesen und Schreiben beigebracht hatte, bevor sie zur Schule ging. Zur Illustration ihrer Unterweisung in der Muttersprache berichtete sie in gedrängter Form, wie Salma, meine Urgroßmutter, im Alter von hundertfünf Jahren gestorben war. Blindlings und furchtlos glaubte ich brav jedes einzelne ihrer Worte, die mir die Augen übergehen ließen, während sich hinter dem Fensterkreuz der himmlische Abgrund abzeichnete, denn aus dieser grenzenlosen Tiefe waren geflügelte Lichtwesen von ihrer Wohnstatt aufgestiegen und um das Sterbelager geschwebt.

›Es sind mehr als zwanzig Engel, und sie sind zwischen den kleinen Kindern erschienen‹, hatte Salma zu ihr gesagt, bevor sie die Augen schloß. Und nachdem sie die Geschichte von Salma und den Engeln immer wieder erzählt hatte, träumte ich schließlich von Salma und den Engeln.

Am nächsten Tag tosten die Geschichte und der Traum in meinem Kopf wie die Wasser zweier reißender Flüsse, die ineinanderströmen und einen dritten hervorbringen. Ich ließ mich von der wilden Strömung mitreißen und dachte auch an das Muster der Schriftzeichen, das an die Flügelabdrücke eines Vogels erinnerte, der in einer Sandmulde badet, ich dachte an die strenge, eher deutliche als düstere Stimme meines Vaters, seine geschmeidige, gelassene Stimme, die ich schon nachzuahmen versucht habe, sobald ich das Alphabet gelernt, aber noch kein einziges Wort ausgesprochen hatte in jener Sprache, die, obwohl so vertraut, doch fremder als jede andere Fremdsprache klang.

Ich wartete auf den Samstag, wartete ungeduldig, daß die Stunden und Minuten verflogen, und hörte besonders gut hin, wenn mein Vater einen Satz in der anderen Sprache fallenließ. Am Samstag, bevor wir uns mittags zum Essen an den Tisch setzten, sprudelten aus meinem Mund die Worte, die er gerade gesprochen hatte, die er immer vor jeder Mahlzeit sprach. Samara warf mir einen ungläubigen Blick zu und brach in schallendes Gelächter aus, das ihr beim Schweigen meiner Eltern schnell im Hals steckenblieb. Mein Vater sah mich an, und dieser Blick, der einen Wimpernschlag währte, blitzte wie der Blick eines Neugeborenen, das vom ersten aufflammenden Licht geblendet ist.

Die Anfangslektionen waren Entdeckungsausflüge in die unbewohnten Winkel des Parisiense, die zum Teil durch Oberlichter erhellten Zimmer und Kammern – der tote Korpus des Bauwerks. Ich fürchtete mich, wenn ich diese Räume betrat, und verstand nicht, warum der erste Kontakt mit einer Sprache mit dem Besuch in abgelegenen Räumen eingeleitet wurde. In jedem Zimmer wies Emilie, nachdem sie die Tür geöffnet und das Licht eingeschaltet hatte, auf einen Gegenstand und sprach ein Wort aus, das gleichsam tief in ihrer Kehle explodierte; die zunächst halb verschluckten Silben wurden gleich anschließend ausgefeilt, und ich mußte sie mehrmals nachsprechen. Kein Gegenstand entging dieser namentlichen Bestandsaufnahme von Waren und persönlichen Dingen: Porzellantiegel, arabeskenbestickte Kissen, kleine Glasbehälter mit Kampfer und Benzoe, Ledersandalen, Kronleuchter aus milchigweißen Glaskugeln, spanische Fächer, Stoffe und eine Kollektion von Parfümflakons, vom Moschus bis zum Amber eine Karawane von Düften, die ich einatmete, während ich das richtige Wort zu ihrer Bezeichnung nachsprach. Am Ende der Wanderung durch die Zimmer und zu den Vitrinen im Laden setzten wir uns im Wohnzimmer an den Tisch, und sie schrieb jedes Wort auf und wies mich auf die Buchstaben hin, die am Anfang, in der Mitte und am Ende des Alphabets standen. Ich schrieb alles ab, mühsam von rechts nach links, malte jeden Buchstaben unzählige Male nach, schrieb Blatt für Blatt des linierten Kanzleipapiers voll. Am späten Nachmittag lief ich zu meinem Vater, um ihm meine Aufzeichnungen zu zeigen, die er dann korrigierte, während Emilie in dem Raum neben ihrem Zimmer verschwand, den niemand außer ihr betreten durfte. Sie unterrichtete ohne Methode, System und Reihenfolge. Im Laufe dieser wirren Lehrzeit erschloß sich mir, vielleicht intuitiv, allmählich der Bannkreis des *alifebata*, bis sich mir das Rückgrat der neuen Sprache offenbarte: die Mond- und die Sonnenbuchstaben, die Feinheiten der Grammatik und der Phonetik, die auf jedem der in den Vitrinen ausgestellten oder aus dem Halbdunkel der Räume hervorgeholten Gegenstände leuchteten. Fünf oder sechs Jahre lang übte ich mich in diesem Spiegelspiel zwischen Aussprache und Orthographie, unterschied und sortierte Laute, trainierte die Bewegungen meiner Hand, um sie auf dem Papier darzustellen, als wäre die Bleistiftspitze ein Meißel, der kunstvoll Rillen in eine Marmorplatte treibt, bis sie allmählich mit winzigen gewundenen, verschnörkelten Wesen übersät ist, die sich der Gestalt von Schnecken, Kehleisen und Krummsäbeln anzugleichen suchen oder der Form einer einzelnen Brust, jenem Schriftzeichen, das die Zunge bei der Berührung mit der Innenseite der Zähne und einer gleichzeitigen Zuckung zwischen den halbgeöffneten Lippen einen phönizischen Fisch hervorpressen läßt.

Von klein auf habe ich mit einer Sprache in der Schule und auf den Straßen der Stadt und mit einer anderen Sprache im Parisiense gelebt. Und manches Mal hatte ich das Gefühl, zwei verschiedene Leben zu haben. Ich wußte, daß ich unter Emilies Kindern zum Gesprächspartner Nummer eins auserkoren war – weil ich vor den anderen auf die Welt gekommen war? Weil ich ihren Erinnerungen noch sehr nah war, der Welt ihrer Vorfahren, in der sich alles oder fast alles um Tripoli drehte, um die Berge, die Zedern, die Feigenbäume und Weinstöcke, die Hammel, um Junieh und Ebrin? Aber das verursachte mir kein Kopfzerbrechen, eher machte mich Emilies Weg in die Einsamkeit neugierig, wenn wir uns nach dem Unterricht verabschiedeten. Spurlos verschwand sie in dem Zimmer, das mich schon allein deswegen interessierte, weil es ein verbotener Raum war, selbst meinem Vater nicht zugänglich, der immer tat, als sähe er nichts, wenn Emilie mit allerlei Dingen behängt und beladen mit Blättern voller Wörter und Ausdrücke, die wir im Laufe des Samstagnachmittags durchgekaut hatten, ihr Versteck betrat und verließ. Erst als wir in das neue Haus (das Stadthaus) umzogen, zerfiel das Heiligtum der Geheimnisse. Ein Umzug bringt Offenbarungen, enthüllt Mysteriöses, auf dem Weg von einer Umgebung in die andere wird manches deutlich, und selbst der Inhalt eines geheimen Schriftstücks kann allgemein bekannt werden. Die Gegenstände aus ihrem Versteck im Parisiense packte sie in die fest verschlossene Truhe und trug sie eigenhändig zu Fuß die zwei Straßenblocks weit, die zwischen den beiden Häusern liegen. Ich folgte ihr mit einigem Abstand. Wenn sie eine Verschnaufpause einlegte, versteckte ich mich hinter dem Stamm eines Mangobaums. Sie hätte mir nie verziehen, wenn sie entdeckt hätte, daß ich ihr so nah war, sie beobachtete, aufpaßte, daß sie nicht stolperte und mit ihrer in der Truhe eingepackten Welt stürzte. Als ich das neue Haus betrat, zerbrach ich mir den Kopf: Wo mochte meine Mutter das schwere Möbel voller unzugänglicher Besitztümer und alter Geheimnisse untergestellt haben?

Eines Morgens, als Emilie zur Markthalle gegangen war, stöberte ich zum ersten Mal im Zimmer meiner Eltern. Ich muß zu der Zeit noch keine zwanzig gewesen sein, und ich erinnere mich, daß unser Haus wirklich riesig war. Wir waren damals vier Geschwister, und das geräumige Stadthaus bot genug Platz für die Familie, die dann mehr oder weniger wohlwollend die Kleinen aufnahm, die im Abstand von sechs Jahren dazukamen: du, dein Bruder und Soraya Ângela. Ich stellte das ganze Elternschlafzimmer auf den Kopf, stöberte überall, wo man üblicherweise meint, einen Schlüssel finden zu können: in den Fensterrillen, den Möbeln, unter den losen Parketthölzern, den Kopfkissen und der Matratze, auf der sie noch einige Jahrzehnte nebeneinander schlafen sollten. Es war eine pedantische Suche, die an mehreren Tagen in jenem August frühmorgens stattfand. Heute kommt es mir vor wie der Morgen des letzten Jahrhunderts. Die Suche wurde erst von Erfolg gekrönt, als ich – kurz davor, die Geduld zu verlieren – damit begann, Gegenstände zu schütteln und umzukippen, wie zum Beispiel das Stück Zedernholz aus dem Libanon, das die Form eines Kegelschnitts hatte. Der bauchige Teil war von der Baumrinde bedeckt, und die schräge Fläche war vollkommen glatt bis auf eine winzige Zeder, kaum größer als das Auge eines Menschen, die sich darauf erhob. Später begriff ich, warum Emilie zur Siesta immer so lange in der Hängematte versunken lag und dabei wehmütig zu der Konsole schaute, auf der das Holzstück stand; damals entdeckte ich, daß der Miniaturbaum die Öffnung eines Gegenstandes war, den ich immer für vollkommen massiv gehalten hatte. Im Innern der Zeder steckten, wie Intarsien in das Holz eingepaßt, zwei Schlüssel. Der eine Schlüssel gehörte zu dem dickleibigen Kleiderschrank, und die geöffneten Türen offenbarten mir zum ersten Mal Emilies private Welt. Ich weiß noch sehr gut, daß ich verlegen und fasziniert vor all den vielen Gegenständen stand, die in den Räumen des Parisiense nicht vorhanden gewesen waren; aber wer plötzlich auf Intimes eines anderen Menschen stößt, den überkommt fast immer Schamgefühl und Verwirrung.

Das Möbel barg in seinem Innern ein prächtiges, aus kostbarem Brokat geschneidertes Gewand. Das in eine dunkle Ecke verbannte, abgelegte, nicht mehr benutzte Kleid schien von einem Körper zu sprechen, der in einer anderen Zeit gelebt hatte, über einen anderen Boden gewandelt war und den Jahreszeiten einer Gegend in weiter Ferne standgehalten hatte; ich stellte mir vor, wie Emilies Körper aussehen mochte, wenn ihn dieses exotische Gewand bedeckte, von dem ich nur einen Teil in der düsteren Ecke im Schrank erkennen konnte; ich sah im Geiste einzelne Szenen aus ihrer Jugend vor mir, so wie ich heute meine mehrmaligen Vorstöße in das Schrankinnere vor mir sehe, auf der Suche nach einem Gegenstand, einem Wort. Diese Besichtigung wiederholte sich an mehreren Vormittagen, denn wenn ich die Truhe öffnete, stockte ich beim Anblick der liegenden Uhr, die fast die gesamte, mit ebenfalls schwarzem Samt ausgeschlagene Fläche einnahm, wie ein auf den Meeresgrund gesunkenes, vergessenes Schiff. Durch den Glasdeckel konnte ich die Briefe sehen, von denen Hindié mir erzählt hatte; und diese in der Uhr aufbewahrte Korrespondenz heimlich zu lesen bedeutete, mich in eine weit zurückliegende Epoche zu begeben. Ich machte mir, vielleicht unbewußt, einen Spaß aus diesem heiklen und unvernünftigen Spiel, das darin besteht, die Vergangenheit eines Menschen aufzudecken, unbekannte Abschnitte von Zeit und Raum zu erleben: Tripoli, 1898; Ebrin, 1917; Beirut, 1920; Zypern, Triest, Marseille, Recife und Manaus, 1924. Jahreszahlen und Orte, die Hindié gelegentlich erwähnt hatte, und ich wollte sie mit Emilies Leben in Verbindung bringen, die Ereignisse aufdecken, die in dem Leib des dunklen Kastens verborgen lagen. Eines Morgens, schon lange nach jenem Morgen, an dem ich die Schlüssel gefunden hatte, und nachdem ich so viele Male die Handbewegung zum Drehen des kleinen Schlüssels aufgeschoben, so viele Male die glatte Glasplatte mit dem Blick poliert, mit den Augen die im Halbdunkel liegenden Winkel abgetastet hatte, beschloß ich, den Glasdeckel zu öffnen, in die Mulde der liegenden Uhr einzudringen, in der alles – die Scheibe mit den Zeigern, die Zahlen, das Pendel – von irgendwelchen Gegenständen bedeckt war. Zuerst sah ich die beiden goldenen Armreife, zarte Ringe, die an fast unsichtbaren Knoten ineinander verschlungen waren; genaugenommen waren es keine Knoten oder Verbindungsglieder, die aus den beiden Ringen einen einzigen machten; für mich war es eine Art magische Verkettung, ein rätselhaftes Scharnier, das bei Betätigung Neugier und Staunen hervorruft. Irgendwann in der Vergangenheit hast du bestimmt einmal den Armreif bemerkt, der sich wie eine goldene Tätowierung um Emilies Unterarm wand; in Wirklichkeit waren es vier Reife, die ich weiß nicht wovon zusammengehalten wurden. Bei meinen weiteren Erkundungsgriffen in die Truhe – um einen Brief noch einmal zu lesen – fand ich ein zweites Paar Armreife, wie ein neuer Ring, der sich auf dem Leib einer Schlange herausbildet. Es dauerte einige Zeit, bis ich zwischen der Zahl der Armreife und Emilies Kindern einen Zusammenhang herstellte. Ich habe nie herausgefunden, woher diese zarten Ringe kamen, die sich so geheimnisvoll im Uhrenkasten vermehrten. In den Briefen begegnete mir keinerlei Hinweis auf sie, und mehrmals mußte ich an mich halten, um nicht Emilie nach der Herkunft des Armschmucks zu fragen; mit diesem endgültigen Verzicht wurde mir ein für allemal klar, daß manche Menschen große Geheimnisse oder nicht entschlüsselbare Rätsel bis zum Tod für sich behalten. Als mein jüngster Bruder zur Welt kam, wurden die vier Armreife zu einem festen Bestandteil von Emilies Körper. Zu diesem Zeitpunkt hatte ich bereits alle Ecken der Truhe und der darin aufbewahrten Uhr durchstöbert – und das weiße, mit stockigen, vergilbten und feuchten Flecken, den Zeichen des Verfalls, gesprenkelte Ordenskleid gesehen. Kein einziges Mal habe ich es gewagt, die Leinentunika oder die über ihr liegende plissierte Haube zu berühren, die, beide sorgfältig zusammengefaltet, wie der Schatten eines Gesichtes und der Umriß eines Körpers auf dem Uhrenblatt ruhten. Sie waren seit langem unberührt, denn über den Flecken und dem Schimmel bildeten unzählige Fäden ein dichtes, festgefügtes Netz, das sicherlich täglich weiterwuchs; das alles deutete auf langes Liegen, ohne benutzt zu werden, auf Ferne und Geheimnis hin und hat mich vielleicht daran gehindert, die Stoffe anzufassen, die Emilie nur so kurze Zeit in Ebrin getragen hatte. Diesen Abschnitt ihres Lebens sowie andere Ereignisse, die sich auf dem Weg vom Libanon nach Manaus zugetragen haben, konnte ich dank der im Holzkasten unter der Pendelscheibe gestapelten Briefe einordnen.

Die Lektüre der winzigen Schriftzeichen war für mich eine mühselige Arbeit. Die in klassischem Arabisch geschriebene und immer mit V. B. unterzeichnete Korrespondenz umfaßte viele Jahre, gelegentlich von monatelangen Pausen unterbrochen. In diesen Zonen des Schweigens verlor ich den Faden des Geschehens und hatte Schwierigkeiten mit der Schrift, übersprang ganze Sätze und stieß Verwünschungen gegen die Vokabeln aus, wie ein von nicht zu entziffernden Zeichen umzingelter Leser. Da die Korrespondenz sich nicht kontinuierlich fortsetzte und ich so viele Sätze nicht verstand, konnte ich nur dunkle Abschnitte eines Monologs erahnen oder nicht einmal das – eine gedämpfte Stimme, eine verblaßte Schrift, die eine stockende Lektüre zur Folge hatte. Die unverständlichsten Passagen der Briefe entzifferte ich intuitiv – ein zulässiges Mittel, um den Engpaß einer von Gestammel unterbrochenen Lektüre zu überwinden, ohne zu einem Wörterbuch zu greifen, obwohl ich die Hefte mit Aufzeichnungen, die Emilie mit den Briefen zusammen aufbewahrt hatte, von vorn bis hinten durchblätterte; unter den Aufzeichnungen fanden sich, wie ich feststellte, etliche Verweise auf unsere samstäglichen Zusammenkünfte, und ich las mit Staunen, daß der zusammengetragene Wortschatz umfangreich war. Ich fand auch ein paar Gebete auf französisch, und die Ave-Marias waren so zahlreich, daß ich im Geiste Emilie ganze Litaneien schreiben sah, wenn sie in den Nächten ihrer Verzweiflung nicht beten konnte. Wie oft habe ich sie dabei überrascht, daß sie Kirchenlieder sang, während ihre Hände flach auf der Brust lagen und ihr Blick von einer Bibel zur anderen sprang; ich glaube, deshalb ist es ihr nicht schwergefallen, die Psalmen auf portugiesisch zu lernen, obwohl sie das Gesicht verzog, wenn die Übertragung von einer Sprache in die andere für sie fremd und nicht wortgetreu klang, als hätten bei manchen Psalmen und Gleichnissen Steine im Weg gelegen und sie umständlich gemacht oder ihres Sinnes entleert. Dieses Thema muß Emilie am Herzen gelegen haben, denn V. B. erwähnte es in verschiedenen Briefen und zitierte eine Textstelle aus der Bibel auf französisch, mit der Bitte an die Freundin um die portugiesische Übersetzung. Als ich zu Emirs Grab ging, konnte ich das Zitat in beiden Sprachen lesen. Die Buchstaben waren in den Grabstein gemeißelt, unter der Photographie eines jungen Menschen.

Emirs Name wurde während der Mahlzeiten und angeregten Unterhaltungen beim Rauchen der Wasserpfeife, einem Schluck Arrak und Setzen der Backgammonsteine fast nie erwähnt. Emilies Kindern war verboten, an diesen Geselligkeiten teilzunehmen, die sich bis in die frühen Morgenstunden hinzogen und in bläulichem Licht im Brunnenpatio endeten. Es war eine Stunde, zu der die inzwischen ausgepreßten, erschöpften und endlos wiederholten Gesprächsthemen vertraulichen Worten und Klagen wichen, hin und wieder übertönt vom Zwitschern der Vögel und unterbrochen von lauten Ausrufen und Stimmen, die den Namen Gottes aussprachen. Es war, als ob der Tagesanbruch – wie ein Eindringling, der die lebhaften Stimmen der Nacht zum Schweigen bringt – die Feststimmung vertrieb, die Gestik der besonders temperamentvollen Gäste dämpfte und sie zu ihrer Pflicht rief, die mit der Morgenröte begann. Aber nach manchen Freitagsgesellschaften trieb der aufgehende Tag sie nicht auseinander. Dann wachte ich von herzzerreißendem Brüllen, grauenhaftem Wimmern, Trappelgeräuschen und dem Geschrei von Tieren auf, die dem Todeskampf der Hammel zusahen, die einen Namen hatten und von Emilie mit der Hand gefüttert wurden. Ich lief in das Elternschlafzimmer und sah durch den Spalt der Fensterläden, wie das Blut aus dem Hals des Tieres spritzte, ihm über die noch offenen Augen rann und in sein weißes, lockiges Fell sickerte. Auf dem sterbenden Leib breitete sich eine unbestimmte Farbe aus, wie ein Fleck der Morgendämmerung in dem Patio, über dem der Tag anbrach. Sie warteten, bis auch der allerletzte Blutstropfen herausgeflossen war, dann schnitten sie das Tier auf, vierteilten und zerlegten es. Mit bloßen Händen riß Emilie ihm die Eingeweide heraus, legte auf ein Zedernbrett, was verzehrt werden sollte, und warf die vom Menschen verschmähten Teile den Tieren vor. Und während rings um sie Getümmel entstand – Vögel, Vierbeiner und Affen, die sich um die Eingeweide des Hammels stritten –, wusch und putzte sie die Leber und würzte sie mit Salz, schwarzem Pfeffer und Minze. Die Backgammonbretter wurden vom Tisch geräumt, und einer der Spieler wies noch darauf hin, daß der nächste Würfelwurf ihm zustand.

Emilie half Anastácia Socorro, die wie Seidentücher gefältelten Blätterteigbrote zu holen und einen Obstkorb mit frischen Feigen, *genipapos*, *biribás*, Ananas und Wassermelonen; und in einer Schale aus gebranntem Ton lagen zwischen Mohnblüten aus dem Garten *pitombas* in Trauben, zu Zöpfen geflochtene wilde Passionsfrüchte und andere äußerst saure Früchte, von denen man, wenn die Zunge sie berührte, eine Gänsehaut bekam und das Gesicht verzog. Aber Anastácia Socorro verzog das Gesicht aus einem anderen Grund: Nachdem sie den Tisch gedeckt hatte, flüchtete sie in einen der Innenhöfe des Hauses, um die Völlerei nicht mit ansehen zu müssen. In der Mitte eines von der Äquatorsonne beschienenen Patios huldigten Männer und Frauen der uralten Tischsitte, die rohe Hammelleber mit den Händen zu essen. Es war kein barbarisches Ritual und kein Tieropfer, das ich vom elterlichen Schlafzimmer aus beobachtete, sondern etwas faszinierend Neues, ein exotisches Fest, das in so deutlichem Kontrast zu dem üblichen Ablauf im Haus stand.

Die Art, wie sie ihren Heißhunger stillten, hatte etwas Maßloses und Lustvolles. Mit inbrünstiger Hingabe an das Fleisch des Tieres – im Gegensatz zu der alltäglichen Hygiene – führten die Hände ein Stück frische Leber zum Mund, das Brot ging von Hand zu Hand und wurde von Fingern gebrochen, die mit Öl und *zátar* verschmiert waren. Irgend jemand sang das neueste Lied, das gerade in Kairo in Mode war, ein anderer trug ein mystisches Gedicht oder eine Fabel von Attar vor oder sprach das Lied der Rose, der Nelke, der Anemone und schloß bei dem Vortrag des Liedes des Jasmin mit den Worten, daß Verzweiflung ein Fehler ist. Sie lobten die Gewürze, die Süßspeisen aus Grieß mit Nüssen und Honig und das Kompott aus Rosenblütenblättern, dessen Duft alle lange einatmeten, ehe sie davon probierten. Aus Furcht, nicht zum Abendessen am Samstag eingeladen zu werden – wenn die Hammelkeule mit Datteln gebraten wurde –, warteten manche ungeduldig auf die Stunde des Abschieds, um meinen Vater den Satz sprechen zu hören, mit dem Gott ihm erlaubte, ihnen zum Nachtmahl des nächsten Tages die Türen des Hauses zu öffnen.

Diese Gesellschaften fanden auch im neuen Haus statt, doch daß es sie gab, dessen wurde ich im Parisiense gewahr. Die Unterhaltung wurde ausschließlich auf arabisch geführt, abgesehen vom Grüßen eines vorübergehenden Bekannten oder dem Besuch des einen oder anderen Nachbarn, darunter ein paar Ausländer, wie die Familie des Portugiesen Américo aus Póvoa de Varzim, die Benemous aus Marokko und Gustav Dorner, der Deutsche aus Hamburg; alle sehr gute Freunde von Emilie; letzterer wurde auch mein Freund, und mehr noch, mein Vertrauter.

Durch Dorner lernte ich die erste Bibliothek meines Lebens kennen. Sie bestand aus acht Wänden voller Bücher, die ich zum Glück erst Jahre später kennenlernte, denn andernfalls hätten sie mich vom Lesen, das ich mir damals gerade zur Gewohnheit machte, für immer abgehalten. Dorners Stimme klang genauso dunkel wie sein Name, und er sprach ein gewähltes, fast akzentfreies Portugiesisch, was die Einheimischen derart verunsicherte, daß sie ihn nur dank seines Äußeren nicht für einen Amazonenser hielten. Er war größer und blonder als alle anderen Deutschen in der Stadt und kleidete sich in einem für die damalige Zeit recht eigenwilligen Stil; er trug Bermudas, die bis zu den Knien reichten, ein kragenloses weißes Hemd und an den Füßen Chromlederschuhe, ohne Schnürsenkel und ohne Strümpfe. An einem breiten Ledergürtel hing ein schwarzes Futteral auf der Hüfte; wer es von weitem sah, hielt es für ein Halfter oder eine Feldflasche und staunte darüber, wie behende Dorner seine Hasselblad aus dem Futteral zog und auf den Straßen, in den Häusern und Kirchen, am Hafen, auf den Plätzen oder auf dem Fluß auf eine Szene Jagd machte. Außerdem besaß er ein beneidenswertes Gedächtnis: Eine ganze, im Zusammensein mit den Menschen aus der Stadt und ihrem Land erlebte Vergangenheit wurde in den sprudelnden Worten einer Stentorstimme lebendig, die durch die Stille des ganzen Häuserblocks hallte. Aber die Erinnerung wurde auch mit Hilfe von Bildern wachgerufen; er sagte von sich, er sei unerbittlich auf der Pirsch nach ›Glanzmomenten der menschlichen Natur und einzigartigen Ansichten der Natur am Amazonas‹. Seit langem beschäftigte er sich damit, eine ›Sammlung von Schnappschüssen des Lebens‹ zusammenzutragen: Porträts eines Einsiedlers, eines Bettlers, eines Fischers, von Indios, die in der Nähe lebten, von Vögeln, Blumen und Menschenmengen.

Du und dein Bruder, ihr habt Dorner gekannt. Ich weiß nicht, ob du damals seine Schülerin warst, aber du weißt, wie zerstreut er war. Manchmal meinte ich, daß seine Zerstreutheit für ihn eine Möglichkeit war, sich den Menschen und der Wirklichkeit, die ihn umgaben, zu entziehen; alles, was er sah, wurde ins Blickfeld des Kamerasuchers gerückt; ich sagte manchmal im Spaß zu ihm, daß die Linsen der Hasselblad, die Gläser seiner Brille und die bläulichen Pupillen seiner Augen zusammen einen einzigen Sehapparat bildeten. Er reagierte auf solche doch recht abwegigen Vergleiche nie gereizt; vielmehr antwortete er, wenn er die Hasselblad anschaue, sehe er sein eigenes Gesicht. Und in manchen heißen Nächten, wenn er von einem Gang durch die menschenleere Stadt zurückkehrte, begegnete ihm sein zweites Gesicht beleuchtet in einem Glaskasten, in dem die Hasselblad die Nacht verbrachte, in der warmen Luft unter einer Glühbirne ruhte, einer künstlichen Wärme, um Schimmelpilze zu vertreiben, die Schärfe des Objektivs zu erhalten und dafür zu sorgen, daß der Blick durch den Sucher klar blieb – als Triumph der Transparenz.

Dorner hat Emir in der Mitte des Musikpavillons auf der Praça da Polícia photographiert. Es war das letzte Photo von Emir, aufgenommen kurz vor seinem einsamen Gang, der am Hafenkai und auf dem Grund des Flusses enden sollte. Die Geschichte dieser Aufnahme hat Dorner mir Jahre später selbst erzählt, in sorgfältig gewählten Worten, um nicht einen grausamen Umstand zu offenbaren, den ich bereits beim Lesen der Briefe von Virginie Boulad erahnt hatte. Das Photo erzählte mir, was Dorner mir nicht sagen mochte: das angespannte Gesicht eines Menschen, der sich ziellos oder im Kreis bewegte; Emirs eine Hand steckte in der Hosentasche, und seine andere streichelte eine so seltene Orchidee, daß Dorner die Verzweiflung seines Freundes überhaupt nicht wahrnahm.

Bei einer unserer letzten Begegnungen dachte Dorner an jenen Vormittag zurück und zeigte mir Hefte, in denen Gespräche mit meinem Vater aufgezeichnet waren.«

3

»Damals verdiente ich mein Geld mit einer Hasselblad und konnte auch mit einer Pathé-Filmkamera umgehen. Ich photographierte Gott und die Welt in dieser von Einsamkeit und Verfall heimgesuchten Stadt. Viele Leute wollten photographiert werden, als sei die Zeit stehengeblieben und hätte eine kleine gespenstische Welt geschaffen, eine entzauberte Bilderwelt, und in ihr ganze Familien, die vor der Kamera vorüberzogen, sich in den Gärten der großen Villen oder auf dem Deck der Überseedampfer, die im Hafen von Manaus anlegten, zum Gruppenbild versammelten.

An dem Morgen, als ich Emir im Pavillon auf dem Platz stehen sah, war ich auf dem Weg zum Wohnsitz einer jener Familien, die zu Beginn des Jahrhunderts das Befinden und Schicksal fast der gesamten Bevölkerung der Stadt und des Umlands ruinieren konnten, denn sie kontrollierten die Flußschiffahrt und den Lebensmittelhandel. Ich sollte ein Album mit Aufnahmen dieser Familie machen und mußte noch am selben Vormittag die Filme entwickeln und Bilder abziehen, die ich auf einer meiner Reisen zu den Wasserfällen des Rio Branco aufgenommen hatte. Dort hatte ich Musterexemplare von kostbaren Blüten gesammelt, allerdings nicht so seltene wie die Orchidee, die Emir in der linken Hand hielt. Die Farbe der Orchidee fesselte mich, ein tiefes Rot, ins Purpurrot, fast Lila spielend. Ich bewunderte die Blüte zwischen Emirs Fingern, und vielleicht ist mir deshalb sein seltsamer Gesichtsausdruck entgangen, der Blick, der keinen Menschen mehr erkennt. Ich weiß noch, daß ich ihn zum Mittagessen im französischen Restaurant einlud; er gab nur dumpfe Laute von sich, rätselhafte Worte, die ich als ablehnende Reaktion auf meine Einladung auslegte; aber ich begriff, daß er sich gegen mich und die ganze Welt abkapseln wollte, daß die blühende Orchidee in seiner Hand für ihn das wichtigste Daseinsmotiv war.

Während ich die Aufnahmen der Familie Ahler machte, dachte ich an die Gespräche, die ich mit Emir geführt hatte, er sprach in einem solchen Kauderwelsch, daß man Mühe hatte, ihn zu verstehen; ich fühlte mich immer wie bei einem nordafrikanischen Geschichtenerzähler, er besaß dieses Talent, seine Zuhörer beim Erzählen mit der Stimme zu fesseln, allein mit der Stimme und nicht unbedingt mit seinen Worten, denn viele Sätze waren unverständlich. Ich verstand auch nicht den einsamen Spaziergänger, der frühmorgens das Hotel Fenícia verließ, einen Fährmann am Markthallenufer weckte und mit ihm zum anderen Ufer des Flußarms von Educandos hinüberruderte; dann ging er zu Fuß weiter, bis er im Stadtzentrum war, und ich folgte ihm durch die engen, von verfallenen Häusern gesäumten Straßen. Nein, Emir war nicht wie die anderen Einwanderer, er schlug sich nicht ins Hinterland, wo man gegen Raubtiere kämpfen mußte und sich das Wechselfieber holte, er ließ sich nicht auf das ständige Kommen und Gehen zwischen Manaus und dem Netz der Flußarme ein, in ihm steckte nichts von dem Ingrimm und der Entschlossenheit jener, die jung und arm ankamen und am Ende eines zermürbenden Lebens ein Imperium ihr eigen nennen wollten. Emir hielt sich aus allem heraus, er hatte einen etwas verlorenen Blick, wie einer, der mit dir spricht, dir ins Gesicht sieht, aber eigentlich ganz woanders ist. Außerdem reizten mich diese Wanderungen, es reizte mich, durch die Straßen mit den billigen Pensionen zu gehen, am Hotel dos Viajantes vorbei, nirgends stehenzubleiben, keinen Menschen zu sehen, nur gegen die Stille am Ende der Nacht anzulaufen und bei einem Schrei, einem lauten Auflachen oder einer Lichtgarbe, die plötzlich im Fenster eines Schlafzimmers aufflammt, zusammenzuzucken. Emirs Leben schien sich auf diese frühmorgendlichen Spaziergänge zu beschränken: nach der

Überfahrt über den Flußseitenarm zu Fuß zur Praça Dom Pedro II, der Straße mit den großen Lagerhäusern, dann der Anblick der Schiffsmasten, der Kiele und der hohen Schornsteine, das tiefe Tuten der Hildebrand, die Passagiere aus Liverpool, Leixões und Madeira brachte – vielleicht wußte Emir, wohin das Schiff weiterfuhr, nach New York, Los Angeles, zu irgendeiner Hafenstadt auf der anderen Seite der Erdkugel, Fernweh nach Übersee. Die Familie Ahler posierte vor dem Sucher meiner Kamera, alle Arm in Arm rings um eine verschmutzte Statue, aber ich mußte an Emirs Gesicht denken, an die zwischen seinen Fingern schwankende Orchidee, an den Ring, den er mir eines Tages stolz gezeigt hatte, es war ein Geschenk, die Erinnerung an eine Liebe in Marseille.

In der Dunkelkammer brachte ich nicht viel zustande, mein Blick sah nicht die Bilder der Wasserfälle, der Indios, der seltenen Pflanzen. Ein eigenartiges Gefühl überkam mich, als lastete eine Vorahnung auf mir, Vorbote eines unseligen Geschehens. Ich hängte mir die Kamera um und ging aus dem Haus, und als ich zum französischen Restaurant kam, hatte schon der Nieselregen eingesetzt. Mir fiel auf, daß die unter den Markisen versammelten Passanten merkwürdig tuschelten, dann hörte ich die schrillen Sirenen der Feuerwehr durch die mittägliche Ruhe gellen. Im Restaurant herrschte hektische Betriebsamkeit, ich setzte mich an den einzigen freien Tisch und stand, ohne mich zu besinnen, sofort wieder auf, wußte nicht, ob ich schnell gehen oder laufen sollte, aber eine innere Stimme trieb mich zu dem Ort, wo ich Emir begegnet war. Der Nieselregen und die Mittagszeit hatten dafür gesorgt, daß der Platz verlassen dalag. Da fiel mir ein, daß neben den Bronzewachposten auf dem Bürgersteig vor der Kaserne die beiden lebendigen Wachposten standen, gleichsam als schüchterne verkleinerte Schattenbilder der metallenen Riesen. Ich zögerte ein paar Sekunden, ehe ich einen der Männer fragte, ob er zufällig Emir gesehen habe; ich hatte Angst, damit Zeit zu verlieren, aber trotzdem lief ich über den Platz und stellte, fast schreiend, meine Frage. Der Weg über den Platz und der kurze Dialog mit dem Wachposten kosteten mich drei Minuten. Als ich die Antwort des Soldaten hörte, schien mir schon alles entschieden; ein junger, weißgekleideter Mann? Der redete mit einer Blume, ist langsam aus dem Pavillon weggegangen und dann verschwunden.

Der Soldat wies in die Richtung, in die er gegangen war, und als ich von weitem den Hafen erblickte, sah ich, daß sich auf einer Stelle des Pontons Menschen drängten. Selbst aus der Entfernung waren die beiden Taucher zu erkennen: zwei schwarze Gestalten, wie schwebende Figuren in der vom Nieselregen diesigen Luft. Die Nachricht breitete sich wie eine Epidemie aus, und es wurden so viele und so widersprüchliche Versionen erzählt, daß Emilie mehrmals abwechselnd lachte und weinte. Denn die beiden Wachposten des Hafenamts äußerten unterschiedliche Meinungen über den von den Wasserfluten des Rio Negro verschlungenen Mann. Keiner der beiden hatte ihn durch das Haupttor gehen sehen; sie mutmaßten, er könnte durchaus um das Zollgebäude herumgegangen und ungesehen zum Lagerschuppen gelangt sein. Der eine Aufseher behauptete entschieden, daß ein weißgekleideter junger Mann dicht am Rand des Anlegers gestanden hätte.

›Er rührte sich nicht und stand so dicht am Wasser, daß er wie eine Marmorstatue aussah, die im Fluß schwimmt‹, sagte er, von Neugierigen umringt. Aber der andere bestritt diese Behauptung und räumte ein, daß sie beide todmüde und ausgehungert gewesen seien, daß ihnen der Magen geknurrt habe und die Augen ihnen fast zugefallen seien.

›Eine üble Tageszeit‹, beklagte sich der Mann. ›Und erst recht, wenn es so nieselt und die Sonne sich rar macht; da kann sich das Auge für nichts entscheiden.‹

Ich blickte gerade auf die vom feinen Sprühregen gepunktete Wasserfläche, als ich den letzten Satz des Aufsehers hörte: Da kann sich das Auge für nichts entscheiden. In diesem Augenblick merkte ich, daß ich die Hasselblad im Restaurant vergessen hatte, und in den Ärger über meine Vergeßlichkeit schlich sich die Gewißheit, daß man Emir nicht mehr lebend finden würde. Bis dahin hatte ich mir Mühe gegeben, den Gerüchten zu glauben, und die Ohren gespitzt, damit mir keine Version entging, die den Weg meines Freundes zu rekonstruieren versuchte. Gleichgültig beobachtete ich, wie die Froschmänner immer wieder untertauchten, denn der letzte Hoffnungsfunke war verlöscht, als ich feststellte, daß mir die Kamera fehlte. Selbst Emilie und dein Onkel Emílio sahen mir mein Entsetzen an. Ich empfand Leere im Gesicht, als hätte man mir die Augen verbunden, ein Gefühl, als spürte ich meinen Körper nicht mehr, ähnlich wie ein Schwindelanfall, auf den plötzliches Erblinden folgt. Dann hörte ich, wie Emilie unter Mühen etwas sagte; mehrmals fragte sie: ›was? was? wo?‹, und die Worte dröhnten wie Hammerschläge oder wiederholte Warnungen – immer wieder die gleiche Stimmlage und die gleichen Worte, die unweigerlich zu Lautfetzen zerplatzten. Sie sah keinen Menschen an, preßte sich die Hände auf die Ohren, warf den Kopf zurück und brach in einen Wortschwall aus, und plötzlich löste sich der Menschenring um die beiden Aufseher, und die Blicke richteten sich auf sie. Zunächst flüsterten die schwatzenden Neugierigen weiter, dann verstummten sie ganz, denn Emilie stieß einen gellenden Schrei aus, den keiner verstand, nur ihr Bruder, der sie mit einer Umarmung zu beruhigen versuchte; aber sein Griff löste eine ganze Folge von Verrenkungen aus, und es hatte den Anschein, als kämpften beide Körper gegen eine fremde, äußere Kraft. Es dauerte ein paar Sekunden. Dann krümmte Emilie sich, um die Bewegungen abzufangen, und erstarrte, geduckt wie eine Seeschnecke, fast auf der Eisenplattform liegend.

Der erste Pfiff klang leise, fast unhörbar herüber; die

Menschen rings um Emilie vernahmen ihn nicht, sie stöhnte zu laut. Ich blickte zum Rand des Anlegers und sah die Froschmänner; ihre Gesichter hinter der Glasscheibe der schwarzen Taucherbrillen, die Arme, die zum Horizont wiesen; und dann schien es mir, als käme der Ton, der so sanft, fast wie Flötenmusik, erklungen war, von einer weißlich schimmernden Silhouette mit fließenden Konturen, die sich kurz vor der fernen Linie des Urwalds befand, hin und wieder in die Sonnenstrahlen tauchte, im Dunst des Nieselregens unterging und wie ein leuchtendweißer Lichtkörper wieder sichtbar wurde, vielleicht fest verankert war oder sich so langsam bewegte, daß man unmöglich ausmachen konnte, ob sie auf uns zutrieb oder sich vom Hafen entfernte. Aus der Ferne sah die von Licht und Wasser umflossene Silhouette wie ein lebendes Bild aus, ein geringfügig bewegliches Gemälde: der Wasserhorizont, dunstig und sonnenbeschienen zugleich, und das Flimmern einer weißen, gekrümmten Schneide, wie ein Lichtbogen zwischen Himmel und Wasser.

Die Menschen in meiner Umgebung hatten diese Erscheinung am Horizont nicht bemerkt. Emilie und ihr Bruder hielten sich noch immer umfangen, der eine Körper verdeckte den anderen, alle Augenblicke ging ein Murmeln durch die Stille, während die Menschen ratlos auf die beiden Körper starrten und darüber den Ertrunkenen, die Suche, den Grund unserer Anwesenheit vergaßen. Ich entfernte mich schon vom Kai, ging den Ponton entlang, da hörte ich den Pfiff, jetzt deutlicher, als wäre der Laut, unabhängig von der weißen Silhouette, aus den Dunstschwaden erklungen: ein Pfeifen aus dem Weltraum.

Auf dem Weg zwischen Hafen und Restaurant mußte ich einigen Menschen aus dem Weg gehen, die bereits davon wußten. So ist das Leben in der Provinz: Du verlierst einen Freund, und sofort breitet sich eine morbide Stimmung in der Stadt aus; erst werden indiskrete Erkundigungen laut;

dann abartige, aberwitzige Mutmaßungen über das Leben des Opfers, während wir noch gar nicht richtig glauben können, daß wir den Freund verloren haben, und unsere Gefühle zwischen der Hoffnung, er möge noch leben, und der sich bereits abzeichnenden wehmütigen Erinnerung schwanken, bis daraus eine geheime Kommunikation, ein stilles Zwiegespräch mit der Vergangenheit wird. Nicht ganz ohne Reue dachte ich: Warum habe ich nicht Emir zu Ahlers mitgenommen? Warum habe ich ihn mit der Orchidee in der Hand photographiert und ihn in seiner Verwirrung seines Weges ziehen lassen, so kurz vor dem Unglück? Die in meinem Kopf noch lebendigen Bilder von Emir waren auf dem Film in der Kamera aufgezeichnet, die ich im La Ville de Paris vergessen hatte. Der Besitzer des Restaurants hatte die Hasselblad in Verwahrung genommen und erwartete mich ungeduldig. Der Schrecken stand ihm im Gesicht, und mit ratternder Stimme überschüttete er mich mit einem Schwall von Fragen, verquickte diverse Möglichkeiten miteinander, sprach von Schiffbruch, einer Explosion, Katastrophenszenen. Er redete und fragte gleichzeitig, aber es blieb alles im Raum stehen, denn ich antwortete unvermittelt in meiner Muttersprache. Daß ich deutsch sprach, wurde mir erst gewärtig, als der Marseiller mich am Arm packte und brüllte: ›Sie führen ein Selbstgespräch!‹ Er hatte recht; zum ersten Mal sprach ich in meiner Sprache mit mir selbst. Ähnliches widerfuhr mir erst wieder in den folgenden Nächten, in furchtbaren Traumfetzen. Mitten in der Nacht schreckte ich aus dem Schlaf und blieb bis zum Morgen wach liegen, gequält und gepeinigt, nicht weil sich die Bilder verflüchtigt hatten, sondern weil unverständliche Zwiegespräche für immer verloren waren. In meinen Träumen erschienen Emir und ich am Kai, der von einem dichten Nieselregenvorhang begrenzt wurde, zu einer von Stille durchdrungenen Stunde des Tages. Was wir zueinander sagten, hatte nicht die Konturen eines eigentlichen Gesprächs, eher die eines Rätselgespinsts aufsässiger Stimmen, denn wir flüchteten uns in unsere Muttersprache, die für den anderen nichts als bedeutungslose Laute war, Worte, die durch ein unsichtbares Prisma dringen, eine bloße Melodie, vom warmen Wind verschluckt, in die Luft gesprochene, vom Dunst zerstobene Laute – in meinen Träumen nahm der Nieselregen kein Ende. Und wie sich selbst verstehen bei diesem verzweifelten Bemühen, den anderen zu verstehen? Die Qual, nicht zu verstehen, schreckte mich aus dem Schlaf, und die restliche Nacht zog sich drückend und langsam dahin, während ich hastig Sätze aus dem Traum nachsprach, um Dialoge zu rekonstruieren, Laute ins Gedächtnis zurückzurufen. Zwei Wochen nach Emirs Verschwinden wurden die Träume seltener, und der letzte fiel zusammen mit der Nachricht, daß man seine Leiche auf dem Grund eines Flußarms gefunden hatte, wo noch kurz zuvor Liebespärchen in Booten und Kanus unter weißen Sonnensegeln zum Schutz vor der Hitze spazierengefahren waren. Gefunden hatte den Leichnam Lobato, ein Indio, den dein Vater schon kannte, bevor er Emilie heiratete. Dein Vater mied die Einheimischen nicht, aber er hat sich immer in eisige Gleichgültigkeit gegenüber anderen Menschen gehüllt, auch gegenüber den eigenen Kindern, wie du sicherlich weißt. Ihn interessierte, Waren zu kontrollieren, Vitrinen zu polieren und vor allem, sich zum Gebet in einer Art Höhle von Hira hinten im Haus oder Laden zu verkriechen. Emilie begegnete er zum ersten Mal an dem Tag, an dem Emirs Leiche geortet worden war. Als sich die Nachricht herumsprach, wehrte Emilie sich mit aller Kraft gegen die Behauptung, daß es Emirs Leichnam sei. Zwei Tage lang leistete sie Widerstand und focht das Gutachten eines Gerichtsmediziners an, empört über die Methode, mit der man den Leichnam identifiziert hatte.

›Die hiesigen Ärzte können ja kaum bei Lebenden Krankheiten diagnostizieren, wie wollen sie dann anhand der

Gebißuntersuchung eines Toten einen Menschen identifizieren?‹ fragte sie trotzig, noch bevor sie den Leichnam gesehen hatte.

Tatsächlich aber war der Trotz deiner Mutter zwecklos und fast absurd, denn die Körpergröße des Leichnams stimmte, und er wies unverwechselbare Züge ihres Bruders auf. Nichts konnte sie überzeugen, erst recht nicht, als sie auch noch in der Presse die Meinung eines Journalisten las: Der Leichnam könne einer der vielen Kämpfer sein, die 1910 in dem blutigen Scharmützel zwischen Soldaten der Armee und Föderalisten gefallen waren.

›Jedes Jahr um diese Zeit, wenn Niedrigwasser herrscht, wird eine Leiche hochgespült, über die sich die Gemüter erhitzen‹, stand im *Jornal do Comércio* zu lesen. Die Veröffentlichung dieses phantasievollen Artikels ließ schon die ersten Zweifel aufkommen, da erschien dein Vater mit einem unwiderlegbaren Beweis, der sämtliche Spekulationen über die Identität des Opfers zunichte machte und in gewisser Hinsicht Emilies emotionales Schicksal besiegelte. Ich sehe noch deutlich den ernsthaften Ausdruck auf seinem Gesicht vor mir, die hochgewachsene, schlanke, leicht gekrümmte Gestalt und die riesigen, ausgestreckten Hände. Er kam in das Haus, in dem Emilie mit ihrem anderen Bruder wohnte, stellte sich auf arabisch und auf portugiesisch vor und wollte nicht Platz nehmen, weil er es eilig hatte. Die anderen Gäste und ich ließen die beiden allein. Ich glaube, niemand ahnte, was er mitzuteilen hatte. Er zog eine kleine Schachtel aus der Hosentasche, legte sie auf seine rechte Handfläche und hielt sie Emilie entgegen. Und in derselben Sekunde, als er den Mund aufmachte und etwas sagen wollte, schlug sie die Hände vors Gesicht und stammelte ein paar Worte, die ich genausowenig verstand wie die knappen Worte, die dein Vater mit einer tiefen Stimme, die er bis zu seinem Tod behalten sollte, zu ihr sprach.

Sie heirateten wenige Monate nach Emirs Beerdigung. Es

erübrigt sich zu erwähnen, daß er nicht im Trauergeleit mitging, was er auch Jahre später beim Tod deiner Großeltern, die fern von hier, an der Küste, starben, nicht tat. Damals war ich nicht in der Stadt, aber ich hörte, daß beide aus dieser Welt gegangen waren, als du noch ganz klein warst; du mußt dich sehr gewundert haben, denn Emilie war mehrere Wochen fort. Dein Vater weigerte sich, nach Recife zu fahren, er wollte das Parisiense nicht Fremden überlassen, aber er erlaubte seiner Frau, sich auf einem Dampfer einzuschiffen und das Grab ihrer Eltern zu besuchen, die beide am selben Tag verstorben waren. Emílio fuhr mit ihr. In Manaus begleiteten sie einander immer, wenn sie auf den Friedhof oder in die Kirche gingen. Sie haben mich nie gefragt, ob ich gläubig bin, aber vielleicht verurteilten sie insgeheim diesen Ausländer, der ständig im Wald bei den Indianern war, nie eine Kirche betreten hatte und dennoch ein Ave-Maria auf *nhengatu* beten konnte.

Emilie und ihr Mann praktizierten ihren Glauben mit Inbrunst. Vor der Hochzeit hatten sie ein Abkommen getroffen, die Religion des anderen zu respektieren und den Kindern zu überlassen, sich für eine der beiden Religionen zu entscheiden oder auch für keine.

›Man braucht sich nur die Gotteshäuser anzusehen, in denen sich die Gläubigen der jeweiligen Religion versammeln, dann hat man eine Vorstellung davon, wie sehr sie sich unterscheiden‹, sagte dein Vater, als er während einer spätnachmittäglichen Unterhaltung im Parisiense den Stammbaum der Familie des Propheten erklärte. Es war schwierig, ihn aus seiner Schweigsamkeit hervorzulocken, denn er hat immer sehr zurückgezogen gelebt, selbst bei den abendlichen Geselligkeiten im hinteren Patio mit Landsleuten und Nachbarn, bei denen alle schwatzten, während dein Vater versonnen dabeisaß und vielleicht dachte, wie unglücklich all jene sind, die nicht allein sein können. Als stummer, ja asketischer Gastgeber von Menschen umringt, hätte er sich lieber in sein Zimmer begeben, mit dem Schweigen der weißen Wände paktiert und mit dem Buch in der Hand die Absetzung eines Sultans miterlebt, der in einer andalusischen Stadt herrschte, wäre lieber mit ihm durch die sieben Gemächer einer uneinnehmbaren Burg geschritten, bis zu der Wand des letzten Gemaches, auf der das düstere Schicksal des Eindringlings eingemeißelt zu lesen stand.

Solcher Lektüre gab er sich fast immer allein hin, duldete aber auch die Anwesenheit eines anderen Menschen, der sich zu ihm gesellte, wenn sich niemand im Laden befand; seine auf den Seiten eines Buches ruhenden Hände spiegelten sich in der Glasscheibe der Vitrine. Wie ein diskreter Eindringling gab ich vor, die Stoffe zu bewundern, die er selbst auf seinen Reisen in die Hafenstädte an der südlichen Küste ausgesucht hatte. Wer ihn dort hinter der massiven Ladentheke sitzen sah, den Blick auf die Seiten eines dicken Buches gerichtet, konnte durchaus vermuten, daß zwischen diesem Mann und den Vitrinen ein Abgrund lag. Und ein Abgrund trennte ihn auch von Fremden; diesen gegenüber verhielt er sich schweigsam oder wortkarg. Mir gegenüber war er duldsamer, vielleicht, weil ich Emilie kannte und mit Emir befreundet gewesen war oder weil ich seine Einsamkeit aus der Ferne miterlebte.

Eines Tages sah ich ihn ziellos zwischen den Vitrinen umhergehen und hatte das Gefühl, daß irgend etwas die Ruhe seiner Einsamkeit störte; trotzdem begrüßte er mich mit einem Lächeln, während er gleichzeitig eine Landkarte des Amazonasbeckens mit beiden Händen ausrollte. Ich erkundigte mich ohne viel Umschweife, ob er auf der Suche nach dem Paradies sei, nach einem Paradies auf Erden.

›Solch eine Frage stellt man nicht einem schlichten Stoffhändler‹, erwiderte er in seiner üblichen Gelassenheit; und während er zum Tresen ging, fügte er hinzu: ›Das Paradies findet man auf dieser Welt auf dem Rücken der Pferde, in einigen Büchern und zwischen den Brüsten einer Frau.‹

Ich nutzte seine Gesprächsbereitschaft (denn nicht selten befand er, daß Schweigen schöner und beständiger sei als viele Worte) und versuchte, ein wenig aus seiner Vergangenheit in Erfahrung zu bringen. Er schwieg kurz, fuhr aber weiter mit den Fingern über das fast grenzenlose Netz von Flüssen, das die Genauigkeit der Kartographen verrät und in den Menschen Abenteuerlust weckt. Am westlichsten Rand der Karte zog er mit dem Zeigefinger einen imaginären Kreis, und als er zu sprechen begann, klang alles so wohlüberlegt und schlüssig, als spräche er, damit es niedergeschrieben würde. Dank meiner Angewohnheit, alles aufzuschreiben, was ich hier hörte, konnte ich mehrere Hefte mit den nachträglichen Aufzeichnungen von Berichten anderer Menschen füllen. In einem dieser Hefte befindet sich mit wenigen Abweichungen, was dein Vater an einem späten Nachmittag im Jahre 1929 gesagt hat.«

4

»Die Reise endete an einem Ort, den eine Stadt zu nennen übertrieben gewesen wäre. Aus Gewohnheit oder Bequemlichkeit behaupteten seine Einwohner, er läge in Brasilien; in dieser Gegend, im tiefsten Amazonien, bezeichnen drei oder vier Länder hartnäckig einen endlosen Horizont voller Bäume als Grenze. An diesem ominösen Ort, den fast kein Brasilianer kennt, hat ein Onkel von mir namens Hanna für das Wappen der Republik Brasilien gekämpft und den Rang eines Obersten der brasilianischen Streitkräfte erworben, obwohl er sich im Libanongebirge der Schafzucht und dem Handel mit Früchten in den Küstenstädten im Süden gewidmet hatte.

Wir haben nie erfahren, warum er nach Brasilien gegangen ist, aber wenn wir seine Briefe lasen, die Monate unterwegs waren, bis sie uns erreichten, erstarrten wir vor Staunen. Sie berichteten von verheerenden Epidemien, von ausgeklügelten Grausamkeiten, die Männer begingen, die den Mond anbeteten, von unzähligen Schlachten in den Farben des Morgenrots, von Menschen, die das Fleisch ihrer Artgenossen mit dem gleichen Genuß verzehrten wie Hammelschwänze, von Palästen inmitten herrlicher Gärten mit schrägen Wänden, in die gen Westen, wo der Ramadanmond zur Ruhe geht, Spitzbogenfenster eingelassen waren. Sie berichteten auch von den Gefahren, denen sie getrotzt hatten: Ströme, so breit, daß sie wie eine grenzenlose Wasserfläche aussahen; die schillernde Haut eines bestimmten Reptils, das ihn mit seinem leuchtenden Glanz blendete, als er in der heiligen Stunde der Siesta die Augenlider geschlossen hatte; und die Wirkung eines Giftes, das die Eingeborenen nicht zu kriegerischen Zwecken benutzten, das aber jeden, in dessen Haut es eindringt, in Schlaf versetzt und furchtbare Alpträume hervorruft, die Summe aller unseligen Stunden im Leben eines Menschen.

Elf Jahre waren vergangen, da schickte Hanna uns – vielleicht im Jahre 1914 – zwei Photos von sich, die auf die Vorder- und Rückseite einer rechteckigen Doppelkarte aufgeklebt waren; im Umschlag steckte nur ein Zettel, auf dem stand: ›Zwischen den beiden Karten befindet sich ein weiteres Photo, aber dieses darf erst angesehen werden, wenn der nächste Verwandte hier ankommt.‹ Nachdem mein Vater den Zettel gelesen hatte, wandte er sich zu mir und verkündete: ›Jetzt ist für dich die Stunde gekommen, den Ozean zu überqueren und dich auf die andere Seite der Erde, ins Unbekannte, zu begeben.‹

Ich wußte, wie der Ort hieß, in dem Hanna lebte, ich wußte, daß dort jeder jeden kannte und daß die erbittertsten Feinde von Zeit zu Zeit aneinandergerieten. Die Reise war lang: über dreitausend Meilen, die das Schiff in mehreren Wochen zurücklegte; in manchen Nächten fühlten die wenigen Abenteurer, die mit mir fuhren, und ich uns wie die einzigen Überlebenden einer Katastrophe. Endlich erreichten wir in einer glühendheißen Nacht Hannas Stadt. Inzwischen wußte ich schon nicht mehr, wie lange wir unterwegs waren, und außer der Stimme des Schiffskapitäns deutete nichts darauf hin, daß wir in einem Hafen angelegt hatten. Kein einziges künstliches Licht war am Horizont zu sehen, weder vom Bug aus noch von irgendeinem anderen Platz auf dem Schiff; aber man brauchte nur ein wenig den Kopf zu heben, und schon traf der Blick auf ein Meer von Sternen, die sich an einer endlosen imaginären Linie längs des Schiffes bis weit hinaus auf der Wasserfläche spiegelten; die Dunkelheit zeigte uns an, wo die Grenze zwischen Wasser und Land verlief.

Ungeduldig wartete ich auf den Tagesanbruch; die Natur ist hier nicht nur geheimnisvoll, sondern auch fast immer pünktlich. Um halb sechs war noch alles still in dieser unsichtbaren Welt; innerhalb weniger Minuten brach das Tageslicht an wie eine plötzliche Offenbarung, durchwoben von allen Rotnuancen, wie ein am Horizont ausgebreiteter Teppich, aus dem Myriaden von funkelnden Flügeln sprossen, Speere aus Perlen und Rubinen; während dieser kurzen Augenblicke in gedämpftem Licht sah ich einen riesigen Baum Wurzeln und Krone den Wolken und dem Wasser entgegenstrecken, und der Gedanke, dies sei der Baum des siebten Himmels, schenkte mir Trost.

Rings um mich schliefen noch alle, weshalb ich diesen Sonnenaufgang allein erlebte; nie wieder ist er von solcher Intensität gewesen. Im Laufe der Zeit begriff ich, daß sich der Anblick eines einzigartigen Naturschauspiels auf das Schicksal eines Mannes auswirken kann und ihn dem Land, in das er zum ersten Mal seinen Fuß setzt, weniger fremd entgegentreten läßt.

Noch vor sechs war schon alles zu erkennen; die Sonne stand wie ein einsames leuchtendes Auge am bläulichen Firmament, und aus einem langgestreckten dunklen Fleck gegenüber dem Schiff erhob sich die Stadt. Sie war nicht größer als so manches Dorf, das sich in meinem Land zwischen den Bergen duckte, aber da sie sich auf ebenem Gelände befand, wirkten die Reihen der Holzhäuschen viel zahlreicher und übermäßig erhaben die gemauerten Bauten wie die Kirche, das Gefängnis und ein paar doppelstökkige Stadthäuser fernab vom Fluß; die Feststellung, daß es keine Paläste gab, erübrigt sich; sie waren, wie so manches andere, von Hanna erfunden, dem phantasiebegabtesten aller Geschwister meines Vaters; zu Hause in unserem Dorf diente ihm schon ein ungewöhnlich großer Hammelschwanz zum Anlaß, lange Geschichten zu erzählen; die Älteren hörten aufmerksam zu, und wenn er zögerte, weil er nicht den richtigen Ausdruck fand, warf der Patriarch von Tarazubna, ein blinder und tauber Mann, ein Wort oder eine Gebärde ein.

Ich ging auf einem schmalen Brett von Bord und mischte mich unter die Menschen, die begierig auf Nachrichten, Verwandte oder Pakete warteten; alle waren barfuß, starr vor Staunen und vielleicht traurig. Manche konnten den hungrigen Ausdruck auf ihren Gesichtern nicht verbergen. Mein Blick suchte Hanna, aber alle Menschen in meiner Nähe sahen ganz anders aus; ein großer, korpulenter junger Mann, der an einer roten Hauswand lehnte, zog meinen Blick auf sich. Ich erkundigte mich in leidlichem Portugiesisch, ob er den Mann auf dem Photo kenne, das ich in der Hand hielt.

›Das ist mein Vater‹, antwortete er mit tiefer Stimme und sah mir in die Augen, ohne das Photo zu beachten. Nach einem Wangenkuß fragte ich nach Hanna; er wies nur zum Horizont, von wo der Morgen strahlte; dann setzte er sich in Bewegung, ging die einzige Straße der Stadt entlang, und ich begriff, daß es klug war, ihm zu folgen. Die beiden Reihen Holzhäuser an der Straße standen sämtlich verlassen da, wie ich nach einiger Zeit feststellte, und ich schloß daraus, daß sich ihre Bewohner alle am Anleger drängten. Während ich meine Füße auf den noch feuchten Boden setzte, überlegte ich, daß es vor Tagesanbruch – vielleicht, als ich gerade betete – kurz geregnet haben mußte, denn nicht nur die Erde, auch die Wäsche auf den Leinen und das Laub der Bäume waren naß. Nachdem wir dreihundert Meter gegangen waren, ließen wir die Straße (und die Stadt) hinter uns und überquerten auf einer wackeligen Holzbrücke den Flußarm, die Grenze zwischen der Ortschaft und dem Urwald.

Ich wäre nie auf die Idee gekommen, daß Hanna im Busch lebte, wie ein Asket zwischen den tausendjährigen Zedern im Gebirge! Aber Einsamkeit, dachte ich, unterscheidet sich vermutlich von Ort zu Ort; hier herrschte fast nächtliche Dunkelheit, und die Luft verdichtete sich, während wir auf einem gewundenen, schmalen Weg weitergingen. Da stieg in mir Mißtrauen gegen den jungen Mann auf, der sich als Hannas Sohn ausgab, und ich zürnte mit mir, weil ich seinen Worten Glauben geschenkt hatte; ich dachte an eine Falle und bekam Angst, wie alle Menschen angesichts einer drohenden Gefahr. Eine Weile überlegte ich, ob ich kehrtmachen sollte oder vielleicht irgend etwas sagen, aber während ich noch zögerte, veränderte sich die Umgebung schlagartig, und ein Lichtkegel zeigte uns das Ende des Pfades an. Anscheinend war dort eine Art Lichtung in diese dunkle Landschaft geschlagen. Aus unerklärlichem Grund sah ich mir Hannas Photos an, betrachtete beide Seiten der Doppelkarte. Die zwei anfangs scheinbar vollkommen identischen Bilder unterschieden sich jetzt geringfügig; ich vermutete, daß der Grund dafür in einer chemischen Veränderung beim Vergrößern lag. Zwei Abzüge von ein und derselben Platte zeigen immer verschiedene Bilder, dachte ich. Nervös drehte ich die Karte hin und her, um die beiden Photos zu vergleichen; im hellen Licht wurden sie noch verschiedener, einige Unterschiede traten deutlicher zutage: im Schwung der Augenbrauen, in der Wölbung der Wangenknochen, in der Dichte des Haars. Die Gestalt des jungen Mannes, der dem Licht entgegenging, lenkte meinen Blick ab. Ich holte ihn ein, dann erreichten wir die abgeholzte Fläche und traten aus dem Wald auf eine riesige Schneise mit eingeebnetem Erdboden.

Er brauchte es mir nicht zu zeigen, ich fand Hannas Grab auch so – es war das einzige ohne Kreuz und Heiligenbilder. Erst da kam ich auf die Idee, mir das Photo zwischen den beiden Kartenhälften anzusehen. Es zeigte ebenfalls Hanna, noch als jungen Mann, ehe er weggegangen war; aber es hätte auch ein Porträt seines Sohnes sein können. Ich fragte nicht danach, wie und wann er gestorben war. Nachdem ich ein paar Jahre in der Gegend gelebt hatte, konnte ich eine mögliche Ursache vermuten: Das Wechselfieber wütete dort genauso wie die Messerstiche, die den Menschen den Leib aufschlitzten; und das erklärte, warum der Friedhof größer war als die Stadt. Ich erkundigte mich auch nicht nach der Mutter des jungen Mannes noch danach, was aus ihr geworden war; durch einen Bekannten erfuhr ich, daß sie die schönste Frau im Ort war und daß Hanna, noch ehe er Portugiesisch gelernt hatte, schon ihren Namen und ein paar andere Wörter sagen konnte: Königin, Perle, Elfenbein, Stern und Mond. Vielleicht benutzte er diese Substantive anstelle ihres Namens, und sie machten das Verb ›sich verlieben‹ überflüssig. Ich dachte, Eifersucht könnte der Grund für sein Ende gewesen sein; aber so oder so würde sein Sohn, wenn er eine Frau fand, den Vater rächen.

Ich blieb ein paar Jahre in der Ortschaft, lernte die wildesten Flüsse kennen und begriff bald, daß Erfolg im Handel außer den vier Grundrechenarten auch Verschlagenheit, Furchtlosigkeit und Nichtbeachtung (wenn nicht Mißachtung) mancher Vorschriften des Korans verlangt.

Nach Manaus zu gehen war das letzte Abenteuer, das mich gelockt hat; ich beschloß, in dieser Stadt zu bleiben, weil ich beim Anblick der Theaterkuppel in der Ferne an eine Moschee dachte, die ich nie gesehen hatte, aber sie kam in den Kinderbüchern vor und in der Beschreibung eines Haddsch in meiner Heimat.

Schon lange vor Emirs Verschwinden wußte ich, daß ich Emilie heiraten würde; es gab viele Levantiner in der Stadt, und fast alle wohnten im selben Viertel in der Nähe des Hafens. Ein Flußufer oder eine Meeresküste schweißt sie zusammen, und überall auf der Welt ist das Wasser, das sie sehen oder befahren, für sie auch das Wasser des Mittelmeers. Die Junggesellen sprachen überschwenglich und hoffnungsvoll von Emilie; die älteren Männer dachten resigniert und ergeben an ihre Jugend zurück. Schließlich zählte ihr Leben schon viele Jahrzehnte. Emilie war die einzige Tochter, und nachdem ich so viel über sie gehört hatte, verliebte ich mich.«

5

»So hat dein Vater zusammengefaßt, wie er nach Brasilien gekommen ist, als ich eines Nachmittags zu ihm ging, um mit ihm zu schwatzen. Eigenartig war, wie er mit mir sprach – immer den Blick auf den aufgeschlagenen Koran gerichtet. Hin und wieder rieb er die Finger an den Seiten und blätterte darin, und dieser unruhige Umgang seiner Hände mit dem heiligen Text schien seine Worte zu beleben. Die anderen Episoden aus seinem Leben erzählte er ebenfalls mit dem Buch in der Hand; einmal wurde er beredt, blieb aber dennoch bescheiden, als er verschiedene Suren kommentierte: die Sure über die Spinne, die Sure über die zerstreuenden Winde, die Sure über die Erlösung und die Sure über das Verhängnis. Eines Tages traf ich ihn allein im Parisiense an. Er saß hinter dem massiven Ladentisch, ohne das heilige Buch, was ich als Warnung oder Unlust auslegte, an vorausgegangene Gespräche anzuknüpfen.

Kaum hatte ich ihn begrüßt, fragte er gleich, wo sich die Photographien von Emir befänden. Ich glaube, diese Frage ging ihm schon seit langem im Kopf herum, und ich hatte immer abgelenkt, wenn das Gespräch auf jenen Morgen am Pavillon kam; ich habe den Verdacht, daß Emilie ihn gebeten hatte, mich nach den Bildern zu fragen; sie hatte selbst versucht, sie von mir zu bekommen, aber ich hatte mir immer eine Ausrede zurechtgelegt oder das Thema gewechselt, und dabei war es dann geblieben. Dein Onkel Emílio ließ aus Triest den Rahmen mit dem Format eines menschlichen Gesichts kommen; auch der bereits geschliffene Marmor und das ein wenig gewölbte Glas kamen aus Italien – dieses gehörte zum Rahmen und sollte das Photo vor Witterungseinflüssen und Verschmutzung schützen; es wurde so gut in den Rahmen eingepaßt, daß sich bis heute kein Schimmelpilz angesetzt hat; es ist nur etwas trüb geworden, aber das kommt von den Jahren und von dem gelegentlichen unmutigen Seufzer derer, die sich selbst als Tote nicht passiv betrachten lassen wollen. Erst als dein Vater das Thema ansprach, kümmerte ich mich um die Photos; seine Frage klang wie ein Urteilsspruch, und außerdem drängte ja Emilie darauf. Sie hatte monatelang immer wieder dasselbe Lied angestimmt: daß nur meinetwegen das Grab ihres Bruders nicht fertig werde. Ich mußte nachgeben, was wir fast immer taten, wenn Emilie auf etwas beharrte; aber meine seit einiger Zeit vernachlässigten praktischen Kenntnisse als Photograph wollte ich nicht dafür einsetzen. Es wäre zu schmerzlich gewesen, mit anzusehen, wie Emir langsam aus den Chemikalien hervortrat, ganz dicht am Revers die Orchidee in der Hand, wie ein dunkles Herz, das aus dem Körper quillt. Ein Freund aus der deutschen Kolonie besorgte die Vergrößerung des Gesichts auf Lebensgröße, wie Emilie es wünschte. Er machte mehrere Abzüge, manche mit ziemlich scharfem Kontrast; die Augenbrauen sahen wie zwei dichte schwarze, ineinander übergehende Bögen aus; und die fast bläulichen, sorgfältig gekämmten Haare kaschierten nicht die Verzweiflung, die aus seinem Blick und den grauen Furchen auf seiner Stirn sprach.

Ich bat ihn, andere Abzüge mit weniger Kontrast zu machen, aber die Angst hinterläßt immer ein Stigma, ein unauslöschliches Zeichen, das selbst auf einer Photographie erhalten bleibt. In einem jener Augenblicke, wenn sich zwischen sehnsüchtige Erinnerung und die Anstrengung, das Unwiderrufliche zuzulassen, morbide Gedanken drängen, überlegte ich, mit welchem Gesichtsausdruck wohl Emir sein eigenes, in einer ganzen Serie von Vergrößerungen vervielfältigtes Gesicht betrachtet und welche er ausgesucht hätte, um Emilies Wunsch zu erfüllen; als diese sich die dreizehn Vergrößerungen ansah, blieb ihr Blick an denen hängen, die sämtliche Konturen und Details des Gesichts ihres

Bruders deutlich zeigten. Sie stand ein paar Minuten lang stumm und ruhig da, in die Bilder versunken, und dachte vielleicht: ›Warum dieser Blick, dieses verkrampfte Gesicht, diese Fieberglut, die das Spiel von Licht und Schatten erkennen läßt?‹ Ich ließ sie mit den Photos allein, als ich sah, daß sich ihre Hände auf Emirs Augen legten oder einen Teil des Gesichts abdeckten, als wollte sie ihn in Ausschnitten betrachten, um etwas zu entdecken, das dem Auge beim Betrachten des Ganzen entgeht. Emilie wollte alle dreizehn Vergrößerungen. Sie bat auch um eine Aufnahme vom Körper ihres Bruders, um sie in den Rahmen aus Triest zu setzen. Sie wußte nicht, daß ich meinen Beruf als Photograph vorübergehend aufgegeben und ihn erst nach einer langen Reise durch das Amazonasgebiet wiederaufgenommen hatte. Kurz danach warf ich die Labor- und Photoausrüstung aus dem Fenster. In Wirklichkeit tauschte ich alles gegen eine Bibliothek mit seltenen Werkausgaben aus den letzten Jahrhunderten, die berühmten Juristen der Stadt gehört hatte. Diese Bibliothek bekam Zuwachs durch die Bücher, die ich von den Deutschen erwarb, die während des Krieges aus Manaus flohen. Es waren schwere Jahre für die Mitglieder der deutschen Kolonie; viele färbten sich die Haare schwarz und zogen in den Urwald, wo sie dann krank wurden und starben; die Überlebenden, die nach dem Krieg in die Stadt zurückkehrten, fanden ihre neoklassizistischen Villen zerstört und geplündert vor und konnten nur in den kirchlichen Missionen und einigen europäischen Konsulaten unterschlüpfen. Als die deutsche Konsularvertretung ihre Arbeit wiederaufnahm, ließ sie Bücher sämtlicher Literaturen beschaffen, und damals bekam ich Zugang zu den orientalischen Werken in lesbaren Übersetzungen. Der Umgang mit deinem Vater veranlaßte mich, *Tausendundeine Nacht* in der Übersetzung von Henning zu lesen. Die sorgfältige, gründliche Lektüre dieses Buches vertiefte unsere Freundschaft; lange Zeit hatte ich alles geglaubt, was er mir erzählte, aber nach und nach stellte ich fest, daß eine gewisse Ähnlichkeit mit diesem Buch bestand und daß die Episoden aus seinem Leben verschnittene Kopien mancher Nächte waren, als spräche die Stimme der Erzählerin als Echo aus dem Mund meines Freundes. Zu Beginn unserer Freundschaft hatte er sich argwöhnisch und reserviert verhalten, aber als ich die Lektüre der tausendsten Nacht beendete, war er ungemein redselig geworden. Manchmal offenbart die Lektüre eines Buches das Wesen eines Menschen. Aber seltsam war, daß er bei allem, was er erzählte, immer eine Spur Ungewißheit oder Zweifel vermittelte, dabei aber auch immer mit dem Tonfall und der Inbrunst eines überzeugten Erzählers sprach. Was sich in Emilies Familie und dem Leben der Stadt zutrug und ereignete, ging gleichfalls in die Geschichten ein, die dein Vater einsamen Gästen im Parisiense erzählte. Auf diesen Gedanken brachte mich die Übereinstimmung mit bestimmten Ereignissen im Leben anderer Menschen, die er, mit orientalischen Texten vermischt, in seine eigene Lebensgeschichte einfügte. Als erfände er eine fragwürdige Wahrheit, die ihn und andere betraf. Ich staunte über diese Übereinstimmungen, aber letztendlich verwischt die Zeit irgendwann die Unterschiede zwischen der Geschichte eines Lebens und einem Buch. Und außerdem, worüber heute ein einzelner staunt, darüber wird eines Tages die ganze Menschheit staunen. Und wenn ich an das Photo von Emir dachte, überlegte ich auch, daß dieses von einer Glasplatte geschützte Bild an einen Toten aus Manaus und genauso an die Toten der ganzen Welt erinnern kann.«

»Nach Emirs Tod ging Dorner auf Reisen und blieb mehrere Jahre fort. Ich lernte ihn Weihnachten 1935 kennen, und seitdem bewunderte ich die Alben voller Photographien und Zeichnungen, die er uns Kindern und meinem Vater immer wieder gern zeigte. Es war ein gewaltiges Bilderarchiv, dazu Reiserouten und minuziöse Landkarten, alles geduldig und akribisch gezeichnet. Wenn man ihm Komplimente machte und ihn anspornte, bemerkte er immer bescheiden: ›Diese Illustration meiner Abenteuer ist mit schlimmen Fehlern behaftet, aber ich glaube, jeder, der ins Unbekannte aufbricht, geht von der glücklichen Annahme aus, Überraschungen zu erleben.‹ Jahre später versuchte er vergeblich, an der juristischen Fakultät Geschichte der Philosophie zu lehren, obwohl seine heimliche Liebe ja die Botanik war. Ich habe in meiner Jugend so manchen Tag in seinem Haus verbracht. Dorner hatte ein unersättliches Vergnügen daran, alle Unterlagen zu zeigen, die er im Laufe seines Lebens zusammengetragen hatte. Einmal verlor er die Fassung, weil ich mich nicht für die Teilnahme an dem Deutschunterricht begeistern konnte, den er den Kindern und Enkeln seiner Landsleute erteilte. Angesichts meines mangelnden Interesses bemerkte er ironisch: ›Noch ist nicht alles verloren; wenn ich aus den beiden Deutschland zurückkomme, ist dein Interesse bestimmt doppelt so groß.‹ Als er um das Jahr 1955 nach Europa reiste, glaubte ich, er würde nie wieder einen Fuß nach Manaus setzen. Stattdessen bin ich für immer fortgegangen. Seine Reise fiel mit meinem Wegzug in den Süden zusammen. Aus Leipzig und Köln schrieb er mir lange Briefe, die ich immer wieder las. Jedesmal entdeckte ich staunend etwas Neues, einen feinsinnigen Kommentar über seinen Aufenthalt am Amazonas. Es waren scharfsinnige Reisebeschreibungen eines kritischen Geistes, mit dem Blick eines Menschen, der alles, was das bloße Auge bereits gesehen hat, noch einmal unter der Lupe betrachtet. Für mich bedeutete *Cattleya Eldorado* nur zwei Wörter, hinter denen sich ein gewisses Geheimnis verbarg; für Dorner war es eine kostbare Orchidee, von der andere Orchideen mit unterschiedlichster Färbung abstammten, wie die *Splendens*, die *Ornata*, die *Crocata* und die *Glebelands*. Wenn er von diesen Cattleyas sprach, beschrieb er präzise, wie groß die Kelchblätter und Kronblätter waren, und führte mich in eine sonderbare Fachsprache ein, in der von keulenförmigen Bulben, dickledrigen Blättern und duftenden Blüten die Rede war, deren Farbskala von Blaßrosa bis Lilarosa reichte. Er erzählte auch von anderen Cattleyas, wie die *Schilleriana* oder die *Odoratíssima*, und immer wenn wir seine Orchideensammlung unter einer von Angelinsträuchern umrankten Pergola besuchten, wies er auf eine Holztafel mit der Inschrift: In welchem Augenblick schuf Gott die Orchideen?

Ich erinnere mich auch an seine ausgedehnten Exkursionen in den Urwald, wo er sich Wochen und Monate aufhielt, und an seine Worte bei der Rückkehr, daß Manaus eine großstädtische Perversion sei. ›Die Stadt und der Urwald sind zwei Szenarien, zwei Lügen, die der Fluß voneinander trennt‹, sagte er. Für mich, der ich hier geboren und aufgewachsen bin, ist die Natur immer undurchdringlich und feindlich gewesen. Ich versuchte, meine Ohnmacht ihr gegenüber dadurch auszugleichen, daß ich sie stundenlang beobachtete, in der Hoffnung, mein Auge könnte Rätsel enträtseln oder ich könnte sie, ohne die grüne Mauer zu überwinden, als sanfter erfahren, wie eine beständige und unerreichbare Fata Morgana. Mehr noch als der Fluß hielt mich eine innere Sperre zurück, die von weiß der Himmel woher kam, wenn ich an die Überfahrt, an das andere Ufer dachte. Dorner weigerte sich, meine Furcht vor dem Urwald zu akzeptieren, und bemerkte, jemand, der in Manaus wohne, ohne eine Beziehung zum Fluß und zum Urwald zu haben, lebe in einem ganz speziellen Gefängnis: es sei offen, aber ausschließlich zu sich selbst hin. ›Aus dieser Stadt herauszukommen‹, sagte Dorner, ›bedeutet, einen Bannkreis zu verlassen, vor allem eine Zeit. Überleg mal, wie privilegiert jemand ist, der mit dem Verlassen des Hafens seiner Stadt in eine andere Zeit überwechseln kann.‹

Allen, die ihn fragten, ob er tatsächlich den Beruf gewechselt habe, antwortete er: ›Ich habe nur die Blickrichtung geändert. Früher richtete ich das Auge auf einen Ausschnitt der äußeren Welt und drückte auf einen Knopf. Heute interessiert mich der Blick der Reflexion.‹ Ich weiß (und ich glaube, das wissen alle hier), daß er zeit seines Lebens seine Eindrücke vom Leben am Amazonas aufgeschrieben hat. Der moralische Verhaltenskodex der Menschen am Amazonas und alles, was mit der Identität und dem Zusammenleben von Weißen, Mischlingen und Indios zu tun hat, waren seine Lieblingsthemen. In einem der Briefe, die er mir aus Köln schrieb, schickte er mehrere Seiten mit der Überschrift ›Der Blick und die Zeit am Amazonas‹. Darin sagte er, die langsamen Bewegungen und der verlorene, schweifende Blick der Menschen suchten die Stille und seien Formen des Widerstands gegen die Zeit oder, besser gesagt, eine Form, sich außerhalb der Zeit zu stellen. Er versuchte, ein hier im Norden ziemlich verbreitetes Pauschalurteil zu widerlegen: daß die Menschen allem gegenüber gleichgültig und schon von Geburt an träge, traurig und passiv seien; seine Argumente stützten sich auf sein intensives Erleben dieser Region, auf ›Humboldts kosmische Pilgerfahrt‹ und außerdem auf die Lektüre von Philosophen, die sich mit dem auseinandersetzen, was er als ›das heikle Terrain des Andersseins‹ bezeichnete. Es war ein Brief voller Zitate und Periphrasen – als großzügige Geste, um die Aufmerksamkeit des Empfängers zu fesseln, der mit Zweifeln und Unsicherheit reagierte.

Aber weder in unseren Gesprächen noch in unserer Korrespondenz ging er auf meine Anspielungen auf Emirs Tod ein. Vielleicht, weil er sein Abkommen mit Emilie einhielt, denn ein Selbstmord kann mehrere Generationen einer Familie erschüttern. Ich habe immer geglaubt, daß Familiengeheimnisse nur von ihr aufgedeckt wurden, denn niemand wagte, auch nur eine Silbe zu sagen ohne ihre Zustimmung; keine unserer Niederlagen und Schwächen durfte, wenn sie sich schon nicht verhindern oder vorhersehen ließen, aus den vier Wänden des Parisiense oder des neuen Hauses nach außen dringen. Nicht nur aus Liebe zu ihrem Bruder tat sie alles, um das von Dorner aufgenommene Photo zu bekommen. Denn die Hinweise auf Emirs seltsames Verhalten waren auf dem einzigen Bild von seinem Gesicht an jenem späten Vormittag deutlich zu erkennen. Emilie wollte das Photo in ihren Besitz bringen, weil sie befürchtete, daß die geistige Verwirrung ihres Bruders der ganzen Stadt unter die Augen kommen konnte. Noch heute sehe ich es, in Seidenpapier gewickelt, vor mir, das Negativ, sechs mal acht, das ich in ihrem weißen, sorgfältig zusammengelegten Gewand tief unten in der mit schwarzem Samt ausgeschlagenen Truhe fand; ich weiß nicht, wo sie es versteckt hat, nachdem die Uhr aus dem Schrank herausgeholt worden war. Gestern erst bin ich in Emilies Zimmer gewesen; im offenen Schrank stand die Truhe an derselben Stelle, mit aufgeklapptem Deckel und leer; ich weiß auch nicht, wann sie die Dinge herausgeholt und woanders verwahrt hat. Vielleicht hat sie sich, weil sie ihren Tod nahen fühlte, all dieser Dinge entledigt, um keine Spuren zu hinterlassen.

Den Briefen von V. B. habe ich entnommen, daß Emir seit der Selbstmorddrohung im Kloster mit Emilie zerstritten war; und ein angefangener Brief, den Emilie nicht abgeschickt hat, erhellt in gewisser Hinsicht diesen Zwist und vielleicht das tragische Ende ihres Bruders.

Auf der Reise von Beirut nach Brasilien legte das Schiff in Marseille an. Ein Satz von Emilie, den ich mehr oder weniger richtig übersetzt und nie mehr vergessen habe, lautete ungefähr so: ›Ein Hafen ist für junge Männer ein gefährlicher Ort, denn dort fallen sie fast immer einem verhängnisvollen Virus zum Opfer: dem Virus der Liebe.‹ Im selben Brief häufen sich Ausdrücke wie ›leichtes Mädchen‹, ›unzüchtige Begierde‹ und ›Versuchungen des Leibhaftigen‹. Wahrscheinlich wollte Emir in Marseille bleiben oder jemanden nach Brasilien mitnehmen, denn während des viertägigen Aufenthalts im Hafen war er verschwunden. Emilie machte sich Sorgen und legte ihrem anderen Bruder nahe, die französische Polizei zu benachrichtigen. Sie fanden ihn in der Nähe des Bahnhofs und brachten ihn mit Gewalt auf das Schiff zurück. In einer seiner Hosentaschen steckten nicht nur zwei Bahnfahrkarten, sondern auch ein Teil des Geldes, das Emilie in der Truhe zwischen Wäsche, Armreifen und Schmuck versteckt hatte. Als sie in Recife von Bord gingen, wunderten sich Emilies Eltern, meine Großeltern, über Emirs Verhalten; er sprach kaum mit ihnen, und während der Zeit, die er in Manaus gelebt hat, sprach er mit Emilie nur in Gegenwart der Eltern. Ich erinnere mich auch, daß Hindié erzählte, Emir habe in seinen ›wirren‹ Momenten immer einen kurzen Satz auf französisch gesagt. Einen Hinweis auf diesen Satz habe ich nirgends in den Briefen gefunden. Am Tag der Beerdigung versuchte ich, etwas darüber von Hindié zu erfahren, aber sie war nicht in der Lage, die Augen zu öffnen – zwischen ihren Wimpern lag ein Tränenschleier, und sie konnte mir nur antworten: ›Ich bin am Boden zerstört, mein Junge, ich fühle mich elend ...‹

Die Dutzende anderer Photos von Emir benutzte Emilie, um ein Gelübde einzulösen, das sie während eines großen Teils ihres Lebens strikt einhielt; du hast sicherlich gemerkt, daß deine Großmutter regelmäßig jedes Jahr am Morgen von Emirs Todestag zu Fuß zur Kathedrale ging und auf Knien, den Körper dem Fluß zugewandt, die Wechselgebete des heiligen Antonius sprach; anschließend begab sie sich zum Hafen und bat einen Bootsmann, sie zur Mündung des Flußarms von Educandos zu fahren, wo sie eine Vase mit Blumen und ein Bild des Bruders ins Wasser warf; dieses Ritual, das sich jedes Jahr wiederholte, weckte bei den Bewohnern der Cidade Flutuante eine gewisse Neugier. Manche kamen seitdem zum Stadthaus, um sich bei Emilie einen Rat zu holen und sie möglichst auch um ein Almosen oder eine Gefälligkeit zu bitten. Schon lange, bevor ich wegging (und, wie die Leute sagen, auch schon vor Emirs Tod), teilte sie Essen an die Kinder der Waschfrau Anastácia Socorro aus. Ich versuchte, dies als Ausdruck von Emilies Spontaneität und Großzügigkeit zu betrachten; mag sein, daß da eine gewisse Spontaneität im Spiel war, aber in puncto Großzügigkeit muß ich dazu sagen, daß die Waschfrauen und Hausmädchen bei uns keinen Heller für ihre Arbeit erhielten, was hier im Norden durchaus üblich war. Aber Großzügigkeit äußert sich oder verbirgt sich darin, wie man seine Mitmenschen behandelt, ob man sie akzeptiert oder ablehnt. Emilie schimpfte immer, daß Anastácia ›wie ein Tapir‹ äße und ihre Gutmütigkeit ausnutze, denn die Waschfrau erschien an den Wochenenden mit einem ganzen Gefolge von Ziehkindern und Neffen und Nichten. Den etwas kräftigeren, die älter als sechs waren, gab Emilie irgend etwas zu tun: die Fenster, Kronleuchter und venezianischen Spiegel putzen, die Tiere füttern, den Schafen das Fell scheren und bürsten oder das Laub im Garten aufsammeln. Ich sah das alles schweigend mit an und plagte mich mit Gewissensbissen, als mir bewußt wurde, daß die kleinen Hilfskräfte nicht dasselbe zu essen bekamen wie die Familie und sich zu den Mahlzeiten in den Kammern neben dem Hühnerstall verkrochen. Die Demütigung machte ihnen sogar zu schaffen, wenn sie den Blechlöffel zum Mund führten. Außerdem nutzten meine Brüder die Hausmädchen nach Lust und Laune aus, so daß diese manchmal an einem Tag anfingen und am nächsten wieder aufhörten, von der körperlichen und moralischen Gewalt gezeichnet. Die einzige, die durchhielt, war Anastácia Socorro, weil sie alles ertrug und wenig attraktiv war. Wie oft hörte sie sich ergeben die Beschimpfungen von allen Seiten an, nur weil sie murrend protestierte, sie habe keine Lust, jedesmal, wenn einer erst mitten am Tag aufstehe, das Frühstück zu machen. Schroffe Töne, Beleidigungen und Ohrfeigen gehörten ebenfalls zu diesem grausamen Schauspiel bei uns zu Hause. Ich erinnere mich an eine Szene, die mich sehr betroffen machte und meinen Entschluß beschleunigte, wegzugehen, um Emilie aus der Ferne zu verehren.

Ich las gerade in meinem Zimmer, als ich einen Tumult auf der Treppe hörte: Schreie, Weinen, Schluchzen. Ich schaute nach, was los war, und sah, daß einer meiner Brüder ein ehemaliges Hausmädchen von uns mit einem Baby im Arm hinter sich herzerrte. Emilie tauchte von irgendwoher auf, brachte die beiden auseinander und versuchte, sie zu beruhigen. Dann begleitete sie die Frau zur Gartentür und flüsterte ihr beim Verabschieden etwas ins Ohr. Die Frau ging mit dem Kind zum Parisiense und erzählte meinem Vater allerhand. Es war eins der wenigen Male, daß ich ihn blind vor Haß und mit wutentbrannten Augen erlebt habe. Ich stand neben dem Fenster im Eßzimmer und schaute abwechselnd auf die Abbildung in einem Reisebuch und auf einen Baldachin grauer Blätter, die sich im Garten bewegten, als mein Vater ins Haus stürmte. Als seine große, leicht gekrümmte Gestalt im Türrahmen erschien, erstarrte ich; er hatte seinen Gürtel wie eine schmale schwarze Schlange um sein Handgelenk gewickelt; wie er die Treppe hinaufstieg, war unverwechselbar: Er stampfte mit großen Schritten die Stufen hinauf, und seine linke Hand fuhr über den Handlauf; durch die Reibung der Haut auf dem Holz entstanden in kurzen Abständen scharfe Laute, eine Art Zischen; ich horchte mit Schrecken auf das Gelaufe, das Rette-sich-wer-kann, und ich hörte auch, zum ersten Mal bei seinen Zornesausbrüchen, einen Satz auf portugiesisch; er schrie unter Fußtritten und Faustschlägen gegen die Wand, daß ein Sohn von ihm nicht wie ein Tier seinen Auswurf in den Körper einer Frau spucken dürfe. Dann kam er herunter in die Küche und suchte nach Emilie. Das Buch zitterte in meinen Händen, die Federzeichnung war nur noch ein formloses, feingekritzeltes Gebilde; ich hielt nach der Schildkröte Sálua im Garten Ausschau, konnte sie aber nicht entdecken.

Gleichzeitig hatte ich nicht die Kraft, hinauszugehen – vor Angst stand ich wie gelähmt und allein einem zornigen Vater gegenüber. Der Wortwechsel mit Emilie war heftig und kurz: Es sei nicht die erste Frau, die mit einem Kind auf dem Arm im Parisiense erschienen sei und zu ihm gesagt habe, ›dieses Kind ist Ihr Enkel, ein Kind von Ihrem Sohn‹; daß er nicht Ozeane überquert habe, um die Früchte zufälliger Lüste von Schmarotzern zu ernähren; daß die Männer in diesem Haus Sex mit Triebhaftigkeit verwechselten und, was besonders schwerwiegend sei, den Namen Gottes vergessen hätten.

›Gott?‹ Emilie setzte zum Gegenangriff an. ›Du glaubst, diese Halbblutmädchen blicken gen Himmel und denken an Gott? Das sind doch alles Flittchen, durchtriebene Luder, die wälzen sich mit jedem im Gebüsch, und dann kommen sie angelaufen und betteln um Milch und ein paar Münzen.‹

Der Alte brach die Diskussion unvermittelt ab und ging bedächtig hinaus, eher von Emilie enttäuscht als von meinen Brüdern. Es war nutzlos, sie zu tadeln oder ihnen Vorhaltungen zu machen. Emilie stand immer auf ihrer Seite; sie waren Perlen, die zwischen Himmel und Erde schwebten, immer sichtbar und glanzvoll in ihren Augen und zum Greifen nah.

Emilies Nachsichtigkeit gegenüber ihren Söhnen empörte mich und schuf immer wieder eine Distanz zwischen ihr und mir, obwohl ich wußte, daß auch ich vergöttert wurde. Ich wurde zu einem unzugänglichen Sohn, weil ich kein Luftikus, kein Opfer oder Aggressor war, weil ich Hirnlosigkeit und Brutalität im Umgang mit anderen ablehnte. Tief innerlich glaube ich, daß ich meine Familie und die Stadt verlassen habe, weil ich den stumpfsinnigen Umgang mit den Dienstboten nicht ertragen konnte. Ich erinnere mich, wie Dorner sagte, daß Privilegien hier im Norden nicht nur durch den Besitz von Reichtümern begründet seien.

›Hier herrscht eine merkwürdige Form von Sklaverei‹, meinte Dorner. ›Die Erniedrigung und Bedrohung sind die Peitsche, das Essen und die vermeintliche Integration in die Familie des Herrn sind die Ketten und das Halseisen.‹

Es war etwas Wahres an dieser Feststellung. Ich bemerkte, daß Emilie sich bemühte, die Flamme einer herzlichen Beziehung zu Anastácia Socorro am Leben zu erhalten. Manchmal stickten und nähten sie zusammen im Wohnzimmer; und beide erzählten von einer Vergangenheit und von fernen Orten, und diese Unterhaltungen weckten mein Interesse. Stundenlang saß ich neben den beiden Frauen, wie gebannt von dem eingravierten goldenen Muster auf dem gläsernen Korpus der Wasserpfeife, den karmesinroten Perlen, die von der perlmuttfarbenen Flüssigkeit halbbedeckte Voluten und Schnecken bildeten, und auf dem Holzmundstück, das in einer feinziselierten Öffnung endete, wie zwei zum Kuß gespitzte Lippen. Während ich diesen tagsüber ruhenden Gegenstand betrachtete und bewunderte, lauschte ich den Stimmen, die in wechselndem Tonfall so unterschiedliche Themen ansprachen, die sie einander näherbrachten. Anastácia war beeindruckt von der Weinlaube im kleinen Patio, dem schwebenden Blätterdach, aus dem Trauben winziger, fast weißer und durchsichtiger Beeren sprossen, die nie größer wurden; sie verzog das Gesicht, wenn sie die kleinen sauren Beeren probierte, und begriff nicht, woher die riesigen Trauben prächtigen Muskatellerweins kamen, die den Kühlschrank, den Garten der Köstlichkeiten, zusammen mit Äpfeln, Birnen und Feigen füllten, die mein Vater genauso aus dem Süden mitbrachte wie die Schachteln *raha* mit Mandeln, die Tüten *miski*, die Dosen mit Datteln und *tambac*, dem persischen Tabak für die Wasserpfeife. Die Früchte und Süßigkeiten waren den Hausmädchen verboten, und jedesmal, wenn Emilie in meinem Beisein Anastácia dabei ertappte, daß sie schnell eine Dattel mitsamt Kern herunterschluckte oder ein Kaubonbon kaute, stellte ich mich zwischen die beiden und log meiner Mutter vor, ich hätte ihr den Rest aus der Datteldose angeboten, die ich leergegessen hätte; damit vermied ich nicht nur Geschrei, eine Bestrafung oder Verwarnung, sondern besänftigte auch Emilie, die vor Freude strahlte, denn um sie glücklich zu machen, brauchte nur eines ihrer Kinder ungeheure Mengen zu verschlingen, als sei ihre Vorstellung von Glück sehr nah mit endlosem Kauen und Schlucken verwandt.

Die Waschfrau dankte mir, indem sie meine Wäsche parfümierte; nachdem sie die Hemden, Taschentücher und Socken geschrubbt und gespült hatte, sprühte sie Lavendel darüber, und wenn ich die Hände in die Hosentaschen steckte, fand ich darin Benzoe und Zimt. Eine Wolke von vermischten Düften begleitete mich auf meinen Wegen durch die Stadt und strömte aus dem während der Nacht geöffneten Kleiderschrank, als glömme unsichtbar in einer dunklen Ecke ein Weihrauchgefäß.

Düfte fehlten nicht als Thema in den Gesprächen der beiden Frauen. Das Aroma der ›Süd‹-Früchte verblaßte im Vergleich mit den Früchten *cupuaçu* und *graviola*, die laut Emilie tagsüber in einer bestimmten Weise dufteten und während der Nacht intensiver, süßer. ›Das sind Früchte, die dem Geruchssinn wohltun sollen und nicht den Hunger stillen‹, sagte Emilie belehrend. ›Nur die Feigen in meiner Kindheit haben mich genauso verwirrt.‹ Das Aroma der Feigen war der Anknüpfungspunkt für eine Reihe von Geschichten, die meine Mutter erzählte. Sie berichtete von den Mutproben der Männer aus den Dörfern, die in der herbstlichen Abenddämmerung mit den Händen in den Laubhaufen an den später verschneiten Wegen wühlten und mit dem steifen Zeigefinger der rechten Hand nach den Skorpionen suchten, um sie zu reizen, ohne sich vor ihrem Schwanzstachel zu fürchten, denn er bohrte sich in die Feige, die sie ihm mit der anderen Hand entgegenstreckten. Sie sprach auch von den Ausflügen zu den römischen Ruinen, den in längst vergangenen Jahrhunderten erbauten Gotteshäusern, den Späßen auf dem Rücken der Reittiere und den Wanderungen durch ausgedehnte Höhlen in den Schneebergen, bis sie zu den über Abgründen hängenden Klöstern gelangten. ›Aber es gab noch einen anderen Weg, im Freien‹, sagte sie bewegt. Es war eine von der Natur geschaffene Treppe: vom Schnee abgeschliffene Steine, die sich die Berge hinaufziehen und dich fast immer zu einem Konvent oder Kloster führen. Dort oben verschwinden das Land, die Flüsse und das bläuliche Meer, die Erdenlandschaft besteht nur noch aus dem schwarzen Zedernwald und dem heiligen Fluß, der am Fuß der Berge entspringt. Jenseits der Mauern rings um die prächtigen, feierlichen Gebäude offenbart sich wie ein Wunder eine andere Landschaft: Bäche mitten im Wald, Weinstöcke, Olivenbäume und Feigenbäume, gar nicht weit von dem Kloster, der Kirche und den Zellen, in denen die Einsiedler, von ihrem Glauben beflügelt, wie die Gipfel eines Gebirges zum Flug gen Himmel ansetzen.

Unbewegt, den Blick starr auf Emilies Gesicht gerichtet, nutzte Anastácia eine Pause im Redefluß ihrer Herrin, richtete sich auf und fragte: Wie ist das Meer? Was ist eine Ruine? Wo liegt Balbek? Manchmal runzelte Emilie die Stirn und stieß mich an, damit ich das eine oder andere erklärte. Merkwürdig, denn ohne daß sie es merkte, gab deine Großmutter ganze Sätze auf arabisch von sich, und höchstwahrscheinlich war sie in diesen Augenblicken weit weg von mir, von Anastácia, von unserem Haus und von Manaus. Ich wandte den Blick von den Arabesken der Wasserpfeife, äußerte mich zu diesem und jenem und versuchte, die Unterhaltung in eine andere Richtung zu lenken, eine Wende in Zeit und Raum herbeizuführen, vom Mittelmeer zum Amazonas, vom Schnee zur feuchtwarmen Luft, vom Gebirge zur Ebene. Und ehe Anastácia etwas sagen konnte, ließ Emilie Nadeln und Stoff sinken und gab ihr Anweisung, Kaffee mit Bodensatz aufzugießen und ihn in chinesischen Porzellantassen zu servieren, die so klein waren, daß man meinte, der erste Schluck sei auch schon der letzte. Etwas Unpräzises, Mysteriöses in Anastácias Sprache fesselte meine Mutter. Anders als mein Vater, Dorner und unsere Nachbarn hatte Emilie am Amazonas nie auf dem Land gelebt. Weder sie noch ich hatten je den Fluß überquert. Manaus war ihre sichtbare Welt. Die andere Welt lebte in ihrer Erinnerung. Magnetisch von einer melodiösen, fast singenden Stimme angezogen, lauschte sie staunend der Beschreibung der Kletterpflanze, die Neid vertreibt, der gefleckten Blätter einer Kaladie, die den Wohlstand eines Menschen mehrt, der Rezepte von Wunderheilern, die in manchen wilden Kräutern das Rätsel der furchtbarsten Krankheiten sehen und blutrote Aufgüsse empfehlen, die bei sechsunddreißig Leiden des menschlichen Körpers Linderung bringen. ›Und dann gibt es noch Kräuter, die heilen gar nichts‹, verriet die Waschfrau, ›dafür machen sie den Kopf wild. Ein Schluck von dem heißen Aufguß genügt schon, dann träumt der Christenmensch in einer Nacht viele verschiedene Leben.‹

Andere Menschen hätten an der Glaubwürdigkeit solcher Berichte gezweifelt, nicht aber Emilie. Im Garten kannst du noch die Kaladien und Kletterpflanzen finden, säuberlich getrennt von den anderen Zierpflanzen. Emilie hat die Ableger damals eingepflanzt und auf Anastácias Rat aus Hühnermist und Kohlepulver einen Dünger hergestellt, der sieben Monate lang alle sieben Tage mit der Erde vermischt werden mußte. Das Ergebnis ist die dichte moosgrüne Wand rings um den Brunnen und das Kaladiendikkicht neben dem Hühnerstall. Ich kann mich erinnern, daß es darin Schlangennester gab und daß viele Hühner den Schlangen zum Opfer gefallen sind. Emilie kümmerte sich nicht groß darum. ›Ich habe lieber Schlangen in der Nähe, als daß ich von rechts oder links Neid ertragen muß‹, sagte sie immer.

Anastácia sprach stundenlang und immer gestikulierend, sie imitierte mit den Fingern, den Händen, dem ganzen Körper die Bewegung eines Tieres, den Angriffssprung einer Raubkatze, die Form eines in der Luft nach Nahrung schnappenden Fisches, den scheuen Flug eines Vogels. Wenn ich heute an den Wirbelwind von Worten zurückdenke, der durch lange Nachmittage stob, wird mir klar, daß Anastácia mit Hilfe ihrer Stimme, die von Erlebtem und Erdachtem sprach, Erholung suchte, eine Ruhepause in der harten Arbeit, die sie verrichtete. Wenn sie Geschichten erzählte, stand ihr Leben still und schöpfte Atem; und ihre Stimme schuf in unserem Haus, in Emilie und in mir Bilder einer geheimnisvollen Welt: nicht aus der Welt des Urwaldes, sondern aus der Vorstellungswelt einer Frau, die sprach, um sich zu schonen, die Geschichten erfand, um der körperlichen Mühsal zu entgehen, als könnte Sprechen ihr Martyrium für eine Weile unterbrechen. Emilie ließ sie reden, aber hin und wieder fragte ihr Gesicht nach der Bedeutung eines Begriffs indianischen Ursprungs oder eines in der Stadt nicht gebräuchlichen Ausdrucks, der zu dem Leben der Waschfrau gehörte, zu einer längst vergangenen Zeit, einem verlassenen Ort am Ufer eines Flusses, den wir nicht kannten. In solchen Momenten, wenn wir etwas nicht verstanden oder unsicher wurden, half auch Emilies mir zugewandter sprachloser Blick nicht weiter; dann saßen wir drei stumm da und ertrugen ergeben das drückende Schweigen, an dem die ›knifflige brasilianische Sprache‹ schuld war, wie meine Mutter verkündete. Das Schweigen war so vielsagend und so beklemmend... Als müßte man schweigen, um etwas zu enthüllen. Emilie empfand diese Augenblicke vielleicht als ausweglos, verspürte eine tiefe Ungeduld angesichts der noch immer bestehenden Ungewißheit. Aber gebrochen wurde das Schweigen von Anastácia – einen bis dahin rätselhaften und unsichtbaren Vogel beschrieb sie nun ganz genau, die roten Schwungfedern, den bläulichen, fast schwarzen Bauch und den Schnabel, halb geöffnet zu einem Gesang, den sie imitieren konnte, denn sie besaß die seltene Gabe, das Lied der Natur nachzusingen. Die Beschreibung zeitigte den gleichen Erfolg wie ein Erleuchtung bringendes Wörterbuch, aus dem man das Schlüsselwort herauspickt; und so wie die Bedeutung sich aus der Form herausschält, kam der Vogel unter der dunklen Haube einer Baumkrone hervor und nahm langsam vor unseren Augen Gestalt an.

Schade, daß du Lobato Naturidade, den Onkel der Waschfrau, nicht kennengelernt hast. Er hat Emirs Leichnam gefunden und geborgen; seitdem war er mit unserer Familie und Dorner befreundet, der ihm den Spitznamen ›Fürst der Weißen Magie‹ gab. Er war kleinwüchsig und untersetzt, und trotz seiner achtzig Jahre hatte er noch einen straffen, dunklen Körper und den Ruf, einen ganzen Tag lang gegen die Strömung rudern zu können. Er war der schweigsamste Mann, den ich je gekannt habe, aber man konnte ihm die Antwort auf jede Frage, die man ihm stellte, fertig formuliert von den Augen ablesen. Über sein Leben wußten wir wenig, und Anastácia Socorro verstummte jedesmal, wenn man etwas über ihren Onkel wissen wollte. Dorner fand irgendwie heraus, daß Lobato fließend *nhengatu* sprach und daß er früher einmal ein berühmter Erzähler gewesen war, so einer, dem alle ringsum sofort zuhören, wenn er nur den Mund aufmacht. Als er damals nach Manaus kam, war er unter seinem richtigen Namen Tacumã bekannt und wurde als großer Hellseher gerühmt. Immer wenn in der Stadt ein Kind seinen Eltern weggelaufen war und sich in den Mäandern, Gassen und engen Straßen der Armenviertel verirrte, in denen das Wasser der Flußarme bis vor die Hütten trat, wandte man sich an ihn. Die Leute aus den benachbarten Dörfern und Ortschaften holten ihn zu Hilfe, um nach Angehörigen zu suchen, die auf den Flüssen und im Urwald verschollen waren. Keiner wußte, keiner hat je erfahren, wie er vorging, um die Vermißten aufzuspüren. Man weiß nur, daß er die Nacht über wach blieb und am frühen Morgen mit beiden Armen in eine bestimmte Richtung, auf eine Stelle wies, wo dann der Verirrte auftauchte. Dorner fand auch heraus, daß er eine Zeitlang mit einer begüterten Kreolin in Cayenne gelebt hatte und beinah der Frau gefolgt wäre, als sie beschloß, endgültig nach Paris zu ziehen.

Dorner konnte so etwas – wenn er wollte, brachte er selbst Steine zum Reden. Aber ich muß gestehen, daß Lobato bei all meinen Begegnungen mit ihm kein einziges Wort gesagt hat; sein Blick währte kürzer als ein Händedruck und brachte zwei Menschen einander bestimmt näher als die Berührung ihrer Finger. Emilie behandelte ihn mit einem Respekt, der an Verehrung grenzte; er kam selten ins Haus, aber wenn er nur die Türschwelle betrat, wußte schon die ganze Nachbarschaft, daß es einen Kranken in der Familie gab. Er trug einen abgewetzten, farblosen Lederbeutel auf dem Rücken, in dem er Kräuter und Heilpflanzen aufbewahrte. Er war ein Meister in der Behandlung von rheumatischen Schmerzen, Schwellungen, Grippe, Koliken und einer ganzen Reihe gutartiger Krankheiten; dazu vermengte er Kräuter mit Bienenhonig und Speiseöl und massierte die geschwollenen und rheumatischen Gliedmaßen mit einer Paste, die aus einer Mixtur von zerstoßener Rinde verschiedener Bäume, ein paar Tropfen Arnika und einer Messerspitze Hollandpomade bestand. Die Zusammensetzung und genaue Dosierung dieser Präparate fand Dorner auf Bitten von Hector Dorado heraus. Ich erinnere mich, daß der Arzt nach seiner Rückkehr aus Europa demütig feststellte: ›Ich mußte erst nach London fahren, um zu begreifen und einzusehen, daß die Therapeutik vieler hiesiger Krankheiten dem profunden Wissen der Urwaldbewohner über die einheimischen Pflanzen zu verdanken ist.‹ Dorner und ich, beide mit Hector eng befreundet, dachten, es würde einen an der Universität von Bahia ausgebildeten und an der London School of Tropical Medicine spezialisierten Arzt in seinem Ehrgefühl verletzen, daß bei Krankheitsfällen der Wunderheiler ins Haus geholt wurde. Zu unserer Überraschung suchte der Arzt den Kontakt zu Lobato, noch bevor er sich über die Hitze beklagte und darüber, daß er unter den himmelweiten Unterschieden zwischen London und Manaus leide. Anfangs war es ihm höchstens möglich, heimlich zwischen Geäst hindurch eine ausgedehnte Massagebehandlung von Emilies rheumatischem Bein zu beobachten. Mit stoischer Geduld verfolgte der Arzt aus der Distanz, wie die Balsame zubereitet wurden, bis er sich an die Rauchschwaden gewöhnt hatte und die Eigenschaften von Eibisch, *crajiru* und verschiedenen Mohnarten und wilden Wurzeln kannte. Nach nur wenigen Wochen zuckte er nicht mehr zusammen, wenn er hörte, daß in einer Schale ein Sud köchelte, der ›zum Gotterbarmen stank‹, so daß jeder Sterbliche, der nur den Dampf einatmete, schon meinte, den Hauch der Ewigkeit zu spüren. Dorner hörte sich die Entdeckungen und Empfindungen des Arztes schweigend an. Später, als wir allein waren, bemerkte er, nicht ohne dabei ironisch zu lächeln, daß Einheimische manchmal etwas länger brauchten, um Augenfälliges wahrzunehmen.

Emilies Freundschaft mit Lobato wurde von den einen gutgeheißen und von den anderen verhöhnt. Du erinnerst dich bestimmt noch an das grausame Leiden von Seu Américo, dem Schwiegersohn des Kommendatore, unsere portugiesischstämmigen Nachbarn; von Kindesbeinen an mußte er sich täglich Insulin spritzen. Emilie wollte sich mit dieser ›barbarischen‹ Behandlung nicht abfinden und riet Esmeralda, sich an Lobato zu wenden. Das war für die hiesigen Ärzte ein Affront. Als Esmeralda den Indio zu ihrem Mann holte, verkündete Dr. Rayol, auf Emilie gemünzt, seinen Patienten: ›Nur eine eingewanderte Nomadin kann sich der Scharlatanerie eines Wunderheilers anvertrauen. Wenn dieser Glaube um sich greift, dann heißt es demnächst wahrscheinlich, daß ein *ipê*-Blütentee Krebs heilen kann.‹ Die Erwähnung dieser Krankheit zielte auf eine bestimmte Person, denn die Frau von Shalom Benemou, eine Nachbarin und Freundin der Familie, hatte Lobato um Hilfe bitten wollen, aber der Mann kannte seine Grenzen. Was Américos Krankheit betrifft, wurden wir Zeugen einer jener Heilungen, von denen sonst nur fromme Schriften berichten. Tatsächlich fühlte sich unser Nachbar nach ein paar Monaten Behandlung so gut, daß er die Spritzen für immer absetzte und einen bewegenden Satz sagte: ›Ich wache morgens nicht mehr mit dem Gefühl auf, daß meine Tage gezählt sind.‹

Ich weiß noch, daß er vor lauter Lebenslust seine spanische Geige aus der Abstellkammer hervorkramte; von da an wurden die Nächte noch stiller, denn der Geiger spielte Paganini-Soli, als wollte er die Stille preisen. Ich habe gehört, daß er dank Lobatos Medizin noch viele Jahre gelebt hat. Manche sagten, seine Krankheit sei mit einem Alkoholextrakt aus Samen einer bestimmten Akazienart und des *sapupira*-Buschs behandelt worden. Aber Emilie schwor, daß die Therapie, abgesehen von diesem Extrakt, auch noch aus einem Sud bestand, der aus Blättern und den Rinden der Wurzeln und des Stamms der *jacareúba*, der *graviola* und der Annonenbäume hergestellt wurde. Lobato hat nie etwas bestätigt oder abgestritten. Und zu aller Überraschung lehnte er eine Leibrente des Portugiesen ab, aber ein Mosaik aus Alcobaça mit einem Bild des heiligen Joachim nahm er an.

Emilie litt etwas unter den diffamierenden Behauptungen, die von Ärzten und Patienten verbreitet wurden. Das Gerücht ging von Mund zu Mund, der Wunderheiler hätte schon einige elendig Kranke vergiftet und erblinden lassen, indem er ihnen eine aus Palmenzweigen gewonnene rote

Flüssigkeit in die entzündeten Augen getröpfelt hätte; auch war von Teufelsritualen die Rede, um den Geist des Bösen anzulocken und in den Leib des Opfers fahren zu lassen. Und so mancher wetterte auch gegen die Mittel, die zum Abtreiben und zur Heilung von Geschlechtskrankheiten eingesetzt würden; stinkende Aufgüsse, obszöne Massagen des Bauches und der Körperwölbungen. In diesen Fällen, hieß es, würden die Frauen unfruchtbar und die Männer impotent. Was die Leute aber am meisten irritierte, war Lobatos Wanderleben, er besaß nämlich keinen festen Wohnsitz. Man sah ihn, von Aasgeiern umgeben, in ein Bootswrack klettern, das in dem Meer von Abfällen am Ufer eines Flußarms halb versunken lag; andere schworen, er hause in verdreckten Pfahlhütten, die Wände voller Bilder fremdartiger Heiliger, aus deren Blick entweder Trunkenheit oder Wahnsinn spräche; in einer Ecke in der Nähe der Hütte strahle ein Kreis heller Punkte aus der Finsternis und beleuchte Schnapsflaschen und tote Hühner zwischen Häufchen von Götzenbildern. Diese infamen Behauptungen, Schimpfkanonaden gegen einen friedfertigen und fast unsichtbaren Mann, waren auch Dolchstöße gegen eine noch lebendige Tradition, die im Herzen der Siedlungen am Stadtrand, im Innern der vom Regen gepeitschten Pfahlhütten gepflegt wurde.

Mehr als die Verleumdungen gegenüber Lobato überraschte uns zu erfahren, daß der Fürst der Weißen Magie und Anastácia Socorro miteinander verwandt waren. Jahrelang hatten wir geglaubt, die beiden wären sich nie zuvor begegnet, aber in Wirklichkeit hatte Lobato seiner Nichte geraten, in unserem Haus nach Arbeit zu fragen; aus irgendeinem Grund wußte er, daß Emilie eine Waschfrau brauchte und daß Anastácia ihr gefallen würde. Die beiden verständigten sich nur mit Blicken, und wir meinten, daß beide sich für Heilpflanzen interessierten, sei nur ein simpler Zufall. Als sich zu unserer Überraschung die verwandtschaftliche

Beziehung herausstellte, änderte sich Emilies Verhältnis zu der Waschfrau. Anastácia kam den Menschen, die im Haus aus und ein gingen, näher und wurde von Emilie unter ihre Fittiche genommen; die nachmittäglichen Mußestunden wurden häufiger und die häuslichen Arbeiten weniger hart. Die Waschfrau lebte fortan wie eine Hausangestellte, die Respekt einflößt, und nicht mehr wie eine Sklavin. Aber dieses plötzliche Privileg war nur von kurzer Dauer. Meine Brüder wurden für ihre häufigen Ausfälligkeiten, mit denen sie das neue Verhältnis störten, von Emilies strengem Blick wie mit Pfeilen beschossen; sie haben nie gutwillig hingenommen, daß sich eine Indianerin zum Essen an den Tisch im Wohnzimmer setzte, die gleichen Teller und das gleiche Besteck wie die Familie benutzte und ihre Lippen an die gleichen Gläser und das gleiche Porzellan der Kaffeetassen drückte. Eine Art Ekel und Abscheu stand auf ihren Gesichtern, sie aßen nicht mehr so gierig wie früher und weigerten sich, die Kroketten aus feingehacktem Hammelfleisch zu loben, das Blätterteiggebäck mit Sahne und Datteln oder den goldgelben Mandelreis, der nach gerösteten Zwiebeln duftete. Diese Frau mit dem faltenzerfurchten Gesicht, die da stumm am Tisch saß, konnte den Speisen ihren Geschmack und Duft rauben und anderen die Stimme und Gestik, als ob ihr Schweigen oder ihre Anwesenheit, die nur aus Schweigen bestand, die anderen am Leben hindere. Ohne daß ihr jemand etwas sagte, entzog Anastácia sich dieser Nähe, die bei meinen Brüdern Widerwillen hervorrief, bei Emilie Beklemmungen und eine allgemeine Mißstimmung zu den Mahlzeiten, einem der wenigen Augenblicke, zu denen die Familie die Friedensfahne hißte. Das von Emilie zubereitete Essen einigte uns, und die kleinen Vorkommnisse des Tages (ein Diebstahl, ein Bekannter, der ankam oder abreiste, eine Eheschließung, eine Verwitwung) garantierten einen Waffenstillstand und ließen uns unseren Groll vergessen. Verstohlen beobachtete ich meinen Vater und spürte manchmal, auch wenn ich es nicht sah, daß sich sein schweifender Blick gelegentlich dem Gesicht der von den anderen verurteilten und diskriminierten Frau zuwandte. Ich stellte mir immer vor, daß mein Vater mit Gott allein sei. Dorner war anderer Meinung. Er sagte: ›Das ist übertrieben, wir sind nie mit Gott allein‹; und machte mich darauf aufmerksam, daß die Benemous den Talmud mit vier oder sechs Augen lasen. Ich erwiderte, beim Lesen der Suren gäbe es keine Augen, die denen meines Vaters Gesellschaft leisteten, denn wenn er sich zurückziehe, sei nur die Schrift bei ihm – die Worte stünden in ihrer Einsamkeit gedruckt.

Von da an gingen wir auf eine nicht genau festgelegte, formlose Art mit der Waschfrau um; fern vom Eßtisch erwies sie sich als weniger zudringlich, weniger intim. Der Appetit, die Stimmen, die Lobesworte für Emilies begnadete Hände kehrten zurück, und die Gespräche über den Tag belebten sich wieder. Wir erörterten das Duell zwischen zwei Männern in einer verlassenen Straße an einem Sonntagnachmittag – eine Auseinandersetzung, auf die die ganze Stadt schon seit langem gewartet hatte, in der Hoffnung, es gebe einen Toten, nicht nur als Gerücht, sondern als Ereignis, das fortan zu ihrer aller Leben gehören würde. In Manaus wurde ein Todesfall nur dann nicht zur Kenntnis genommen, wenn er frei von Qualen und Grausamkeit war; jeder andere erlangte Denkwürdigkeit, fügte sich fest in die Zeit, widerstand dem Vergessen, als ob das tragische Ende eines Menschen alle anderen betraf. So war es auch bei dem Duell zwischen Kasen und Anuar Nonato, das mit beider Tod endete; sie starben Arm in Arm vor der Kathedrale, wie zwei Brüder, die sich zur Begegnung mit dem Tod wiederfinden. Denkwürdig war auch der Tod von Selmo, der an dem höchsten und laubreichsten Baum der Estrada das Flores aufgehängt wurde und anschließend gevierteilt von allen, die ihn haßten, und das waren viele. Wenn sich im Laufe eines Jahres nichts Grausames ereignete, griffen die

Leute auf Erinnerungen zurück; Geschichten wurden mit neuen Einzelheiten erzählt, die Opfer durchlebten noch einmal ihre Qualen in den Berichten sich überschlagender Stimmen, die bei der Beschreibung einer Szene miteinander wetteiferten. So friedlich war das Leben nicht. Du hast mit angesehen, was Soraya Ângela zugestoßen ist, und Emilies (obwohl manchmal überspielte) Qualen erlebt, wenn sie an den Tod ihres Bruders zurückdachte. Je mehr Zeit verstrich, um so näher schien meine Mutter Emir zu sein, um so weniger schien sie sich mit seinem Verschwinden abfinden zu können. Mehr als zwanzig Jahre waren seit jenem Vormittag am Pavillon vergangen, und noch immer widmete Emilie sich einer wohltätigen Aufgabe, die meinen Vater anfangs nicht störte. Legte nicht der Koran dies in einer Sure den Menschen nahe?

Ich weiß nicht, wie es weitergegangen ist, aber solange ich hier lebte, setzte sie sich dafür ein, daß es den Bewohnern der Cidade Flutuante an nichts fehlte. Am Tag, bevor die Gaben verteilt wurden, herrschte Feststimmung im Haus. Ein merkwürdiger Gedanke, einen Tag zu preisen, der an alle dem Tod eines Menschen vorausgegangenen Tage erinnert. Emilie stand früher als sonst auf und hängte die mit *jenipapo*-Nektar gefüllten Glasampullen an die Zweige des Kirschmyrtenbaums, als Tränken für die Kolibris. Sie sahen wie kristallene Vögel aus, die an der Brust der Natur saugen, wenn sie die Flüssigkeit mit dem gelblichen Farbton der Morgenröte kosteten. Die Blumentöpfe und Beete wurden begossen, und die großen Porzellanvasen quollen über von den in den Gärten der Franzosen gezüchteten Begonien und Tulpen. Alles war so ganz anders als heute, in diesem verwahrlosten Zustand: Das Brunnengestein vibrierte fast, so strahlend weiß und porös war es, und die Kristallspiegel glänzten so blank poliert, daß sie den Menschen mehr als nur ihr reines Abbild zeigten. Am Hausputz beteiligten sich die Hausmädchen mit ihren Kindern und außerdem Emilies

Ziehkinder. Hindié, Mentaha und Yasmine halfen bei der Zubereitung der Köstlichkeiten, einer Mischung von Speisen aus dem Orient und vom Amazonas. Die Leckereien wurden sorgfältig in Flechtkörbe gepackt, die überall auf den Fliesen in der Küche, dem Eßzimmer und in den Fluren standen, so daß man sich nicht mehr darin bewegen konnte. Am Ende des Tages kontrollierte sie sämtliche Ecken im Haus und gab den Kindern letzte Anweisungen, denn immer fanden sich noch Spinnweben und Holzwurmnester in den Winkeln und an den Holztürrahmen der unbewohnten Räume, Flecken auf dem Dielenboden und feuchter Schimmel an den Innenwänden. Wenn sie sich zum Beten und Schlafengehen verabschiedete, war sie so erschöpft, daß sie fast gealtert aussah, als ob alle Sekunden dieses mühevollen Tages in jeder ihrer Körperporen weiterlebten. Aber am nächsten Morgen strahlte Emilie; sie trug ein schwarzes Kostüm und die Perlenkette, die im Ausschnitt auf der bloßen Haut lag. Ihr elfenbeinglattes Gesicht rahmten die gewellten Haare, und hinter einem Ohr steckte eine Kirschmyrtenblüte, genauso leuchtend rot wie das Rot ihrer Lippen. Wenn sie so auf dem Treppenabsatz erschien, zuckte mein Vater zusammen und biß sich auf die Lippen, vielleicht gekränkt oder eifersüchtig, auf jeden Fall aber beunruhigt und fasziniert von diesem morgendlichen Anblick, dem makellosen Bildnis der Schönheit. Er wunderte sich nicht über ihr Verhalten, denn Emilie schmückte sich, um einem Verstorbenen die Ehre zu erweisen, aber Tatsache ist, daß an diesem Tag im Jahr die Farbe Schwarz, in die sie ihren Körper hüllte, weniger Trauer als Zierde war. Sie nahm eine geschmeidige Haltung an, setzte den Saphirring auf den linken Ringfinger und tuschte sich zur allgemeinen Überraschung die Wimpern schwarz; ihre farblos lackierten Fingernägel schimmerten; und eine schwarze Eidechsenledertasche war das einzige, was sie außer einer Vase mit Blumen und dem Bild von Emir mitnahm.

Wenn sie gegen Mittag von der Kirche und dem Hafen zurückkehrte, erwartete sie in der glühenden Sonne eine lange Menschenschlange, die an der Haustür begann und auf dem Platz fast im Pavillon endete. Von Jahr zu Jahr ließen Straßenkinder und Bettler die Schlange weiterwachsen, und die Kranken, die ihr ihre Schwären und zerfressenen Gliedmaßen zeigten, schickte sie zu Hector Dorado. Viele der von ihr Bedachten brachten ihr Geschenke, die sie selbst lieber als ›kleine Andenken für unser aller Mutter‹ bezeichneten. Es waren Gegenstände, Tiere und Pflanzen aus allen Gegenden Amazoniens: lebendige und ausgestopfte Vögel und Reptilien, die kostbare Nachtigall vom Rio Negro, Setzlinge von Kletterpflanzen, Farnen und Palmen, winzige schillernde Fische, einbalsamierte Piranhas, bis hin zu der getreuen Nachbildung eines heiligen Paddels, das die Geschichte eines Indianerstamms erzählt; sie hängte das Paddel an die Wohnzimmerwand, direkt neben ein Zedernstück aus dem Libanon; beide sind ebenfalls verschwunden, wie, weiß ich nicht. Der Raum hinten neben den Gesindekammern, wo du und dein Bruder immer Versteck gespielt habt, war extra für die Dinge angebaut worden, die sich im Laufe so langer Zeit ansammelten. Im Becken neben dem Brunnen schwimmen noch immer Dutzende von kleinen Fischen, und ich habe gestaunt, wie groß die Kaimane geworden sind, denn früher gab es noch nicht den Drahtverschlag, in dem sie heute eingesperrt sind. Auch die riesige Voliere war noch nicht da, dieses durchsichtige, klingende Bauwerk, denn sie bestand darauf, die Vögel in Holzbauern zu halten.

Nie ist ihr in den Sinn gekommen, eines dieser Lebewesen an irgend jemanden weiterzuverschenken. Lächelnd lehnte sie die ständigen Bitten der frommen Schwestern aus den Armenvierteln ab, ein paar Gegenstände und Tiere verlosen zu lassen und das eingenommene Geld für den Kauf von Kleidern, Lebensmitteln und Medikamenten zu verwenden.

Zu den Nonnen von São Vicente de Paula sagte sie fast entschuldigend: ›Diese Andenken sind für mich wie Reliquien.‹ Niemand wagte es, dieses Urteil von Emilie anzufechten, und erst recht nicht, seit sie jedes Geschenk registrierte.

Eins der Ziehkinder von Anastácia Socorro wurde damit beauftragt, diese Notarsarbeit zu verrichten. Am Tag der Bescherung stand der Junge neben Emilie, wahrend die anderen ihr die linke Hand küßten und Essen erhielten, das mit Vollkornmehl zubereitet war. Expedito Socorro notierte den Namen der Person und woher das Geschenk kam; der Zettel wurde am Gegenstand befestigt, und dann war Expedito monatelang damit beschäftigt, Etiketten zu kleben und die Gegenstände zu ordnen, sie zu Tierfamilien zusammenzustellen und auch noch die Holzart (eine Spinne aus Angelinholz, ein Tukan aus Brasilholz, ein Tapir aus *itaúba*) und die Vogelfedern und Fruchtkerne, die Halsketten und Ohrringe zierten, genau zu bezeichnen. Einzig aus diesem Grund erhielt Expedito später eine Anstellung bei der Post in der Abteilung, in der die Korrespondenz nach Stadtteilen sortiert wird, denn durch seine langjährige Erfahrung im Notieren und Einordnen hatte er ein bemerkenswertes Geschick im Umgang mit Schriftstücken erworben. Um den Frieden mit den frommen Schwestern zu wahren, spendete Emilie die Früchte, die sie zuhauf erhielt. Mit der Zeit machte mein Vater sich über dieses Wohltätigkeitsfest lustig und sagte: ›Eine merkwürdige Nächstenliebe: Erst nehmen sie es den Armen, dann geben sie es den Armen.‹ Inzwischen verhehlte er auch nicht mehr seine Verärgerung über diesen hektischen Tag im Jahr. Er weigerte sich, im Haus zu bleiben, unter dem Vorwand, er habe keine Ruhe für die Siesta, und insgeheim wünschte er sich vielleicht, die Schicksalsvögel würden mit Steinen nach der christlichen Menge werfen. Emilie rächte sich für seine Spötteleien, indem sie sich ins Lager des Parisiense schlich und Baumwollstoffe und Kattun entwendete, die sie dann den Nonnen schenkte. Auch ich war an diesen Einbrüchen beteiligt, die darin bestanden, Dinge zu stehlen, die uns selbst gehörten. Angesichts meiner Verwunderung und Ängstlichkeit rechtfertigte sie sich mit den Worten, sie wisse den Laden und die Stoffe zu schätzen, denn die materiellen Güter erlaubten ihr, den Bedürftigen dieser Welt zu helfen. Aber dieses mildtätige Fest, das sie mit einem Aufwand beging, als feierte sie den Namenstag einer Schutzheiligen, verlor nach Soraya Ângelas tragischem Tod an Glanz. Das war für Emilie zuviel, sie konnte auch nicht mehr so tun, als mißachte sie eine solch unerbittliche Tücke des Schicksals, die einen Christen oder jeden Gläubigen niederschmettern kann und sich in einem unerklärlichen Paradox äußert: Die inbrünstige Frömmigkeit wird durch einen Fluch, ein grausames, unwiderrufliches Ereignis wie den Verlust eines geliebten Angehörigen erschüttert, und selbst die seit Jahrzehnten gepflegte Großzügigkeit und Mildtätigkeit werden von diesem Ereignis bedroht, als ob der dunkelste Teil des Himmels eine unvorhersehbare, absurde, aber unvermeidliche Strafe über das fromme Haus niedergehen ließe und aus dem Diener des Herrn einen vom Leibhaftigen verfolgten, schwachen und machtlosen Schatten mache. Deshalb war Emilie, vor allem in den letzten Jahren, die wir gemeinsam verbrachten, mutloser und passiver gegenüber dem Leben als mein Vater. Sie schien in einer zeitlosen Zeit dahinzuvegetieren und äußerte Freunden gegenüber, das tagtägliche Einerlei sei so trübselig wie die Passivität eines Gelähmten oder Krüppels und verdüstere ihr Leben.

Ich forschte nicht nach den Ursachen ihrer Mutlosigkeit. Es wäre auch nicht möglich gewesen, denn wir hatten eine enge Beziehung zueinander, und jedes Anzeichen von Niedergeschlagenheit und Ermattung bei dem einen übertrug sich gleich auf den anderen. Diese Übertragung von Ängsten, Emilies abgöttische Liebe zu mir, ihre Anteilnahme an meinem Leben, das alles steigerte sich noch dadurch, daß ich sie verstand, wenn sie in ihrer Sprache sprach. Denn wenn meine Mutter sich mit mir unterhielt, übersetzte sie die Wörter nicht, kreiste sie nicht ein, suchte nicht lange nach einem Verb, vertat sich nicht in der Syntax. Und ich spürte: Sie konnte nach Herzenslust, souverän und frei von allem Zwang, jeden Weg wählen, über den Zuneigung geht: den Blick, die Gestik und die Worte. Als ich ihr in Anwesenheit meiner Geschwister meine Entscheidung mitteilte, von hier wegzugehen, drückte sie ihre Überraschung mit einem Wortschwall aus, den nur wir beide verstanden. Ich begriff, daß in ihrem Verhalten etwas Widernatürliches lag. Hilflos und wie betäubt, vielleicht gar von Haß uns gegenüber erfüllt, wurden meine Geschwister ausgeschlossen, aus dem Patio verbannt. Und ich dachte: Sie hat es nur mir und keinem anderen beigebracht, damit wir zu Vertrauten werden, damit wir in der Stunde der Trennung allein sind. Sie sprach nicht, um es mir zu verbieten, es zu verurteilen oder zu tadeln, sondern damit ich den Trennungsschmerz in aller Intensität, wie eine nur in mir stattfindende Explosion, fühlen sollte. An jenem frühen Nachmittag legte sie sich entgegen der geheiligten Gewohnheit, Siesta zu halten, nicht zum Schlafen hin. Sie wartete, bis ihre beiden anderen Söhne nach oben in ihr Zimmer gegangen waren, und als sie mit mir allein war, gab sie sich endgültig dem Abschiedsklagelied hin. Hin und wieder verstummte sie, beugte sich über mich, fuhr mit den Fingern um meine Augen; sie strich mir über die Augenbrauen und Wangen, schloß meine Augen, streifte mit der Haut ihres Handrückens über meine Wimpern, schloß die fünf Finger ihrer Hand, die mich liebkoste, und legte sie sich aufs Herz. Anschließend zog sie sich langsam zurück, aber ihr Blick wich nicht von mir. Ich atmete die schwere, dunstige, von einem Hauch Moschus getränkte Luft ein, sah mich an Bord eines Schiffes, das nie wieder in diese Gewässer zurückkehren würde, und gab mich, fast besinnungslos, dem schmerzlichen Gefühl vorweggenommenen Heimwehs hin. Ein einziges Mal stand sie auf, um in die Küche zu gehen. Als sie mit einem Krug Fruchtsaft und einem Teller mit Pistazien, Mandeln, Sesam und Feigen zurückkam, konnten wir unsere Verlegenheit nicht verhehlen, als wir feststellten, daß wir beide gerötete Augen hatten und unsere Stimmen vor Bewegtheit verändert klangen.

Es wurde ein ganzer Nachmittag mit vielen Versprechungen und Vertraulichkeiten, gelegentlichen Zärtlichkeiten und Gelächter. Aber wenn wir lachten, war es, als stünde das ganze Leben still, denn es war ein verkrampftes, abruptes, fast unheilvolles Lachen. Alle meine Bitten wurden von ihr peinlich genau erfüllt. Sie überzeugte meinen Vater davon, daß ich meine Ausbildung im Süden des Landes fortsetzen sollte und daß man mir deshalb einen monatlichen Wechsel senden müsse, dessen Höhe sie selbst festsetzte. Sie hat mir nie eine Zeile geschrieben, aber wir schickten uns gegenseitig Photos, denn wir wußten, daß dies die einzige Möglichkeit war, eine abgöttische Liebe aus der Entfernung zu erhalten. Der letzte Satz, den sie gegen Ende dieses Nachmittags zu mir sagte (bevor im Haus die abendliche Unruhe mit der Ankunft von Verwandten und Freunden ausbrach, die zum Abendessen kamen und an der Spielrunde um die Wasserpfeife teilnahmen), lautete: ›Ich bewahre deinen Blick in meinem Innern.‹ Fast fünfundzwanzig Jahre lang schickte sie mir Photos, und ich versuchte, von den Photos die Geheimnisse und Sorgen ihres Lebens und die Veränderungen ihres Körpers abzulesen. Von dem Tod meines Vaters erfuhr ich, als ich eine Photographie erhielt, auf der sie in dem Schaukelstuhl neben dem mit einem weißen Laken bedeckten Sessel saß, in dem mein Vater immer an Sonn- und Feiertagen neben ihr gesessen hatte. Auf dem Finger ihrer linken Hand sah ich zwei goldene Ringe, und ihre schwarzen Augen schimmerten durch einen Tüllschleier, der ihr Gesicht zur Hälfte verhüllte. Dies war das vorletzte Mal, daß sie mir ein Photo geschickt hat, vor etwa acht Jahren. Kurze Zeit nach dem Tod meines Vaters erhielt ich die beiden letzten Photos im selben Umschlag; auf dem einen sah man im Vordergrund ihr noch faltenloses Gesicht, und ihren Kopf umhüllte eine Mantilla mit Silberfäden; vielleicht, weil das Blitzlicht so grell gewesen war oder weil so viele Kerzen rund um ihren Körper flackerten, sahen die Mantilla und ihre Locken, die über ihrer Stirn lagen und ihr bis auf die Schultern fielen, wie phosphoreszierende Distelblätter aus. Es war ein dezent geschminktes Gesicht, und in seinem Ausdruck vereinigten sich die unerschütterliche Ruhe und erhabene Haltung der ebenmäßigen Gesichter der heiligen Frauenfiguren, die hinter Glastüren in der Nischenreihe an den Seitenwänden des Hauptschiffs der Kirche stehen, deren Portal sich zum Hafen hin öffnet und von der Morgensonne beschienen wird. Das Gesicht meiner Mutter und die Gesichter der Heiligen, die Kerzen, die Flammen und die Nischen, alles war mit verblüffender Detailschärfe zu erkennen. Dieses Photo, auf den fünften Juni datiert, das einzige Farbphoto, das ich je erhielt, steckte in einem rechteckigen Rahmen aus marmoriertem Schoeller-Papier und trug unten rechts auf der Ecke das Wasserzeichen des Photolabors der Gebrüder Kahn.

Die zweite, so ganz andere Photographie zeigte Emilie in der Mitte des Patio, den ein Lustgarten umgibt. Fast alles auf diesem Bild versetzte mich zurück in den schon so fernen Nachmittag, an dem ich ihr meinen Entschluß wegzugehen mitgeteilt hatte. Ich erkannte dasselbe Seidenkleid mit handgestickten schwarzen Rosetten, das sich an ihren noch schlanken Körper schmiegte und auch zu der Trauer paßte, die ihr der kürzliche Tod ihres Mannes auferlegte. Sie saß in demselben Korbstuhl, neben ihr genauso ein Stuhl wie der, in dem ich mich zurückgelehnt hatte, um den Moschusduft einzuatmen; ich betrachtete dieses Bild wie das Album eines aus transparenten, in einem Traum ersonnenen Seiten bestehenden Lebens. Beim Betrachten dieses Photos konnte ich gar nicht anders, als Emilies Stimme zu hören und ihre Gestalt konkret vor mir zu sehen, dort in der Mitte des Patio vor dem Brunnen, in dem kristallklare Wasserstrahle aus den Mündern der vier steinernen Engel wie flüssige Kanten einer unsichtbaren, hohlen und ätherischen Pyramide sprühen. Hätte ich dieses Photo nie betrachtet, hätte ich von allen anderen absehen, die Augen vor all den Photos verschließen können, die mir im Laufe so vieler Jahre geschickt worden waren, oder einfach mit Hilfe der Bilder an etwas nicht Greifbares zurückdenken können, das sich der Realität entzieht und einer Wahrheit, etwas Offenkundigem entgegensteht. Denn am meisten beeindruckte mich an dieser Photographie, daß sie einen realen Moment und eine greifbare Situation zeigte. Ich sah mich ganz nah neben Emilie sitzen, in dem anderen Korbstuhl, gebannt von ihrem Blick, ihrer Stimme, die mir keine Fragen stellte und sich scheinbar nicht meinem Vorhaben widersetzte, für immer wegzugehen. Die Stimme und das Bild führen mir wieder eine Welt voller Ernüchterungen vor Augen, in der sich ein düsteres Gesicht mit einem dichten Schleier bedeckt, der von längst begonnenem Sterben kündet. Sie sprach, um diesen vor langer Zeit gewebten Schleier aufzudecken, der sich nach und nach über ihr ganzes Leben gebreitet hatte. Und das Gesicht auf der Photographie schien all die Enttäuschungen, Belastungen und Leiden zu verraten, die Emilie durchlebt hatte, seit sie, noch ehe Samara Délia es selbst merkte, entdeckt hatte, daß ihrer Tochter Bauch sich wölbte. Samara Délia leugnete drei oder vier Monate lang, wollte nicht glauben, daß ein zweiter Körper in ihrem Körper heranwuchs, bis sie eines Tages nicht mehr aus dem Haus gehen konnte, bis sie eines Morgens nicht mehr ihr Zimmer verlassen konnte. Fünf Monate lebte sie in Zurückgezogenheit und Einsamkeit, in übergroßer Nähe zu diesem unsichtbaren Wesen, dem anderen, noch kraftlosen, doppelt verborgenen Leben. Nur Emilie betrat ihr

Zimmer, um nach ihr zu sehen, als wäre der abgeschirmte Raum ein gefährlicher Ort, eine Brutstätte der Pest, in der Ansteckung und Ausbreitung drohten. Und in der Nacht, in der Soraya geboren wurde, blieb das ganze Haus gleichgültig gegenüber dem Stöhnen, dem Gerenne der Freundinnen, die Emilie dazugeholt hatte und die ihr laut betend mit Schüsseln und Tüchern zur Hand gingen. Viele Wochen und Monate lang näherte sich niemand der Zimmertür, und die kleine verschlossene Welt blieb weiter bestehen, düster und bewacht, und das Leben wuchs heimlich, fast lautlos heran – wie ein undurchsichtiges, lichtloses Aquarium innerhalb des Hauses, in dem kein Geräusch oder Wimmern, keinerlei ungewöhnlicher Laut verriet, daß die beiden darin lebten, als hätten Mutter und Tochter allem entsagt und hofften auf Absolution und Anerkennung.

Emilie war der einzige Mensch, der ihnen das Überleben zugestand. Es dauerte fast ein Jahr, bis die Brüder das stille Dasein der beiden akzeptierten, und manchmal vergaßen wir ganz, daß diese beiden Menschen, die nicht an unserem Leben teilhatten, überhaupt existierten. Die Distanz, die Unsichtbarkeit wurde schließlich zur Gewohnheit; und die ständig geschlossene Tür ihres Zimmers war eine Scheidewand, hinter der sich genausogut Schutt oder abgelegte Sachen befinden konnten. Aber Emilie wußte, daß wir irgendwann aufgrund der Gewohnheit, des beständigen Zusammenlebens mit etwas Verborgenem toleranter werden würden. Und eines Morgens, erinnere ich mich, sah ich als erster das Kind im Patio krabbeln, verdutzt und blaß einen unbekannten Raum erforschen, die Umgebung bestaunen, Ecken und Umriß des Brunnens abtasten und überwältigt auf die vielen Tiere starren. Sie hielt vor dir inne, tastete dein Gesicht und dein Haar ab und sah Emilie und meine Schwester an, als wollte sie fragen, woher du plötzlich aufgetaucht seist. Du warst vier Jahre alt und hättest dasselbe fragen müssen, was du ein paar Tage später auch tatsächlich tatest, als du von Samara Délia wissen wolltest, warum sie weggegangen sei und ob es Nachricht gebe von der Frau, die woanders wohnte und dich nur ganz selten besuchen kam. Die Suche nach einer Antwort oder Lüge brachte Samara in gewisse Verlegenheit, und ehe sie etwas sagen konnte, hob Emilie dich hoch, nahm dich auf den Schoß und flüsterte dir ein paar Worte ins Ohr; du schautest neugierig zu dem Kind, lachtest, und als Emilie dich heruntersetzte, liefst du zu Soraya und nahmst sie an die Hand. Ich sah euch nach, wie ihr zu den Tieren gingt, zu den Wasserspeiern, den mit Fliesenbruch und Muscheln verzierten Mäuerchen und dem kleinen Teich, bis ihr zwischen den weißen Kaladien und den Frauenhaarfarnen verschwandet. Und dort stecktet ihr dann jeden Morgen, spieltet bis zur Mittagszeit, wenn meine Brüder aufstanden und Emilie nach euch suchte, um Soraya Ângela in das Zimmer zu bringen, wo meine Schwester sie erwartete. Erst zwei Jahre später, als deine Mutter mit einem Baby auf dem Arm nach Manaus kam, um es Emilie in Pflege zu geben, hast du begriffen. Vermutlich hast du es schon vorher geahnt, denn an dem Spiel mit Worten, den kurzen Satzgebilden warst nur du beteiligt; dann weintest du, denn du meintest, die andere verschmähe dich oder ihre Schweigsamkeit sei ein Bannstrahl, der dich lähmen, verzaubern sollte, wie jemand, der vor etwas nie Geschautem steht und sich vor dem überraschenden Anblick fürchtet. Aber es war weder Verschmähen noch Zauberei; du hast es noch vor den Erwachsenen gemerkt, als du fragtest, ›warum das Kind nie spricht, warum es nicht antwortet, wenn ich mit ihm spreche‹. Meine Schwester hielt es für absurd, daß ein Kind beobachtete und wahrnahm, was zu akzeptieren sie sich weigerte. Denn in deinen Fragen lag ein bestätigender Unterton, und die Mutter spürte, daß es nicht mehr möglich war, die ›Anomalie‹, den ›Geburtsfehler‹ weiterhin zu verheimlichen. Sie unterband den Kontakt ihrer Tochter mit den anderen Kindern und jedem Besuch im

Haus und begrenzte ihren Lebensraum auf den rückwärtigen Teil des Hauses und ihr Zimmer.

Ich kann mich erinnern, daß in den ersten zwei Jahren niemand außer Emilie sie anfassen durfte. Und als ich mich ihr einmal nähern wollte, lähmte mich ein plötzlicher, fast versehentlicher Aufschrei. Es war kein Warnschrei, er drückte nicht Einspruch oder Feindseligkeit aus; eher klang er wie ein Ausbruch, der einem das Herz zerreißen kann, ein Brüllen vor Scham. Ich trat von dem Kind zurück und merkte, daß es mich unverwandt ansah, sich vielleicht wunderte, daß ich mich zurückzog, zu feige gewesen war, sein Gesicht zu berühren; und dieses riesige, schwarze, eng beieinander stehende Augenpaar, das sein kleines Gesicht noch kleiner machte, dieser Blick wollte den anderen Menschen anlocken, ihn abtasten, den Kontakt zur Welt erweitern. Wie der überdrüssige Blick eines Körpers, den die ständige Wiederholung, der geschlossene Kreis monotoner Erfahrung – das Zimmer, die beiden Frauen, der rückwärtige Teil des Hauses, die beiden Kinder – quälten; ihm blieben nur sein Blick und seine noch unsicheren Bewegungen; der Blick versuchte, sich gegen die Monotonie zu wehren, gegen das Abbrechen des Lebens mitten am Tag, denn am frühen Nachmittag, wenn das Leben (der Blick) in vier Wände eingesperrt wurde, senkte sich vorzeitige Dunkelheit über das Kind. Ich beobachtete die Kleine manchmal aus der Ferne, wenn sie allein im Patio war. Selbstvergessen lag sie auf den Terrakottaplatten und schaute lange Zeit zu einem steinernen Engel hinauf. Ihr Blick hing an einer der beiden gespreizten Hände eines vollendet geformten, leicht vornüber gebeugten Körpers, der auf einer Fußspitze balancierte. Von den vier gleichen Skulpturen hatte sie die eine erwählt, und ihr ganzes Interesse konzentrierte sich fasziniert auf den äußersten Teil der safrangelben Figur, auf die einzelnen Finger einer zwischen ihrem Kopf und dem der Skulptur ausgebreiteten Hand. Seit Soraya sich zum ersten Mal allein auf den Beinen halten konnte, rieb sie ihren Kopf an der Hand der Statue, die steinernen Finger spreizten sich ganz dicht vor ihren Augen, dem gebannten Blick ihrer allein auf dem roten Bodenplattenkarree stehenden Gestalt. Allein, aber nicht verlassen, stand sie da, genauso stumm wie der Stein, und suchte vielleicht in der Anonymität der modellierten Materie nach einem Namen; nicht nach einem toten, eher einem vergessenen, abhanden gekommenen, an irgendeiner Stelle in die Statue eingeritzten Namen. Ein ganzer Vormittag verstrich über dieser zarten Berührung, der Begegnung ihres Blickes mit der Hand. Ich sah den beiden Gestalten zu, ohne mich ihnen nähern zu können, denn von irgendwo im Patio bewachte die Mutter sie, bis sie getrennt wurden. Dann ließ der Blick von der Hand ab, und das Kind, das die Mutter hochgehoben hatte und in ihren Armen hielt, strampelte nicht und wehrte sich nicht gegen den unvermittelten Zugriff, der es dem stummen Dialog entzog.

Es war eine immer wiederkehrende Szene; ich betrachtete die beiden unzertrennlichen Gestalten und fragte mich, warum sie sich von allen Statuen diese ausgesucht hatte und alles ringsum vergaß (den Garten, die Tiere, das Wasser im Brunnen und euch), wenn sie hier stand und ihre beiden Schatten parallel langsam schrumpften, bis sie einen Fleck bildeten, der kleiner als eine Puppenhand war und dann endgültig verschwand. Fast so unbewußt wie das Mädchen, das von der Hand der Statue angezogen wurde – oder war die Hand von dem Blick des Mädchens magnetisiert? –, ließ ich mich von diesem Wechselspiel der Nähe und Ferne zwischen Mutter und Tochter bannen. Ich verbrachte ganze Vormittage mit der Beobachtung des Geschehens im Patio, und einmal, aber nur ein einziges Mal, habe ich Soraya Ângela sogar photographiert.

Es kam auch vor, daß ich aufs Schlafen verzichtete und nachts wach lag, um ich weiß nicht was herauszufinden.

Mir fiel auf, daß Samara Délia mittwochs und samstags abends nicht da war; sie schlich sich gleichsam heimlich aus dem Zimmer, aus dem Haus und kehrte erst spätnachts zurück. In tiefer pechschwarzer Nacht hörte ich ihre Schritte und das metallene Klicken des Schlüssels, der die Zimmertür aufschloß; sie gab sich größte Mühe, damit man ihre Schritte und das Drehen des Schlüssels im Schloß nicht vernahm; aber in meinem Zimmer, das neben ihrem lag, konnte man das Geräusch oder sein Echo hören oder ahnen. Ich stellte mir vor, wie sie im Zimmer auf und ab ging, zwischen Fenster und Bett stehenblieb, vor ihrer Tochter kniete; ich stellte mir so vieles vor, um nicht hören zu müssen. Denn Weinen steckt an. Weinen dringt immer durch die Wand – ein für den Schmerz der Verzweiflung zu schwacher, anfälliger Schutzwall. Damals begriff ich, warum donnerstags und sonntags morgens ihr Gesicht gealtert war, als wäre der nächtliche Schlaf ein auswegloser Kampf mit einer unlösbaren oder tragischen Situation. Ich stellte mir vor, wie sie in Tränen aufgelöst weinte und es in ihrem Zimmer geschehen ließ, weil ihre Tochter den Verzweiflungsschmerz nur mit dem Auge wahrnehmen konnte: das verzerrte, zuckende Gesicht, die geweiteten oder tief eingesunkenen Augen, die im Haar wühlenden Hände; oder auch ein Weinen ohne jede Mimik, um nicht ihre Gesichtszüge zu verändern und damit Soraya Ângela weiter dem tiefen Schlaf zu überlassen, dem Tod ein Stückchen näher, als Opfer des immerwährenden Schweigens. Später habe ich erfahren, daß die nächtlichen Ausflüge meiner Schwester in der Kirche endeten und daß Emilie ihr nahegelegt hatte, für den Rest ihres Lebens fromm und keusch zu sein.

›Denn nur so befreist du dich von einer Schuld, die dich ganz und gar zerstören kann‹, sagte meine Mutter.

Nach einiger Zeit begann meine Schwester, dafür zu beten, daß ihre Tochter ihr ähnlich werde. Seit Soraya Ângelas Geburt betrachtete die Mutter stundenlang die Züge des

Babys, als wäre ein eindringlicher Blick in der Lage, eine Physiognomie zu verändern, einen Gesichtszug zu korrigieren und ihn dem Gesicht des ihn Anschauenden anzugleichen. Sie versuchte es auch mit jener Art Mimikry, die in dem Hautkontakt zwischen zwei Menschen besteht – sie preßten die Wangen aneinander, so wie man die Hände zum Gebet oder zur Meditation aneinanderlegt.

Ich weiß noch, wie Samara Délia zum ersten Mal in meinem Beisein den Mund öffnete und die Haare, Augen und Lippen ihrer Tochter mit ihren eigenen verglich. ›Und wenn meine Tochter sprechen kann, bin ich sicher, daß ihre Stimme genau wie meine klingen wird‹, sagte sie mit nachdenklich gesenktem Blick. Ich fand es zu früh, äußere Ähnlichkeiten zwischen meiner Schwester und ihrem Kind nachzuweisen. Denn Samara Délias Körper, ihr Gesicht und selbst ihre Stimme waren noch nicht fertig entwikkelt. Sie muß fünfzehn oder sechzehn gewesen sein, als sie schwanger wurde – ein Mädchen, das noch mit dir Puppen spielte, auf die Bäume kletterte, um Früchte zu pflücken, und Streiche anstellte, die das Haus in Atem hielten. Mit all dem war es nach der Geburt ihrer Tochter vorbei. Nicht nur, daß ihre Jugend abrupt zu Ende gegangen war, allmählich fand ich manche Eigenarten der Tochter bei der Mutter wieder. Meine Schwester blieb manchmal unvermittelt im Patio stehen und starrte irgend etwas an; und in diesem sinnierenden, entrückten Ausdruck waren die beiden sich sehr verwandt. Erst später traten die körperlichen Ähnlichkeiten deutlich zutage. Da konnten sie sich ineinander wiedererkennen.

Zu dieser Zeit gingen sie zum ersten und einzigen Mal zusammen spazieren. Wie von der Angst geleitet. Sie gingen Hand in Hand, wichen den Menschen aus, vermieden, den wenigen Spaziergängern ins Gesicht zu sehen, die sich der glühenden Sonne des frühen Nachmittags aussetzten. Die Nachbarn erschienen an den Fenstern, und Samara Délia schützte sich vor ihren Blicken, indem sie einen roten Sonnenschirm schräg vor ihr Gesicht hielt. Hin und wieder bewegte sie die Lippen und neigte den Kopf wie zum Gespräch, aber ihre Worte erreichten das Ohr ihrer Tochter nur in guten oder bösen Träumen. Sie gingen dicht aneinandergeschmiegt, und die eine machte kleinere Schritte, um sich den Schritten der anderen anzupassen; von der vorderen Terrasse aus sah ich sie sich entfernen, unter einer roten Abdeckung, die sie vor der Sonne schützte und ihre Köpfe unsichtbar machte. Diese beiden Körper, die in der Entfernung noch zarter wirkten, wollten sich nun den Blicken der Stadt zeigen. Damals habe ich Soraya Ângela zum letzten Mal lebend gesehen. Sie war weiß gekleidet, und die von Emilie geflochtenen Zöpfe hingen ihr, von einer roten Schleife zusammengehalten, über den Rücken. Mir fiel auch der Perlmuttskarabäus auf, der am Kragen ihrer Organdybluse festgesteckt war. Ich weiß nicht, wer ihr diese Brosche geschenkt hatte, aber sie wurde wie fast alles, was für sie neu war, von ihr ausführlich betrachtet. Als die beiden aus dem Zimmer kamen, drückte Soraya Ângela ihr Kinn auf die Schulter und schielte auf die Brosche, und dieser Blick, bei dem ihre Augen sich fast trafen, erweckte den Eindruck, als sei er auf sie selbst gerichtet. So habe ich sie zum letzten Mal von vorn gesehen; kurz danach, als sie schon draußen waren, verschwanden sie in der Ferne, unterwegs zu ihrem einzigen Spaziergang.

Am nächsten Morgen stürmtest du in mein Zimmer und rütteltest an der Hängematte; es dauerte, bis ich die Augen aufschlug und feststellte, daß du in der rechten Hand einen Korb voller Blumen hieltest, und du weintest noch nicht, hast auch nicht geschrien, warst nur ungehalten über meine Verschlafenheit, man ist so sprachlos gegenüber der Umwelt, wenn man aufwacht. Ich dachte immer, wenn du in mein Zimmer kamst, wolltest du Geschichten hören und in bebilderten Büchern blättern, aber dann war auch immer dein Bruder dabei und du hattest nicht solche Augen, die einen das Gesicht vergessen ließen. Da fragte ich nach deinem Bruder, und du antwortetest: ›Sie, die Kleine, die Kusine!‹ Dein Leib fing an zu zittern, du wühltest im Korb, und als du dir die Hände vor die Augen hieltest, fielen Blumen von deinen Augen. Dann dein Stottern, halblaut nur, die Unfähigkeit, den Namen auszusprechen: die Kleine, sie, die Kusine, nur diese Worte kamen aus deinem Mund; ich stieg aus der Hängematte und ging ins Zimmer nebenan, es war leer, Schweigen im Dämmerlicht zwischen vier Wänden. Als ich das Zimmer verließ, hörte ich Lärm, Stimmengewirr, Hupen, aufgeregtes Geschnatter. Ich lief zur Terrasse, sah die Menschenansammlung auf der Straße und in der Mitte Emilie auf Knien vor dem in ein Laken gehüllten Körper. Es war nichts mehr zu machen, der Körper zuckte nicht einmal, und angesichts eines leblosen Körpers gibt es nichts zu jammern. Da überkommt uns so etwas wie Empörung und Ohnmacht, und ich dachte, ich muß etwas tun, ans andere Ende des Flurs laufen und meine Brüder wecken, ihnen geradeheraus mitteilen, vielleicht mit einem grollenden Unterton, daß die Kleine zerfetzt auf der Straße liege. Ich klopfte an die Tür des Zimmers, in dem sie schliefen und sagte, was geschehen war, ohne eine Reaktion abzuwarten, denn wenn sie zu ihren Lebzeiten schon nichts für sie empfunden hatten, dann würden sie bei ihrem Tod erst recht nichts empfinden. Und falls doch, interessierte es mich nicht. Im Vorübergehen sah ich, daß du in meinem Zimmer zusammengekauert und mit geschlossenen Augen in der Hängematte lagst, die Blumen auf dem Fußboden verstreut, und deine Arme tief im Korb. Und als ich hinunterging, stand Emilie in der Telefonnische mit deinem Bruder auf dem Arm, der an der Stoffpuppe herumfingerte. Emilie sah mich mit ruhiger Miene an, aber ihre Hände zitterten, und sie sprach sehr laut. Mehrmals sagte sie denselben Satz, und weniger ihrer Stimme als ihrem Blick entnahm ich, daß sie zu mir sprach: ich solle Anastácia Socorro zum Parisiense schicken, um meinen Vater und meine Schwester zu holen. Ich fragte, ob wir nicht die Ambulanz rufen und die Kleine ins Krankenhaus bringen sollten.

›Unsereins stirbt zu Hause und nicht im Krankenhaus‹, erwiderte sie spröde. Dann bat sie mich, die Türen des Parisiense zu schließen und eine schwarze Binde aus Satin zu besorgen, ohne daß mein Vater es merke.

Seit einiger Zeit arbeiteten er und Samara Délia zusammen im Parisiense, ein Zugeständnis, das mein Vater als Akt der Gnade gemacht hatte. Im Parisiense sprachen sie kaum miteinander, und wenn ich sie besuchen ging, spürte ich bei beiden eine gewisse Nervosität. Er zog mich in den kleinen Gang zwischen den Vitrinen und flüsterte: ›Hast du deine Schwester schon begrüßt? Sind die Kinder zu Hause?‹ Damit meinte er natürlich deinen Bruder, dich und Soraya Ângela, die drei ›Enkel‹, die für ihn wie eigene Kinder waren.

Kaum war Soraya Ângela auf die Welt gekommen, zog er sich zurück und mied sie wie ein Gespenst oder ein verbotenes Spielzeug. Mit der beharrlich näherrückenden Anwesenheit des Kindes nahm das Gespenst Gestalt an, und das Spielzeug, gerade weil verboten, wurde attraktiv, verlokkend. Und zwischen den beiden entstand eine heimliche Vertrautheit. Denn in der Zeit kurz vor ihrem Tod durfte die Kleine die Wasserpfeife vorbereiten und nach dem Kaffee Pistazien und Mandeln reichen. Und einmal forderte er das Hausmädchen auf, ihr die Sandalen aus der Hand zu nehmen, die sie unbedingt selbst dem Großvater bringen wollte. Er bedankte sich etwas steif und verlegen und sagte vorsichtig, damit es niemand sonst hörte, zu Emilie: ›Eigentlich ist sie ja ganz lieb. Und sie hat die gleichen Augen wie du.‹ Im Laufe der Zeit erlaubte und verlangte er sogar, daß Mutter und Tochter zum Mittagessen am Tisch Platz nahmen, und lächelte, wenn die Kleine nach unseren Spaziergängen die Szenen nachspielte, die sie draußen erlebt hatte. Diese Nachsichtigkeit meines Vaters brachte meine Brüder noch mehr in Rage, denn sie mußten ihre Wut herunterschlucken, und sie unterdrückten ihr Lachen mit dem blöden, anomalen Gesichtsausdruck derer, die weder Zorn noch Heiterkeit äußern können. Soraya Ângela spürte das; sie spürte, daß sie unerwünscht war, und das war ihre Waffe, ihr Triumph. Nach und nach eroberte sie sich das ganze Haus, indem sie auf sich aufmerksam machte, nicht durch die Bewegung, sondern durch die Reglosigkeit ihres Körpers – sie stellte sich vor einen Gegenstand (die Brunnenfigur oder die Uhr im Wohnzimmer) und vergaß alles ringsum, vielleicht auch sich selbst. Merkwürdig dabei war, daß niemand dem gegenüber gleichgültig bleiben konnte. Gelegentlich hatte ich das Gefühl, sie fixiere nur etwas, damit man sie ständig beobachte. Manche reagierten auf sie mit Groll, andere mit Ungeduld. Ich war in gewisser Weise fasziniert und maßlos neugierig, in ihrem Gesicht die Züge herauszufinden, an denen ich ihren Vater hätte erkennen können. Nicht einmal Emilie gelang es, ihrer Tochter dieses Geheimnis zu entlocken, es blieb so fest versiegelt wie ein schwarzer Kasten irgendwo auf dem Meeresgrund. Ich erinnere mich, daß meine Brüder einen guten Teil ihrer Jugend darauf verwandten, diese Frage aufzuklären. Sie verstiegen sich sogar zu der Andeutung, die hellen Haare der Kleinen könnten das Ergebnis meiner und Samara Délias häufiger Besuche bei Dorner sein. Als er davon erfuhr, zog er sich von uns zurück. In einem seiner Briefe aus Deutschland spielt er auf diese Sache mit den Worten an, in der Provinz werde der Verleumdung wie einer Göttin gehuldigt. ›Darin entwickelt das Leben in der Provinz den größten Erfindungsreichtum‹, schrieb Dorner. ›Abgesehen davon, ist es die einzige Möglichkeit für Schwachsinnige, sich der Langeweile zu erwehren. Deshalb wäre es nicht abwegig zu behaupten, daß auch Schwachsinnige Phantasie haben.‹

Aber zur Phantasie gesellte sich die Tat. Sie durchkämmten sämtliche Freudenhäuser im Stadtzentrum, gingen von Tür zu Tür, zeigten Samaras Photo den alten Puffmüttern, die im Dirnenviertel Bordelle unterhielten, erkundigten sich, ob sie die Neue, die Übergeschnappte, ihre auf Abwege geratene Schwester kannten, die von zu Hause ausgerissen sei, und zur Antwort bekamen sie gellendes Gelächter und wurden in den Arm gekniffen, worauf sie, in der Meinung, verhöhnt zu werden, nach oben in die Zimmer gingen und, immer mit der Photographie in der Hand, die zwölfjährigen Mädchen fragten, ob sie eine gesehen hätten, die so ähnlich aussah, aber nichts, kein einziger Hinweis, zumindest nicht in den Häusern im Stadtzentrum. So manches Mal gingen sie frühabends weg und kehrten erst am nächsten Morgen wieder, taumelten ins Haus hinein, schrien Emilie und das Hausmädchen an und durchwühlten Samara Délias Zimmer, weil sie meinten, Spuren einer verdächtigen Nacht zu finden. Sie durchkämmten auch die im Wald versteckten Bordelle, und eines Tages fuhren sie frühmorgens in einer Klapperkiste mit zwei Frauen vor, hupten und klatschten vor der Haustür in die Hände, und als Emilie im oberen Patio erschien, brüllten sie, ob sie mit den beiden Frauen im Zimmer ihrer Schwester schlafen könnten. Emilie verlor die Beherrschung. Sie lief im Spitzennachthemd, die Pantoffeln in der Hand, die Treppe hinunter und nach draußen, fiel über ihre Söhne und die beiden Frauen her und schrie: ›schamloses Volk‹, ›Rumtreibergesindel‹, und sie sollten mit diesen Hündinnen im Gebüsch schlafen. Dann schlug sie ihnen die Gartenpforte vor der Nase zu, verriegelte sämtliche Türen im Haus und ging wieder nach oben, wobei sie fast tonlos schimpfte: ›Nie hätte ich geglaubt, daß ich schon zu meinen Lebzeiten durch die Hölle gehen muß.‹

Meine Brüder waren fassungslos und außer sich gewesen, als Samara auszog, nachdem sie beschlossen hatte, allein, an einem geheimen Ort und weit weg von allen zu leben. Nur Emilie und mein Vater wußten, wo sie wohnte. Kurz bevor ich wegging, bat ich meine Mutter, mich zu ihr zu bringen, denn ich wollte mit ihr allein sprechen. Emilie war einverstanden. An einem Sonntagabend verließen wir gemeinsam das Haus und gingen einen altbekannten Weg, bis wir vor dem Parisiense stehenblieben. Ich verstand nicht, wozu wir an einem Sonntagabend in den Laden gingen – vielleicht, dachte ich, will Emilie etwas für ihre Tochter mitnehmen. Wir gingen hinein, und als ich das Licht einschaltete, mußte ich an die stille, spätnachmittägliche Atmosphäre an den Samstagen zurückdenken; die gedämpfte Helligkeit legte sich über die riesigen Glaskästen und die in den Regalen aufgereihten Gegenstände (Stoffe, Fächer, Parfümflakons), genau wie früher – eine Atmosphäre, die in dir Bruchstücke von Bildern wachruft, sie steigen auf und zerfließen fast im gleichen Augenblick zu einem in Teile zerfallenen Nachmittag oder zu einem einzigen Nachmittag, der alle Nachmittage deiner Kindheit ist.

Daß Samara Délia in dem Raum wohnte, in den Emilie sich immer nach unseren Unterhaltungen zurückgezogen hatte, hatte ich nicht erwartet. Es war ein geräumiges Zimmer, nicht wegen seiner Größe, sondern weil es fast leer war und alle Wände weiß waren. Wenn ein Raum sehr hoch ist, denkt man nicht mehr daran, daß er eine Decke hat, und ein auf einem kleinen Bett liegender Körper wirkt zarter, weniger präsent. Sie lag mit dem Kopf nach unten, und als sie ihn hob, sah ich die Traurigkeit, die man auf ausdruckslosen Gesichtern findet. Sobald Emilie gegangen war, stand meine Schwester auf und begrüßte mich. Es war, als umarmte und küßte ich einen fremden und doch sehr vertrauten Menschen, als teile diese selbe Person sich in meine Schwester aus einer fernen Zeit und in die Mutter aus einer jüngeren Zeit auf. Ein paar Minuten lang sagten wir nichts. Dann ging ich zu einem Tisch, auf dem sich ein aufgeschlagenes Heft, ein Kalender und eine Photographie von Soraya Ângela befanden, auf der sie neben der Skulptur stand (oder sich in Positur gestellt hatte). Sie merkte, daß ich das Photo betrachtete.

›Das einzige Bild, das mir von ihr geblieben ist‹, sagte sie, und dieser Satz leitete eine nicht sehr lange Unterhaltung ein. Sie sprach vorsichtig und mit Bedacht. Zuerst fragte sie nach Dorner, und als ich sagte, daß er nach Deutschland reisen wolle, erkundigte sie sich, wann er fahre und ob er zurückkäme. Dann sprach sie kurz von den Täuschungen und Enttäuschungen, die sie erlebt hatte, und sagte, die feindselige Haltung unserer Brüder mache ihr nichts mehr aus.

›Ihre Verfolgungen, Beleidigungen und Drohungen waren ihre Art, mich zu strafen. Später ist daraus ein Zeitvertreib von Schwachköpfen geworden‹, sagte sie.

Am meisten habe sie eigentlich gequält, daß sie sich nicht mit ihrer Tochter habe unterhalten können; aber solange die beiden in ihrem Zimmer abgesondert gelebt hatten, hatte meine Schwester weder gejammert noch sich selbst bemitleidet. Im zweiten Jahr, als sie beide nach unten kamen und mit uns im Haus wohnten, hatte sich die endgültige Stummheit wie ein Stigma offenbart. Vorher hatte es das Weinen gegeben, aber Weinen ist die Stimme derer, die noch nicht sprechen können. Danach nur die Mimik, die Bewegung der Lippen, das von Verzerrungen entstellte Gesicht, während sie auf das erste Wort wartete, die ersten Laute, die vom Leben sprachen. In Soraya Ângelas letzten Monaten wachte meine Schwester nachts auf, weil sie Stimmen, Gespräche hörte; aber neben ihr lag das Kind friedlich schlafend auf dem Bauch. Im Parisiense träumte sie weiter, doch jetzt träumte sie, daß sie beide sich unterhielten, und in einem kurzen Traum sprach das Kind allein, während die Mutter zuhörte und kein Wort herausbrachte.

›Ich habe das Gefühl, am ganzen Körper gelähmt zu sein‹,

gestand sie. ›Jetzt versuche ich, mich wach zu halten, um keine Alpträume zu bekommen.‹

Ich wagte nicht, Fragen zu stellen. Ich hörte ihr aufmerksam zu und sah, daß sie beim Sprechen den Blick nicht von der Photographie des Kindes neben der Skulptur wandte. Ich erinnere mich, daß ich das Photo von weitem aufgenommen hatte, und durch die Vergrößerung auf acht mal zwölf war die Entfernung noch größer, waren die Gesichter noch unschärfer. Das Safrangelb des steinernen Gesichts hatte sich in ein dunkles Grau verwandelt, das sich von dem klareren Grau in Soraya Ângelas fast im Profil aufgenommenen Gesicht abhob. Dieses Bild, das der Stimme meiner Schwester offensichtlich Kraft gab, war wie das letzte Fünkchen Feuer, das die Stimme des Sünders belebt, ihm etwas von der Angst und der Schuld nimmt, die ihn in der ewigen Nacht umfangen hält.

Was uns bei dieser Begegnung am meisten zu schaffen machte, waren die Jahre des Schweigens, all die Zeit, die uns einander vorenthalten hatte. Darüber zu sprechen war tabu, obwohl wir wußten, daß dieses lange Nebeneinander uns für den Rest unseres Leben geprägt hatte. Ich wußte, daß sie auf eine Bemerkung oder ein Urteil wartete, und ich reagierte mit einem Blick auf die Uhr, als hätte ich es eilig. Da kam mir ein Gedanke, der mir den Wunsch zu unterdrücken half, etwas zu einem mich bedrückenden Thema zu sagen: Dadurch, daß wir so lange Zeit nur wenige Worte und ein paar Blicke gewechselt hatten, waren wir uns letztendlich nähergekommen, denn auch durch Schweigen lernen zwei Menschen sich kennen. Vielleicht wollte sie nicht mehr darüber sprechen, und daß sie den Blick von der Photographie gelöst hatte, deutete auf einen Themenwechsel hin.

Ich sah mich im Zimmer um und stellte fest, daß ihr Bett dasselbe war, in dem sie beide in unserem Stadthaus geschlafen hatten. Das Bett war der Gegenstand, der ihre beiden Wohnstätten, ihre beiden Leben, die beiden Zeitabschnitte miteinander verband. Sie ging zum Bett zurück, setzte sich und wartete still auf ein Zeichen, einen Wink von mir. Zum ersten Mal trafen sich unsere Blicke, und wie viele Gedanken schwangen mit in dieser Begegnung, die eine ganze Weile dauerte. Ich dachte: Wer vermag so viele verwobene Erinnerungen zu entwirren?! Denn beim Zusammentreffen unserer Blicke mischten sich Szenen und Gefühle aus verschiedenen Lebensabschnitten: die Straßenbahnfahrten, die Sprünge in das kalte Wasser der Flußarme, die geschwisterlichen Geheimnisse, die Angst und die Eifersucht, die den einen überkommt, wenn er sieht, daß der andere sich zum ersten Tanzfest fertigmacht; und vor allem das verschwörerische Kichern, wenn wir mitten in der Nacht vom Knarren eines Bettes und gedämpften, keuchenden Stimmen aufwachten. Stumm kichernd gingen wir auf Zehenspitzen aus unserem Zimmer, schlichen den langen Flur hinunter und blieben vor der Schlafzimmertür unserer Eltern stehen; wie Wachposten horchten wir blind, aber mit glühender, sich überschlagender Phantasie auf das, was da drinnen geschah. Und noch immer kichernd (mit der einen Hand hielten wir uns den Mund zu, mit der anderen hielten wir einander fest), legten wir den Kopf an die Tür, und jetzt hörten wir nicht mehr das Knarren des Bettes, sondern aufwirbelndes Lachen und Jauchzen – wie ein hellerleuchteter Zirkus in tiefer Nacht. Wir wichen nicht von der Stelle, ehe nicht das Ungestüm der sich vereinigenden Körper nachließ. Es dauerte, bis Stille eintrat, und manchmal trat sie gar nicht ein; dann besiegte die Schläfrigkeit unsere Neugier, wir tasteten uns wie Schlafwandler an den Flurwänden entlang zu unserem Zimmer zurück und wachten vom Händeklatschen und den Schritten einer Frau auf, die so kraftvoll wirkte, als hätte sie drei Nächte durchgeschlafen.

Ich kann mich daran erinnern, daß Emilie bei einem Gespräch, in dem sich die Erwachsenen über den Honigmond von Esmeralda und Américo unterhielten, bemerkte: ›So etwas gibt es nicht, der Honig der Liebe dauert bis ins Alter fort und endet erst mit dem Tod.‹

Bis zum letzten Tag vor meiner Abreise in den Süden wurde sie dieser Bemerkung gerecht. Sie litt unter dem Tod von Verwandten und den Dramen in der Familie, aber die Nächte gestaltete sie immer zu einem Fest der Lust, das in sämtliche Räume der beiden Häuser drang, in denen sie gewohnt hat, und machte sich keine Gedanken darüber, was ihr Sohn im Zimmer nebenan oder das Hausmädchen im Hinterzimmer sagen oder denken mochte, und so kam es, daß Ärger und Verdruß sie zwar ermatten ließen wie eine alte Mähre, aber die Liebesnächte gaben ihr alle Kraft und Lebenslust zurück. Und meine Schwester und ich begriffen, daß unsere Eltern so ausschweifend wie im Streit auch bei der Liebe waren.

Unsere Komplizenschaft, die ein Attribut der Nacht gewesen zu sein schien, wurde uns bewußt, wenn die Erinnerung durch die Gewässer der Kindheit strich. Ich dachte: Was ist von dem anderen Menschen, dem Kind von früher geblieben? Eine Spur jener Zeit stand noch in ihrem Blick, aber das Lächeln und die Schelmereien waren verschwunden, und die Stimme hatte sich auch verändert; gedehnt, ruhig, aber nicht streng, fragte die Stimme, stellte fest: ›Wer hat die Organdyblumen bestellt – du, oder waren es die anderen?‹ Ich wußte nicht, wer ihr den Kranz aus feinbestickten Orchideenblüten geschickt hatte, der Soraya Ângelas Kopf bedecken sollte. Meine Schwester dachte darüber nach. Sie versuchte, ein Netz von Geheimnissen aufzudekken, und ich konnte nichts bestätigen, was auch für mich zweifelhaft war; auch war mir nicht daran gelegen, Verdächtigungen zu nähren. Ich ließ die Frage im Raum stehen, bis das Schweigen sie auslöschte. Ich spürte, daß sie auf meine Zurückhaltung mit Ungeduld reagierte, sich nicht damit abfinden wollte. Ich, der zu ihr gegangen war, um mit ihr zu sprechen, hatte kaum ein Wort gesagt. Am Ende, als ich schon gehen wollte, fragte ich, warum sie ins Parisiense gezogen sei, wo doch über allem die Schatten der Vergangenheit lägen.

›Deiner Vergangenheit, nicht meiner‹, erwiderte sie hastig. ›Mein ganzes Leben habe ich im anderen Haus gelassen, in dem Zimmer, in dem ich jahrelang gebüßt habe. Ich bin hierhergezogen, weil das Schweigen meines Vaters grausam ist, fast so wie eine Herausforderung für mich.‹

›Er spricht nicht mit dir? Sagt kein Wort zu dir?‹ fragte ich.

›Er spricht mit mir wie zu einem Spiegel, und er liest stundenlang ganz leise im Koran. Ich kann seine Stimme kaum hören und verstehe nichts von dem, was ich hören kann. Ich habe das Gefühl, er liest, um mich zu vergessen.‹

Sie stand auf und begleitete mich zur Tür. Ihre Augen glänzten feucht, und mit unverändert ruhiger Stimme sagte sie, ihr wäre lieber gewesen, er hätte sie verhöhnt und geohrfeigt.

›Nichts verletzt mich so tief wie sein Schweigen‹, stieß sie hervor, bevor sie in Tränen ausbrach und mich zum Abschied umarmte. Es war nicht mehr der Leib eines jungen Mädchens, der mich umarmte.«

6

Keine fünfhundert Meter lagen zwischen dem Haus, in dem unsere Mutter wohnte, und Emilies Haus. Eindrucksvollerweise waren auf diesem kurzen Wegstück noch gänzlich unberührte Abschnitte, als wäre die Zeit stehengeblieben und inzwischen nichts Neues gebaut worden. Keine Mauer und keine Säule schien an den älteren Häusern zu fehlen; die steinernen Löwen, das Wildschwein und die Bronze-Diana standen noch an derselben Stelle auf dem Platz zwischen den Akazien und den Parkbänken, auf denen die Menschen früher im Sitzen oder Liegen zu den lasierten Dachpfannen des Pavillons hinaufschauten oder die Reptilien beobachteten, die am Seeufer herumkrochen, angelockt von den Schatten der weißen Reiher und roten Ibisse, die auf spindeldünnen, irgendwo im Wasser endenden Schäften balancierend schliefen oder so taten. Auf halber Strecke zwischen dem Pavillon und den beiden riesigen Bronzewachposten schwatzten immer auf einer Parkbank die sizilianischen Brüder Rücken an Rücken, bis sie irgendwann gleichzeitig aufstanden und, unablässig weiterplappernd, in entgegengesetzten Richtungen davontrotteten, eskortiert von einer Meute verdreckter Hunde. Ihre Köpfe hingen baumelnd nach unten, an den Füßen trugen sie Feldstiefel und am Körper immer dieselbe Pluderhose und ein kragenloses rotes Hemd. Wer ihnen auf ihrer Wanderung folgte, konnte mit einer gewissen Verblüffung feststellen, daß sie verschlungene Wege gingen, durch verlassene Gassen liefen, in verfallene Häuser stiegen, die sich wie ein Riß durch einen ganzen Block zogen, und sich am Ende der Straße (und der Stadt) vor einer Mauer aus rötlichen Steinen trafen, auf der mit Kalk und Kohle geschrieben alle Lästerungen der Welt standen. Dann kehrten sie auf unterschiedlichen Wegen zurück, kamen im selben Augenblick auf dem Platz an, setzten sich auf dieselbe Bank und knüpften wieder an eine Unterhaltung an, die Gott weiß wann begonnen hatte. Der Rücken des einen diente dem des anderen als Stütze, und die Hunde leckten ihnen die Stiefel, zerfetzten den Stoff ihrer Hosen, während die Soldaten neben den Bronzestatuen lachten und höhnten.

Nichts aus jener Zeit war noch auf dem Platz lebendig. Die Denkmäler waren zwar noch die alten, aber die Bank, auf der die Zwillingsbrüder gesessen hatten, sah wie ein liegengebliebener Grabstein aus. Ich vermißte auf den Bäumen, auf dem See, auf der Brücke und auf den Wegen rings um die Wasserfläche die Silhouetten der Tiere und ihr unverwechselbares Geschrei.

Als ich durch die Eisenpforte von Emilies Haus trat, wunderte ich mich genauso, daß die wild durcheinandergellenden Schreie der Affen und Vögel nicht zu hören waren und die Schafe nicht blökten. Die Haustür war verschlossen, und durch das durchbrochene Mauerwerk sah ich den verlassenen Flur, der in dem von trockenem Weinlaub bedeckten kleinen Patio endete, und einen Teil des hinteren Patio. Das ganze Haus schien zu schlafen, vergeblich klopfte ich an die Tür und rief mehrmals Emilies Namen. Da fiel mir ein, was das Hausmädchen gesagt hatte: Emilie mußte auf dem Heimweg von der Markthalle sein, in der Hand den Korb voller Fische und Früchte und Gemüse, die an einem fernen Morgen auf den grauen Steinen gelegen hatten – inzwischen waren sie asphaltiert, es war also nicht mehr auszumachen, wo der Körper der Kleinen zu Fall gekommen war. Ich schlenderte ein paar Minuten unschlüssig in der Nähe des Kirschmyrtenbaums umher. Unter der Baumkrone betrachtete ich die rosa Blüten auf den Ästen und die lilaroten Früchte, die auf dem Rasen verfaulten, und ich vermißte den Duft des weißen Jasmin, den die Erwachsenen Saman nannten, den Wohlgeruch einer anderen Zeit, meiner Kindheit.

Dann beschloß ich, in der Stadt herumzulaufen, mit meiner so langen Abwesenheit ein Zwiegespräch zu führen und um die Mittagszeit zu Emilies Haus zurückzukehren. Ich ging auf der Eisenbrücke über den Flußarm und begab mich in die engen Straßen eines mir unbekannten Viertels. Ein sehr intensiver, beißender Geruch begegnete mir, er hing über den schreienden Farben der Holzfassaden, den singenden Stimmen der Kinder, den sich in Fensterrahmen abzeichnenden Gesichtern, als befänden sie sich an der Schwelle zwischen Innen und Außen und diese Schwelle (der verquollene Rahmen ohne Anstrich) hätte keinerlei Bedeutung für die Gesichter, die ins Leere starrten, empfindungslos gegenüber dem Lauf der Stunden und der Passantin, die sich alles sorgfältig und genau einzuprägen versuchte. Zuweilen jedoch trafen mich ihre Blicke – da empfand ich eine gewisse Furcht und Fremdheit, und obwohl mich ein Abgrund von dieser Welt trennte, war die Fremdheit gegenseitig, genau wie die Bedrohung und die Angst. Und ich wollte keine Fremde sein, ich war hier geboren und hatte hier gelebt. Ich wollte ziellos umherwandern, es gab keine Parallelstraßen, sie verliefen wie ein wirres Muster, und der Fluß, immer der Fluß, war der Bezugspunkt, er war der Dorfplatz und der Kirchturm, die hier nicht existierten. Den ganzen Vormittag verbrachte ich in dieser unbekannten Welt, der in unserer Kindheit verbotenen Stadt, denn hier gab es Duelle zwischen betrunkenen Männern, hier waren die Frauen Diebinnen oder Prostituierte, hier wurden mit dem Schlachtmesser Menschen und Tiere gevierteilt. Wir wuchsen mit makabren, gräßlichen Geschichten aus diesem Kindsmörderviertel auf, in dem sich Wesen aus dem Jenseits herumtrieben, der tristen Herberge, die Monstern Zuflucht gewährt. Ich hatte von allen Menschen und allen Dingen Abstand gewinnen müssen, um diese Schimären vertreiben, über die Brücke gehen und den Ort betreten zu können, der uns verwehrt gewesen war: Schlamm und stehende Gewässer, Holzwände, in den Farben des Regenbogens angestrichen und senkrecht und waagerecht von Rissen durchzogen, die Einblick in die Räume gewährten – Scharen von nackten, verdreckten Kindern, die unter einem wogenden Himmel bunter Hängematten hockten, wo zwischen Fliegenschwärmen Frauen ihren Kindern die Brust gaben oder die Holzkohleglut anfachten, und immer der Geruch von Gebratenem, von Fisch, der gleich neben der Hütte erbeuteten Nahrung.

Nachdem ich auf gewundenen Pfaden kreuz und quer durch das Viertel gelaufen war, beschloß ich, auf einem anderen Weg in die Stadt zurückzukehren: Ich wollte in einem Boot über den Flußarm setzen, von weitem sehen, wie Manaus aus dem Rio Negro auftauchte, die Stadt sich langsam aus der Sonne herauslöste, sich bei jedem Ruderschlag weiter dehnte, die ersten Konturen einer noch fließenden, verhangenen Steinmasse offenbarte. Der Übergang von einer diffusen Landschaft zu einem wellenförmigen, von vereinzelten Glastürmen unterbrochenen Terrakottahorizont kam mir schließlich genauso langsam vor wie die Überfahrt, so als hätte ich lange Zeit in dem Boot gesessen. Ich hatte das Gefühl, Rudern sei etwas Sinnloses – ein endloses Verweilen auf dem Fluß. Während der Überfahrt hoben diese beiden Verben im Infinitiv den Gegensatz zwischen Bewegung und Stillstand auf. Und als wir uns dem Hafen näherten, mußte ich daran denken, was du immer zu mir gesagt hast: ›Eine Stadt ist aus der Ferne, vom Wasser aus betrachtet nicht dieselbe Stadt; es ist nicht einmal eine Stadt; ihr fehlen die Perspektive, die Tiefe, der Grundriß und vor allem die Menschen, die lebendige Dimension der Stadt. Allenfalls ist sie eine Ebene oder eine Schräge oder mehrere Ebenen und Schrägen, die zur Wasserfläche beliebige Winkel bilden.‹

Es dauerte tatsächlich eine Weile, bis wir am Kai anlegten. Die Sonne, fast im Zenit, brannte gnadenlos. Ich hatte Mühe, die Augen zu öffnen, aber nicht die Helligkeit machte mir zu schaffen, sondern alles, was zu sehen war. Erst mit offenen Augen wurde ich mir der fast zwanzig fern von hier verbrachten Jahre bewußt. Das Niedrigwasser hatte Hafen und Anleger voneinander entfernt, und der einfach zu Fuß zurückgelegte Weg offenbarte das grauenhafte Bild einer Stadt, die mir heute fremd ist: ein Strand voller Dreck, Überreste menschlichen Elends, ganz abgesehen von dem heftigen Fäulnisgestank, der aus der Erde, dem Schlick, den Spalten in dem roten Gestein und aus dem Innern der Boote aufstieg. Ich ging über ein Meer von Abfällen jeder Art: Obstschalen, Dosen, Flaschen, morsche Bootsgerippe und Tierskelette. Die Aasgeier stürzten sich in Scharen gierig auf die Gebeine, die während des Niedrigwassers zwischen verrotteten, schon vor Monaten, vor Jahrhunderten versunkenen Gegenständen zutage getreten waren. Außer der Hitze gingen mir die Horden sich streitender Männer mit ihren absurden Grunzlauten auf die Nerven, die vielleicht nach einem englischen Satz klingen sollten; zerlumpte Cicerones, deren verstümmelte Körper und entstellte Gesichter sie mit dem Abfallsumpf verband, mit dem Teil der Stadt, der sich wie ein bei lebendigem Leibe von Flammen verzehrter Mensch in Krämpfen wand. Ich bezahlte den Bootsmann und floh vor dem Gebrüll, dem Gebettel, dem Geschrei, in das sich eine schrille Stimme aus einem unsichtbaren Lautsprecher mischte, die den Reisenden die Schiffsbewegungen mitteilte, woher sie kamen und wohin sie fuhren, fremde Städte mit fremden Namen aufzählte, offensichtlich Namen ohne Bedeutungen, deren Aussprache der Zunge weh tut, aber trotzdem existieren sie, nicht auf den Landkarten, aber im Leben der Menschen, denn sie bezeichnen bewohnte Orte. Der Strand endete bei einer Ansammlung mit Krimskrams vollgestopfter Verkaufsstände – ein Holzlabyrinth, das sich über Bürgersteige, Straßen, den ganzen Platz erstreckte. Auf Pappkartons lagen kleine Heiligenfiguren und Amulette, Zeichnungen von einem grünen Drachen, in den der berittene Heilige die Lanze stößt, aus Holz geschnitzte, durch die Maserung gestreifte Papageien und Tukane, Anakondas in Miniaturformat, Tangas, Armbänder, Ketten und Anhänger. Mich interessierten allerdings mehr die aus Holzrinde gefertigten, von der Sonne ausgetrockneten und verschrumpelten Masken, so dünn wie Menschenhaut. Die in den Ständen kauernden Leute ahnten wohl kaum, daß ihre Vorfahren in gar nicht so fernen Zeiten ihre Gesichter mit ähnlichen Masken bedeckt hatten. Gesichter und Masken, von der Witterung oder Gewalt gegerbt, schienen zu den gleichen Körpern zu gehören. Körper, die zu keiner Regung fähig waren, nicht einmal zu jener Neugier, die ein paar auf der Suche nach Schatten umherirrende Touristengruppen hätten wecken können oder andere, die Objektive mit mächtigen Linsen zückten, um eine illusorische Intimität mit der Realität einzufangen.

An der höchsten Stelle des abschüssigen Platzes, genau gegenüber vom Kirchenportal, durchbrach eine Szene die schläfrige Atmosphäre der Mittagsstunde. Von irgendwoher tauchte ein Mann auf. Aus der Ferne sah er aus wie ein Faun. Es war eine so merkwürdige Erscheinung in diesem Meer feuchten Dunstes, daß ich beschloß, ein paar Schritte näher zu gehen. Um seine waagerecht ausgebreiteten Arme, seinen Hals und seinen Brustkorb wand sich eine Boa; auf beiden Schultern hockte je ein Arara, und auf dem restlichen Körper hüpften, entsetzt über die Nähe der Schlange, ganze Trauben von Seidenäffchen an Gummibändern, die an den Handgelenken, Knöcheln und dem Hals des Mannes befestigt waren. Als er den ersten Schritt tat, sah es aus, als würde der Busch sich entblättern; die Äffchen sprangen noch wilder, die Boa schlängelte sich auf den Armen, und die Araras schlugen mit den Flügeln. In diesem Augenblick läuteten die Glocken zwölf Uhr, und die tiefen Schläge verhallten unter wildem Geschrei zu einer seltsamen Harmonie, einem Dissonanzenwirbel, einer bunten Klangmischung. Schade, daß du nicht dabei warst und dieses wandelnde Knäuel sehen konntest, das in der weißen Helligkeit explosionsartig aus dem Dunstvorhang hervortrat.

Der Busch in Menschengestalt beherrschte den gesamten Platz, zog alle Blicke der Passanten auf sich, lähmte die Bewegungen derer, die ihre Ladentüren schlossen, und ließ die Gläubigen, die aus der Kirche kamen, erstarren und das Kreuz schlagen, während sie sich zu den anderen gesellten. Ein Pulk Studenten der Rechtswissenschaftlichen Fakultät kam die Treppen herunter, am Kirchenportal vorbei und mischte sich unter die Touristen, die schon ihre Kameras spannten und mit dem Auge am Sucher in die Knie gingen, vorwärts krochen oder auf die Bäume kletterten, um den Busch von oben zu knipsen – möglicherweise war der Mann von dort aus gar nicht mehr zu sehen oder sein Kopf ging zwischen den Schnüren und Tieren unter. Ich wechselte meinen Standort, ging mal näher auf ihn zu, mal weiter von ihm weg, um sein Gesicht deutlich zu sehen; ich wollte es in allen Einzelheiten beschreiben, aber Beschreibungen verfälschen immer. Außerdem kann Unsichtbares nicht wiedergegeben, nur erdacht werden. Das Gesicht war eher für ein gemaltes Bild geschaffen. Spachtel und Farbpasten, dick aufgetragene, mit abrupten, scharfen Bewegungen bearbeitete Farbmassen hätten etwas davon einfangen können, was zwischen Haarlocken und einer Lianengardine, die in dem Bändergewirr endete, hindurchschien; von seiner Haut war kaum mehr etwas zu sehen, eine schmutzige Staubkruste bildete eine Art dunkelbräunlichen Panzer, und seine Bekleidung bestand, abgesehen von diesem Dreckharnisch, aus einem Fetzen Sackleinen zwischen den Beinen. Vergeblich suchte ich an seinem Körper nach einer Kalebassenschale, einer Blechdose, irgendeinem Gefäß zum Einsammeln von Almosen; aber er war kein Bettler oder zumindest kein Bettler wie die anderen in der Stadt. Trotzdem ließen die Touristen es sich nicht nehmen: Nach einer Aufnahme ganz aus der Nähe, dem Versuch, einen Winkel zu finden, in dem sie den Gang des Mannes festhalten konnten, warfen sie ihm Münzen und Scheine zu, den Preis für den verewigten Anblick des Fremdartigen. Aber statt seiner stürzten sich die Kinder auf das Geld und sammelten es auf, während der Mann den Platz hinunterging und mit ausgebreiteten Armen zwei Bewegungen koordinierte: die seines vorwärts gehenden Körpers und die der Tiere, die sich auf ihm bewegten. Begleitet von Gelächter und Schmährufen trat er aus der Menge heraus, ein Bollwerk gegen die Papierkugeln, die Stöcke und Steine, die einige Seidenäffchen trafen, den Flügel eines Araras streiften oder auf den Leib der Schlange prallten; die wiederholten dumpfen Aufschläge lösten einen Sturm von verschiedenen Lauten und einen Schwall von Gegrunze aus, als wäre dies die einzige Form von Protest gegen die herunterhagelnden Wurfgeschosse, die sich gegen die in einem gitterlosen Käfig gefangenen Tiere richteten. Die akustische Abwehr löste eine weitere heftige Wurfgeschoßsalve aus und dazu Gelächter, Beschimpfungen und Drohungen. Der Mann verlangsamte sein Tempo, ab und zu blieb er stehen, um wieder ins Gleichgewicht zu kommen, zitterte am ganzen Körper, vertraute aber auf seine Standhaftigkeit, seinen festen Tritt auf dem abschüssigen Boden, als rissen seine bloßen Füße mit jedem Schritt eine Wurzel aus der tiefen Erde. Und sein schwankendes Gleichgewicht setzte einen neuen Hagel von Aggressionen in Gang, an dem sich immer mehr Menschen beteiligten: Soldaten, Lastenträger, Straßenhändler, Fischer. Und da schwenkten die Kameralinsen hin und her, drehten Pirouetten, wie funkelnde, kreisende Zyklopen, denn jetzt war die Menge fast genauso fremdartig wie der Busch in Menschengestalt; aus dem Bestaunten war erst ein Verfolgter und dann ein Geprügelter, Gestrafter geworden, so daß mir angst und bange wurde, nicht vor dem Mann, den Tieren, ihren Hüpfern und Schlängelungen, sondern vor der besinnungslosen, haßentbrannten Menschenmenge in der glühenden Sonne. Das wandelnde Getöse zwängte sich in die schmalen Gassen zwischen den Verkaufsständen, mobile Mäander, die durch das Aufstellen weiterer fester oder provisorischer Buden alle Augenblicke gebildet, neu gezogen, verändert oder aufgehoben wurden – mit Kartons oder Bauchläden bepackte Frauen und Männer und Kinder breiteten sich wie ein Ameisenhaufen auf dem Platz aus. Die Menge wälzte sich wie eine Lawine durch die Gassen, und merkwürdigerweise hinderte sie den Mann nicht am Weitergehen oder wollte es nicht; anscheinend wollten sie ihn lebendig und mit den Tieren in Bewegung sehen, weil sie hofften, das Vorankommen würde so schwierig, daß das ganze wandelnde Gebilde erst ins Schwanken, dann ins Stolpern geriete und schließlich beim Fall das unvermeidliche Chaos einträte, die Tiere sich von dem Körper losreißen würden und der Körper von den Tieren zerrissen würde. Vielleicht bestand darin die Herausforderung und der Höhepunkt des Vergnügens; aber solange ich den Mann im Blick hatte, blieb er unversehrt, und nur noch als winzigen Fleck sah ich ihn die rote Steinböschung hinaufklettern und anschließend, schon ganz in der Nähe der Schiffe und des Wassers, auf dem Morast verblassen. Gleich darauf versammelte sich die Menschenmenge auf der Böschung zu einer dichten Wanderwolke, und dazwischen blinkten in Ausschnitten Schiffskiele und eine konturenlose grünlichschwarze Masse auf.

Plötzlich erhob sich am Horizont ein mattgrauer Fleck, deutlich abgesetzt von dem glänzenden Wasser; innerhalb weniger Sekunden verdunkelte sich der Fleck, verschmolz mit der Flußoberfläche, und es sah aus, als wollte dieser ferne Punkt es am hellichten Tag vorzeitig Nacht werden lassen, denn hier und da türmten sich blauschwarze Wolkenberge am Horizont. Eine warme Windbö wirbelte Staub und Papier in die Luft und bedrohte die wacklig zusammengezimmerten Verkaufsstände, brachte sie mit all dem aufgehängten Zeug ins Schwanken und führte zu einem wilden Herumgerenne vorher unsichtbarer Menschen, die sich mühten, Masken und andere ausgestellte Gegenstände vor dem Unwetter in Sicherheit zu bringen; die Laufstege über dem Morast knarrten unter den panisch nach Hause hastenden Menschen, die noch Obst und Gemüse vor dem gleich niedergehenden Wolkenbruch zu retten versuchten.

Ich hätte noch lange oben auf dem Platz stehen und das Kommen und Gehen der Leute und die plötzliche Verwandlung der Umgebung beobachten können, die Buden und Boote, die der entfesselten Natur standzuhalten suchten, die Dächer und Sonnensegel, die an Land und zu Wasser neue Perspektiven schufen. Ich hatte das vage Gefühl, diese Szene schon einmal erlebt zu haben, so wie man sich beim Aufwachen überrascht an einen Traum erinnert, den man schon in einer anderen Nacht geträumt hat. Trotzdem konnte ich mich nicht entsinnen, wo und wann das, was ich gerade sah, schon einmal stattgefunden hatte. Hier, zwischen dem oberen Ende des Platzes und dem Flußufer, hatte eine Vielfalt von Farben und Bewegungen (von sich bewegenden Farben) den Kai in eine riesige mobile Theaterbühne verwandelt.

Ich dachte, ich sei die einzige aufmerksame Zuschauerin, die ihren Blick abwechselnd auf ein einsames Schiff zwischen Wolken und Wasser, auf eine Karawane von Lastenträgern, auf das Gewirr bunter Bootskiele richtete. Ob ich bewußt wahrnahm oder einfach spürte, daß ich dieses lebendige Szenario nicht allein genoß, weiß ich nicht. Du kannst dir nicht vorstellen, wie sehr ich erschrak, als ich merkte, daß ein ungemein seltsamer Mensch näher kam, ein Mann, der sichtlich weder Tourist noch ein Einheimischer war, eine weißgekleidete, sehr große Gestalt, die sich ziemlich ungelenk bewegte, als suchte sie nach Halt. Ich dachte, er käme auf mich zu, aber er blieb wenige Meter vor mir stehen und schaute unverwandt auf den Fluß; hin und wieder hob er den Kopf und sah sich nach irgend etwas suchend um. Mein Blick fiel auf seine grauen Haare, die langen Finger seiner knochigen Hände, und da erst wußte ich genau: Er war es. Es dauerte nicht lange, bis er mich eindringlich ansah, denn er hatte meine Unruhe bemerkt; aber sie erkannten mich nicht, die wasserblauen, fast an den dicken Brillengläsern klebenden Augen. Ich sah ihm weiter in die Augen und konnte es nicht für mich behalten, daß ich ihn erkannt hatte. Leicht verlegen, aber deutlich vernehmbar zitierte ich die beiden Verse, die du in unserer nun so fernen Jugend immer aufgesagt hast, wenn du vom Unterricht zurückkamst; seit damals habe ich mit großer Lust Worte und Laute nachgesprochen, die ich nicht verstand. Als er mich radebrechen hörte, leuchtete sein Gesicht auf, als hätten die Worte die Bitterkeit von seiner einstmals heiteren Miene vertrieben. Er breitete die Arme aus und sagte auf deutsch: »Du hier, Mädchen?!«, und so blieb er vor mir stehen, mit ausgebreiteten Armen und ungläubiger Miene, Rührung und Verblüffung im Lächeln und im Blick, ohne auf die Papiere zu achten, die aus seiner Mappe gefallen waren und vom Wind davongetrieben wurden. Gleich würde der aufziehende Regen mit seinen millionenfachen Nadelstichen auf die Stadt niederprasseln und das Wasser des Stroms kräuseln. In der ersten Wiedersehensfreude und aus Angst vor dem drohenden Unwetter blieben wir unschlüssig stehen und wußten nicht so recht, wo wir Zuflucht suchen sollten; er wies auf ein Lokal ganz in der Nähe vom Kai, A Sereia do Rio, aber der Regen hatte schon fast den ganzen Horizont verdunkelt, den Kai und den Hafen unter sich begraben und die Stadt in eine geheimnisvolle Atmosphäre der Abgeschiedenheit gehüllt. Wir rannten einfach los, und mir klebten schon die Kleider am Körper, als wir die Stufen hinauf durch das Portal in die Kirche liefen. Unsere Schritte, das Wasser, das von unseren klitschnassen Kleidern lief, unser Atem, alles schien ein Echo zu werfen in diesem halbdunklen Raum, der nur vom Licht der Kronleuchter und Dutzenden von Kerzen rings um die Statuen beleuchtet wurde, als stünden die Heiligen auf Fackeln oder Scheiterhaufen. Während wir den Mittelgang entlanggingen, betrachtete ich die wenigen erkennbaren Winkel in dem mir unbekannten düsteren Raum. Und der Regen trommelte die ganze Zeit wütend auf die Kuppel herab.

Wir blieben vor einer Nische auf der rechten Seite des Mittelschiffs stehen und setzten uns auf eine schmutziggelbliche Marmorstufe. Der Platz wurde von Stumpen riesiger weißer Kerzen erhellt, die zwischen anderen irgendwann angezündeten Kerzenstummeln zerschmolzen; sie bildeten eine Miniaturlandschaft, die sich wie eine Hügelkette um den Sockel der Figur schloß; je näher die Flammen den Füßen der Heiligen waren, um so höher flackerten sie, und die größeren, vielleicht erst an diesem Morgen angezündeten Kerzen schienen in dem rings um den Gipsumhang züngelnden Feuerkranz noch die inständigen Gebete und erst jüngst gesprochenen flehentlichen Bitten in sich zu tragen. Das karge Licht schuf die Atmosphäre für ein gedämpftes Gespräch. Dorner sprach sehr leise, flüsterte fast; und immer wenn der Regen besonders heftig auf die Kuppel prasselte, veränderte er seine Stimmlage ein wenig, während er die Augen aufriß und sich mit einem Taschentuch die Schweißperlen vom Gesicht wischte. Gelegentlich schien er unter Atemnot zu leiden, denn er hob beim Einatmen den Brustkorb und den Kopf. Es war etwas Gequältes in dieser Gebärde, mit der er eine Pause einlegte, wenn er an heikle Themen rührte. In gedrängter Form, mit Pinselstrichen, die ganze Jahre übersprangen, erzählte er mir von seinem langen Aufenthalt in Manaus. Seine Diskretion half mir, über mein Leben zu schweigen. Wenn ich eine Spur Neugier in seinem Blick las, stellte ich schnell eine Frage, gab mich interessiert, griff ein Detail auf, das mir entgangen war. Aber mein Bemühen, seiner Neugier auszuweichen, führte mich auf unerwünschte Pfade seines Lebens. Miteinander sprechen heißt einander einen Glauben nehmen, ein Geheimnis verletzen. Um das Schweigen zu brechen und trotzdem eine Enthüllung zu vermeiden, wichen wir auf die Schicksale von Freunden aus. Er sprach von Menschen, die gestorben oder nicht mehr da waren: die Nachbarn vom Minho, die italienischen Zwillinge, Landsleute von ihm, die ich gar nicht kannte; und bei der Erinnerung an Onkel Hakim wurde er lebhaft. Wir ahnten ja nicht, daß er zur selben Stunde auf dem Weg nach Manaus war. Aber seine Lebhaftigkeit war von kurzer Dauer, und ich vermißte in seinem Gesicht das eindringliche Lächeln von früher. Ein Hauch Ernüchterung und Entfremdung allem hier gegenüber war hinter den sich wiederholenden Gesten zu spüren: dem Auf- und Absetzen der Brille, dem Wischen mit dem Taschentuch über das Gesicht, dem Anheben des Brustkorbs beim Atmen. Da merkte ich, daß er in seiner Ledermappe wühlte, die eher wie ein Beutel aussah, in dem man die Reliquien und Widrigkeiten eines ganzes Lebens gesammelt hat. Aus dem Durcheinander von Heften und Büchern zog er ein weißes Blatt und einen Faber-Bleistift heraus. Von der Seite sah ich, wie seine Schrift fast in der Mitte des weißen Blattes ansetzte und in Wellenbewegungen abwärts zum Papierende lief. Er schrieb die Verse auf, die ich kurz vorher zitiert hatte. Dann kritzelte er vereinzelte Wörter auf portugiesisch. Die Anordnung dieser Wörter auf der weißen Fläche kam mir etwas zufällig vor: wie ein winziger Himmel, übersät mit grauen Sternen, die ein dichtes Wörternetz bildeten, das hin und wieder verschwand, denn die überaus feine Graphitspitze zeichnete unsichtbare Buchstaben, farblose Fährten, Wasserlinien. Und auf einmal ließ die Neigung des Graphits oder seine Reibung auf dem Papier wieder tiefgraue oder fast schwarze Voluten entstehen und schuf plötzliche, unerwartete Übergänge vom Unsichtbaren zum Lesbaren.

Ein merkwürdiger Anblick, diese auf einen begrenzten Teil des Papiers konzentrierten Kratzer und Striche, das weiße Rechteck zur Hälfte mit Flecken übersät, als ob eine chaotische Figur eine Grenze innerhalb der Grenzen des Rechtecks zöge. Auf dieser Fläche wucherten die Wörter wie ein explodierendes Feuerwerk: eine Neuordnung von Wörtern, Umstellung oder Veränderung von Sätzen oder Satzteilen, bis die Hand innehielt und der Bleistift auf dem Marmor abgelegt wurde.

Er betrachtete lange das Blatt Papier, und bevor er es mir reichte, forderte er mich auf, mit einer Ironie, die Bescheidenheit und Ernsthaftigkeit vortäuschte, mich um den passenden Tonfall und Rhythmus zu bemühen. Während ich las und herauszufinden versuchte, auf welchem Weg er die endgültige Fassung gefunden hatte, zündete er sich eine Zigarette an und richtete seinen Blick auf die beleuchtete Nische. Ich steckte das Blatt ein und sagte, es sei nichts hinzuzufügen oder zu streichen und daß ich ein merkwürdiges Gefühl hätte, denn jetzt, nach so vielen Jahren, seien diese beiden Verse nicht mehr ein Spaß mit Lauten, ein Spiel mit einer fremden Sprache; ich wüßte, ab jetzt würde ich, ehe ich den Zweizeiler im stillen hersagte, immer das Echo von Dorners Fassung vorausahnen, wie einen lebendigen, bilderreichen Schatten. Auch die graphische Darstellung in der Mitte des Rechtecks würde mir nicht mehr aus dem Sinn gehen. Das Bild, das ich mir eingeprägt hatte, zeigte einen Kometen in diagonaler Bahn auf der weißen Fläche. Das sagte ich zu Dorner, und er äußerte, ohne den Blick von der Heiligenfigur mit ihren flammenumzüngelten Füßen zu wenden: »Es ist eine mögliche bildhafte Darstellung einer Übersetzung: der Schweif des Kometen, der dicht hinter dem Kometen herzieht, und an einem unbestimmten Punkt des Schweifes hat man das Gefühl, er wolle selbständig weiterziehen, sich ablösen und einem anderen Gestirn anschließen, wird aber weiter magnetisch von dem Körper angezogen, zu dem er gehört; der Komet und der Schweif, das Original und die Übersetzung, das äußerste Ende, das die Spitze des Körpers berührt, Anfang und Ende ein und desselben Weges ...«

Er blickte von der Statue zu mir und fügte in scherzhaftem Tonfall, fast lachend, hinzu: »Oder ein und desselben Dilemmas.«

Als er den Satz zu Ende gesprochen hatte, blieb er regungslos sitzen, und auf seinem Gesicht breitete sich wieder Melancholie aus, der düstere Ausdruck eines hinfällig werdenden Menschen. Noch einmal dachte ich an dich, an deine Bemerkungen über den anderen Dorner, den ich kaum gekannt habe, der dir Deutschunterricht gab oder über das Photographieren sprach, über Leipzig, über Berlin aus der Sicht von Kleist, über den Krieg und die selbst in Manaus verfolgten und gedemütigten Deutschen. Am frühen Abend kamst du, von Geschichten übersprudelnd, zu mir ins Konservatorium, erzähltest der Klavierlehrerin eine Episode aus Mahlers Leben, batest sie, *Der Tod und das Mädchen* von Schubert zu spielen, und schliefst dann noch vor der Akkordfolge in d-Moll mit halb geöffneten Lippen im Sessel ein, und vielleicht dachtest du: »Morgen erzählt er mir das Leben einer Heiligen, die in einer kleinen Kirche in Ungarn begraben liegt, eine Märtyrerin aus der Zeit der Römerherrschaft, deren Leichnam man vollkommen erhalten vorfand, und auf ihrem Gesicht stand noch das Lächeln vor dem letzten Seufzer.« Das Leben der Heiligen, die Entstehung der Kathedralen, Steingebirge, die Europas Himmel preisen, und Deutschlands ungewisse Geographie, das alles war Teil der Unterrichtsstunden, die vor einer zerknitterten Landkarte an der feuchten Wand im Erdgeschoß abgehalten wurden. Ich spürte, daß er dich zu sehen wünschte, während er mich ansah. Eigentlich wollte er dich neben sich sitzen haben, du solltest Episoden aus der Vergangenheit skizzieren und über die Gedichte eines deutschen Dichters sprechen, der seiner Meinung nach dem Bild Gottes am nächsten kam.

Da begann ich, nervös und inständig auf die Uhr zu sehen; ich hörte den einsamen Glockenschlag, der die erste Stunde des Nachmittags verkündete, und erschrak darüber, daß schon sechzig Minuten vergangen waren; hier rinnt die Zeit so langsam, daß sich das Leben ohne Hast hinziehen kann. Aber mich drängte etwas, abgesehen von dem Wunsch, mich von Dorner zu befreien – hierbleiben, allein mit ihm, hieß grenzenloser Wehmut freien Lauf zu lassen. Die Verse, sein melancholischer Blick und vor allem sein Schweigen, waren das nicht subtile Mittel, sich in eine unmögliche Gegenwart zu flüchten? Denn ich hatte das Gefühl, alles, was er sagte oder noch hätte sagen können, war an dich gerichtet; oder drängte brennend in Richtung Vergangenheit.

Wir gingen den seitlichen Gang entlang, und inzwischen hörte man nicht mehr den Regen auf die Kuppel prasseln. Plötzlich brach ein Satz von Dorner die Stille. »Paß auf, daß du nicht auf die Sklaven des Herrn trittst«, sagte er mit einem Blick auf den Boden, blieb aber nicht stehen. Da das Auge sich an die Dunkelheit gewöhnt hatte, konnte man die wie Tote schlafenden Körper erkennen, an der Wand hingegossene, in dunklen Ecken kauernde Gestalten. Meine Gedanken schweiften ab, schwirrten in mir, während ich wie eine Schlafwandlerin hinter Dorner herging. Ich dachte an deinen Widerwillen gegen dieses Land, an deinen mutigen und leidvollen Entschluß, für so lange fortzugehen, als könnte die Entfernung dir helfen, alles zu vergessen, das Grauen zu bannen: diese vor der Außenwelt versteckten Lumpen, vom Schicksal zum Leiden zwischen Heiligen und Gebetsstühlen bestimmt, den Zeugen einer dumpfen Agonie, die nichts und niemanden bedroht – das Elend, das nur Warten ist, der Triumph der Passivität und der stummen Verzweiflung. Ich dachte auch an Dorner, diesen asketischen Bewohner einer Inselstadt, der hartnäckig ein ganzes Leben lang einer Geisterzuhörerschaft Philosophiestunden erteilte und besessen war vom Duft der Orchideen, der Gräser mit fleischigen Blättern und der Zwitterblüten. Er lebte seit langer Zeit zwischen Büchern und einer pflanzlichen Welt und konnte dreitausend Pflanzennamen auswendig aufzählen. Ich kann nicht ermessen, ob die Einsamkeit ihn marterte, ob etwas Morbides in seinem Entschluß lag, sich hier niederzulassen, seiner eigenen Stimme zu lauschen im Zwiegespräch mit dem anderen, der er selbst ist – ein unguter, fragiler Pakt mit dem eigenen Spiegelbild. Bei deinen seltenen Bemerkungen über Dorner sprachst du nicht von einem Menschen, sondern von einer »geheimnisvollen Persönlichkeit«, einem »rätselhaften Gestrandeten, den der Zufall an den Zusammenfluß zweier großer Ströme verschlagen hat, gleich einem Tautropfen, der irgendwann während der Nacht unmerklich auf der Haut eines dunklen Blütenblatts entsteht«. Du mit deiner Angewohnheit, aus der Welt und den Menschen eine Lügengeschichte, eine Bestandsaufnahme von Täuschungen zu machen in deinem Refugium in der Calle Montseny oder in den schmutzigen Kaschemmen des Barrio Chino im Herzen des Nachtlebens von Barcelona, um beweisen zu können, daß die Entfernung ein Gegengift gegen das Wirkliche und die sichtbare Welt ist. Ich dagegen konnte nicht davor fliehen, habe es nie gekonnt. Wo ich gelandet bin, weil ich mich so tief mit der Wirklichkeit beschäftigt habe, weißt du: zwischen den vier Mauern der Hölle.

Ich verabschiedete mich von Dorner in dem Bewußtsein, daß ich ihn nie wiedersehen würde. Während ich hastig zurückging, traf ich viele Menschen, die Obstverkäufer von früher, Freunde aus unserer Kindheit, und alle wollten wissen, wo du bist. Was soll man so vielen Menschen sagen? Daß deine Briefe immer zu Beginn der europäischen Jahreszeiten kamen? Wie diesen Menschen von deiner maßlosen

Begeisterung für Gaudí erzählen, von dem Gedicht, daß du der Sagrada Familia gewidmet hast, davon, wie merkwürdig die *horchata* schmeckt, oder von dem Sonnenuntergang in Lloret del Mar? Es war einfacher zu sagen, daß du bald kämst oder daß du bestimmt zurückkommen würdest; so konnte ich mich herausreden, dringende Erledigungen vorschieben, ohne die Erschöpfung und Unruhe zu verbergen, die man verspürt, wenn man von weit her gekommen ist und ahnt, daß man schon wieder zurückkehren muß. Was mich beunruhigte, während ich weiterging, war mein ständiger Blick auf die Uhr, weil ich gar nicht genau wußte, warum ich das tat, denn es kam mir unnötig und sinnlos vor und fast feindselig gegenüber der Bewegung meines Körpers.

Mag sein, daß ich die Begegnung mit Emilie aufschieben, in diesem Augenblick Abstand zum Stadthaus halten oder auf meinem Weg den unverwechselbaren Ort unserer Kindheit meiden wollte. Deshalb hatte ich fast unbewußt einen Bogen durch die Straßen des Zentrums geschlagen, dabei hätte ich den Weg eigentlich über eine Straße, die von der Kirche direkt zum Stadthaus führt, abkürzen können. Ich ging schnell, nicht um bald anzukommen, sondern um wegzulaufen, als wäre die Eile ein Bollwerk, mit dem ich die dichtgedrängte Menge hätte umgehen können, die wie ein gefällter Baum die Bürgersteige und den Hauseingang versperrte.

Durch ein Spalier von Menschen sah ich sie auftauchen und mir entgegenlaufen, schwarz gekleidet, das Haar gelockt und schulterlang. Mit ausgebreiteten Armen schrie sie weinend unverständliche Worte, und auf ihrem tränennassen Gesicht flammten zwei runde Flecken. Ihre verzweifelte, energische Gebärde gab mir zu verstehen, daß ich nicht ins Haus kommen sollte, weggehen sollte, denn alles sei dahin. Hindié schlang ihre Arme um mich und stützte sich mit ihrem ganzen Gewicht auf mich; so blieben wir auf der anderen Straßenseite stehen, und ich hörte zwischen ihren Schluchzern die brennenden Herzschläge einer Frau, die nach einem halben Jahrhundert eine Freundin verloren hatte. Ich kann dir nicht sagen, wie ich es fertigbrachte, mich wenigstens einigermaßen auf den Füßen zu halten, denn obwohl wie erstarrt, wich ich beinahe zurück vor der gewaltigen Masse dieses Körpers, der sich an mich klammerte. Wir standen eine Weile zusammen in der Sonne, dann ging ich nach Hause und begegnete dem Hausmädchen, das mit verquollenem Gesicht stammelte: deine Mutter, deine Großmutter...

Mitten im Garten saßen auf dem Brett einer dunklen, vom Pinsel der Zeit grünlich verfärbten Schaukel das Kind und die Puppe und sahen einander an. Ich ging nach oben in mein Zimmer und dachte an Hindié, die mich nicht in das Trauerhaus hineingelassen hatte. Wozu die Straße überqueren, wenn jenseits der Gartenpforte Neugier und Schmerz herrschten, so viele angesichts des Todes getrübte Blicke?

Es schmerzte, Emilie nicht gesehen zu haben, resigniert hinnehmen zu müssen, daß ein Wiedersehen nicht mehr möglich war, nachdem ich, im Joch des täglichen Einerlei, diese Reise so oft verschoben und am Ende eines jeden Jahres gedacht hatte: Es ist Zeit, sie zu besuchen, die Sehnsucht zu stillen, mich mit ihr in die Hängematte zu kuscheln. In den letzten Jahren hatte ich nichts von ihr gehört, aber ich wußte, daß Hindié Emilies Leben Schritt für Schritt begleitete. Als der letzte Sohn aus dem Haus ging, bestand sie darauf, allein zu leben und bat sogar Anastácia Socorro, ihr dabei zu helfen. Die Waschfrau ging zurück aufs Land, aber zu den Weihnachtsfesten kam sie in die Stadt und nahm am Mittagessen teil, zu dem sich die Familie versammelte. Emilie sagte immer zu Hindié, die Einsamkeit und das Alter geben einander vor dem Ende Halt, und ein einsamer alter Mensch findet in der Vergangenheit Zuflucht, denn sie umspannt viel Raum und ist nicht selten lohnenswert.

Die Schlafzimmer im Haus blieben unverändert, über jedem Bett lag eine Spitzendecke, die diagonal aufgespannten Hängematten unterteilten die Räume, und die Teppiche aus Kasher und Isfahan schmückten das Wohnzimmer, in dem sich die schwarze Uhr befand. Emilie hegte die vage Hoffnung, irgendwann komme jemand von weit her und teile mit ihr die Einsamkeit. Hindié erzählte mir, daß ihre Freundin mein Kommen geahnt habe, denn sie habe viel von uns gesprochen und über dich gesagt: »Mein Liebling mußte den Ozean überqueren und auf einen anderen Kontinent ziehen, damit er eines Tages zurückkehren kann.« Sie führte auch Selbstgespräche, redete in einer fremden Sprache sogar zu den Tieren, und in letzter Zeit wachte sie frühmorgens auf und öffnete die großen Fenster, um auf die am Berg klebenden Dörfer eines fernen Landes an einem irrealen Horizont zu blicken. Und eines Morgens sah Hindié, als sie die Küche betrat, einen Tisch voller Speisen, die Emilie in der Nacht zubereitet hatte. Hindié glaubte, sie seien für ein Fest an diesem Tag gedacht, zu dem Kinder und Enkel kommen würden, aber Emilie klärte sie auf, daß es nur eine Ehrung für jene sei, die auf der anderen Seite der Erdkugel geblieben waren. »Ich habe das Meer und die Feigen gerochen und gespürt, daß meine dortigen Verwandten mich gerufen haben«, sagte sie.

Und wenn es ihr in den Sinn kam, ließ Emilie Expedito, Anastácias Ziehkind, kommen und die in den Kammern aufbewahrten Geschenke herausholen, und dann beschäftigte sie sich tagelang damit, die Gegenstände abzustauben und mit den Fingerspitzen zu liebkosen; anschließend bat sie den Briefträger, ihr die Namen und den Herkunftsort der Überbringer vorzulesen. Denn bis zum Freitag, ihrem Todestag, besuchten sie noch Bekannte, und alle, die vormittags ins Haus kamen und erfuhren, daß sie im Sterben lag, verbreiteten die Nachricht, so daß sie sich wie ein Lauffeuer herumsprach.

Jeden Tag um sieben Uhr traf sich Hindié mit ihrer Freundin. Am Freitag morgen wunderte sie sich genau wie ich über die Stille im Haus, die Passivität der Tiere, die verschlossenen Türen. Hindié trug immer den Rosenkranz und den Schlüssel zum Stadthaus im Mieder. Sie ging durch die Seitenpforte hinein, und noch ehe sie den hinteren Patio erreicht hatte, überkam sie eine schlimme Ahnung. »Die Tiere rührten sich überhaupt nicht, als ich in den Patio kam«, sagte Hindié. Sie hatte das Gefühl, alle Augen schauten gleich, wie ein einziges Auge voller tiefer Schwermut.

Hindié schrie auf, als sie sah, daß eine Steinplatte auf dem Boden stärker rot gefärbt war als die anderen; der Fleck breitete sich noch aus, ganz nah am Fuß eines der steinernen Engel. Mit einem Blick zu den großen geschlossenen Fenstern des Schlafzimmers zum Patio hin rief sie nach Emilie, und erst danach fielen ihr zwei rote, mehr oder weniger parallel verlaufende Spuren auf, und vor dem Küchenvorraum fand sie die Schildkröte Salua, die an der Türschwelle kratzte. Sie war das einzige Tier, das lebendig wirkte, ihr Panzer war mit blutroten Spritzern bedeckt, dunkle Flecken und dünne Linien auf dem Fußboden im Küchenvorraum führten Hindié durch den Flur zur Telefonnische. Emilie lag starr, schon fast leblos da, und die Telefonschnur war um ihren Hals und ihr Haar gewickelt; der Hörer war unter ihrer rechten Hand begraben, und ihre andere Hand lag auf ihren Augen.

Ich dachte erschrocken daran, daß früh am Morgen, bevor ich aus dem Haus gegangen war, das Telefon ein paarmal geklingelt hatte. Vielleicht war es Emilies letzter Ruf gewesen, ihre Art, mich zu erreichen und mir Lebewohl zu sagen.

Die Panik und das Entsetzen angesichts des Todes, ein Wirbelsturm, der durch das Haus fegt, ein Erdbeben im Herzen der Familie, man weiß nicht, an wen man sich richten soll an diesem Morgen, der scheinbar jenseits aller Zeit ist, in diesem zusammengebrochenen, umgekrempelten Haus, in dem Gebete und Schuldbekenntnisse durcheinander gesprochen werden, als besäßen die frommen Worte die Macht, die Abwesenheit, die vom Tod hinterlassene Leere zu bannen. Nervös und niedergeschlagen lief Hindié durch das Haus und rief alle Namen der ihr bekannten Menschen, stieg schwankend die Treppe hinauf und öffnete die Zimmertüren, ohne sich bewußt zu werden, daß Emilie allein lebte und nur sie, Hindié, sie jeden Morgen besuchte. Genauso hastig stieg sie wieder die Treppe hinunter, und ihre zitternden Finger brauchten eine Weile, bis sie die Telefonschnur von Emilies Haar und Hals gelöst hatte. Unaufhörlich redend schleifte Hindié Emilie ins Wohnzimmer, legte sie auf das Sofa und bettete den blutüberströmten Kopf auf ein Kissen. Ihre Hände und ihr Gesicht waren mit Blut beschmiert, als sie zur Telefonnische zurückging und in der Liste der von Emilie häufig benutzten Telefonnummern nachsah. Sie rief bei Hector Dorado an, aber der Arzt legte gleich wieder auf, weil er glaubte, Kinder erlaubten sich einen Scherz oder es sei die Stimme einer Verrückten. Dann rief sie Onkel Emílio an, der Hindiés Stimme sofort erkannte und verstand, was sie sagte. Hindié hatte nämlich mit dem Hausarzt der Familie auf arabisch gesprochen. Sie war so nervös und durcheinander, daß sie anfing, ein Gebet zu stottern, während ihre Finger über die Perlen des Rosenkranzes glitten. Onkel Emílio war das Gebet bekannt, trotzdem wunderte er sich, es so früh am Morgen und per Telefon zu hören. Er mußte erst die Stimme heben, damit Hindié mit dem Beten aufhörte und ihm die Nachricht mitteilte. Nun entspann sich ein Netz von Anrufen kreuz und quer: Im Stadthaus klingelte das Telefon pausenlos, und keiner dachte daran, die Blutflecken zu beseitigen, bis Yasmine kam und beauftragt wurde, die Anrufe entgegenzunehmen und andere zu tätigen.

Onkel Emílio kam noch vor dem Arzt. Mit ihm erschienen zwei Nonnen aus dem Spital, die vergeblich Erste Hilfe leisteten. Du erinnerst dich bestimmt noch an die Ordensschwestern, die manchmal nach der Novene zu uns kamen, und daß Emilie dich einmal zurechtwies, als du mit dem Kruzifix, das auf der schwarzen Tracht hing, wie mit einem Spielzeug oder einem Dolch fuchteln wolltest. Die Nonnen wollten sie ins Krankenhaus bringen, aber als Hector den Spalt in ihrem Schädel untersucht und ihren Blutdruck gemessen hatte, preßte er sein Gesicht neben Emilies Kopf in das Kopfkissen.

»Das hat er getan, um nicht vor den anderen zu weinen«, sagte Hindié.

Der Arzt blieb als einziger bei der Sterbenden. Dann kamen Emilies Söhne mit ihren Frauen und Kindern. Die beiden Männer gingen langsam wie über eine Brücke am Sofa vorbei, betrachteten furchtsam das im Kissen versunkene stumme Gesicht, und zum ersten Mal begegneten sie nicht den beiden leuchtenden, gutmütigen Augen eines Menschen, den sie angeblich immer gehaßt hatten. Denn in diesem Augenblick der Erstarrung und des Schmerzes, im Angesicht des Schweigens seiner Mutter, beginnt ein Sohn zu altern. Ein paar Sekunden lang verharrte ihr Blick auf dem reglosen Körper auf dem Sofa, und gleich darauf trennten sie sich von ihren Familien und suchten Zuflucht im Garten hinter dem Haus. Dort, allein im Schutz eines Pflanzenvorhangs, konnten sie schluchzen und weinen, ohne ihre Gesichter vor fremden Blicken verbergen zu müssen. Denn ihr Weinen war nicht nur die Reaktion auf das Ende eines Lebens; es war auch die schreckliche, verspätete Einsicht, daß ihr eigenes Leben eine Abfolge schäbiger, schmachvoller Taten gewesen war und daß sie ein ganzes Leben lang von dieser sterbenden Frau abhängig gewesen waren; sie, die Qualen bei einem anderen Menschen nicht mit ansehen konnten und nur bereit gewesen waren, Emilie zu besuchen, wenn es ihnen an materieller Bequemlichkeit fehlte. Hindié wußte davon, denn sie war eine der wenigen, wenn nicht die einzige, der Emilie sich anvertraute, und außerdem war sie mit dem privaten Alltagsleben im Stadthaus schon lange vertraut, bevor die Kinder ihrer Freundin das Haus verlassen hatten.

Als ich mich am Sonntagabend mit Onkel Hakim traf, konnte ich verstehen, daß ihm die Ausdünstung von Hindiés Körper so schrecklich im Gedächtnis war – als wollte sie uns mit einem unverwechselbaren Geruch die Erinnerung an ein Charakteristikum der Vergangenheit einprägen, das aus allen Poren eines riesigen Leibes strömte. Ich wüßte kein Adjektiv und keinen Vergleich für diesen Geruch in Form einer nicht sichtbaren, aber fest mit dem Körper verbundenen Aureole, ähnlich wie der Geruch von geschmolzenem Wachs, der in der düsteren Atmosphäre der Kirche hing, in der ich mit Dorner gesprochen hatte – ein Geruch, der durch das ganze Kirchenschiff zieht, damit dieses durch ihn bewohnbar wird. Sie lebte wahrscheinlich seit vielen Jahren mit diesem merkwürdigen Geruch, er war so tief mit ihrem Körper verwachsen, daß er ihr sogar vorauseilen konnte, so wie der Widerhall von Schritten eines noch nicht sichtbaren Menschen, der jeden Augenblick vor uns stehen kann.

Aber es war nicht nur der Geruch, der Hindié Conceiçãos Erscheinung bei unserem Wiedersehen kennzeichnete. Neben ihrem dunklen Kleid trugen auch der Klang ihrer Stimme, die Hände, die durch das lockige Haar fuhren, die eingefallenen Lippen, als würden sie vom Mund verschluckt, und die stummen Augenblicke zum Trauerritual bei. Schmerz und Traurigkeit sprachen aus ihren fahrigen Gesten, wie eine Trotzreaktion, um nicht angesichts des Todes ihrer Freundin zu ermatten oder zu kapitulieren. Und da ich mich geweigert hatte, die Totenwache an Emilies Leichnam zu halten, hörte ich von Hindié den Bericht über

Szenen und Gespräche; sie gestikulierte heftig, sprach mit etwas schwerer Zunge, und wenn rote Linien ihre Augen durchzogen, stand sie vom Stuhl auf und umarmte und küßte mich. Ihre großen Augen brannten auch am Sonntag morgen noch rot, und das offene gelbliche Haar schien einen Schmerz auf ihr Gesicht zu legen, der Verzweiflung sehr nahekam.

7

»Nicht nur die Freunde, auch Neugierige kamen, um mit mir zu sprechen, weil sie wußten, daß Emilie für mich wie eine Schwester gewesen war. Manche brachten Blumensträuße mit, die nach vorweggenommenem Sterben dufteten, denn Emilie atmete noch auf dem Sofa im Wohnzimmer, wie ein noch lebender, aber schon vom Tod umschatteter Körper. Ja, weiße Blumen und grüne Zweige, Anrufe und Beileidsbekundungen, das alles war so, als brächten sie das Grab ins Haus hinein. Etwas anderes störte mich auch: die Anwesenheit der beiden unverschämten Kerle, sie sprachen nicht mit mir, faßten Emilie nicht einmal an, als läge da eine Skulptur. Ich weiß noch, wie sie in ihrer Jugend allen Leuten übel mitgespielt hatten, sie wurden von sämtlichen Schulen in der Stadt gejagt und oft von den Priestern bestraft, eine bittere Strafe: sich in glühender Mittagssonne auf einen Haufen Maiskörner knien und stillhalten, bis am Abend der erste Stern aufging. Emilie verlor nicht die Geduld, sie ertrug die Teufeleien, im Gegensatz zu ihrem Mann, der die beiden einmal an den Tisch im Wohnzimmer fesselte und sie da wie herrenlose Esel allein ließ, bis Emilie ihn überredete, sie loszubinden. Aber so lange wartete sie nicht immer, oft ging sie, ehe ihnen vergeben war, zu ihnen ins Wohnzimmer oder in ihr Schlafzimmer, wo die beiden angebunden hungerten, und dann hieß es, rette sich wer kann, denn sie taten, als wäre Emilie an allem schuld, an ihrer Widerborstigkeit, ihrem Haß, ihrem Ungehorsam. Auch mit mir sprachen die beiden nicht, vielleicht, weil ich mit Samara befreundet war, ein kostbarer Schatz für ihren Vater, der sie unbewußt verhätschelte, oder ohne daß es den anderen bewußt war. Es läßt sich schwer feststellen, woher die Auflehnung eines Kindes kommt, diese kriminelle Energie, der Neid, die Eifersucht und die Gewalttätigkeit, die sich in diesen beiden Söhnen von Emilie schon von klein auf offenbarten. Sie hatten sich gegen die Schwester verbündet, obwohl Emilie sie doch nach Soraya Ângelas Geburt und vor allem nach ihrem Tod angefleht hatte, ihre Tochter in Frieden zu lassen und sie nicht zu verfolgen, wie man es mit einem Kriminellen oder einem äußerst gefährlichen Ausbrecher mache, der unbedingt in einem Totenhaus enden müsse. Ebensowenig gingen sie auf die Bitte des Vaters ein, der lange vor seinem Tod die Männer der Familie um sich versammelte und seinen einzigen gebildeten Sohn aufforderte, einen Vers aus der Sure über die Frauen laut zu übersetzen, damit alle hören konnten, daß im Wort Gottes, des Allerbarmherzigsten, immer Vergebung und Nachsicht zu finden sei. Er räumte ein, daß seine Tochter vor einem trüben Spiegel geboren und aufgewachsen sei, daß aber eine von der Sünde in Versuchung geführte Frau Reue zeigen könne, wenn sie fünf Tage und fünf Nächte lang allein in einem gegen das Sonnenlicht und alle Blicke abgeschirmten Raum meditiere. Aber auch das war für sie kein Anlaß, ihre Schwester wenigstens zu dulden. In Wirklichkeit verachteten sie seitdem ihren Vater, weil er sich auf einen frommen Text berufen hatte, um das Unverzeihliche zu verzeihen; während all dieser Zeit hetzten sie gegen ihre Schwester, verstießen sie aus der Familie und schworen, sie würden fürchterlichen Ärger machen, wenn sie je die Füße auf den Bürgersteig vor dem Haus setzen oder mit dem Familiennamen unterschreiben würde. Und bis vor kurzem noch suchten sie fauchend wie ausgehungerte Raubtiere nach einer Fährte zu ihrem neuen Versteck. Inzwischen wußten sie, daß Samara im Parisiense war, aber solange dein Großvater lebte, wagten sie es nicht, sie zu belästigen, denn wenn sie den Laden betreten und ihre Schwester bedroht hätten, wäre der Geldfluß versiegt. Der Alte verteidigte seine Tochter mit Händen und Füßen, und am Ende seines Lebens schien er sich mehr um sie als um seine Frau zu kümmern. Angeblich brachte er ihr Blumen mit und pflanzte Obstbäume hinten im kleinen Garten, und eines Tages ging er vor Sonnenaufgang in die Markthalle, kaufte Fisch, Gemüse und Obst und lud Emilie ein, zum Mittagessen ins Parisiense zu kommen. Emilie wollte es kaum glauben. Sie sagte: ›Wenn das keine Altersschwäche ist, dann kann ich schwören, daß es auf dieser Erde keine unbeugsamen Männer mehr gibt.‹ Aber zwei gab es mindestens noch, denn ihre beiden Söhne stießen Beleidigungen aus, wenn sie den Namen ihrer Schwester erwähnten. Und warum taten sie das? Weil sie auf der Straße, in den Klubs, den Kneipen, überall von mal verhaltenen, mal fragenden Blicken verfolgt wurden: Blicke, die Genaueres wissen wollten und sich nicht mit den Geschichten zufriedengaben, die von Mund zu Mund gingen und aus einem Ereignis ein ganzes Netz widersprüchlicher Vermutungen machten. Nach dem Tod deines Großvaters versuchten sie, es noch weiter zu treiben. Sie schickten Drohbriefe, riefen mitten in der Nacht an und beschimpften sie mit den übelsten Ausdrükken, und einmal heuerten sie Straßenjungen an, mit Steinen gegen das Oberlicht des Zimmers zu werfen, in dem sie allein schlief. Nur bis zum Alleräußersten, sie zu verprügeln, so weit gingen sie nicht, denn Emilie kontrollierte die Kasse des Parisiense und legte das Geld in den englischen Safe, dessen Geheimkombination nur sie kannte. Und es war genau dieses Geheimnis, von dem die Familien deiner Onkel lebten; mehr noch, weil es dabei um Leben oder Tod ging, war es das Geheimnis um die Safekombination, das sie auf dem Höhepunkt ihrer wahnsinnigen Raserei gegen Samara Délia zurückhielt. Als nur noch Emilie im Haus war, ohne ihren Mann, ohne Hausmädchen, ganz allein mit den Tieren, den Brunnenfiguren, Pflanzen und Blumen, den mitfühlenden Nachbarn ablehnend dankte, die sich die Mühe machten, sie täglich zu besuchen, und dem Kommendatore, der ihr die Gesellschaft einer der französischen Gouvernanten anbot, die Tag und Nacht rein gar nichts zu tun hatten, war ihre größte Sorge nicht die Angst vor dem einsamen Tod, sondern die Zahlenkombination des Safes, denn wenn sie starb, würden die Söhne das Haus und das Parisiense im Sturm nehmen und Samara völlig mittellos auf die Straße setzen. Ja, sie hat mir, und ich glaube, nur mir allein, die Geheimkombination des Safes anvertraut, den sie an einen unverdächtigen Ort gebracht hatte, als sie merkte, daß es mit ihrem Mann zu Ende ging. Es war an einem Sonntagabend, als sie mich am Arm zog und sagte: ›Komm mit.‹ Sie hatte eine Taschenlampe in der Hand; vorsichtig, um nicht die Tiere zu wecken, gingen wir durch die Dunkelheit im Patio und Garten; vor dem Hühnerstall zog sie einen Schlüssel vom Ring der Taschenlampe und schloß die Tür auf. Die Hühner rührten sich nicht, scharrten auch nicht auf der Erde, vielleicht waren sie schon an solche nächtlichen Besuche deiner Großmutter gewöhnt; sie ging ein paar Schritte zu dem Taubenschlag hinter der letzten Hühnerstange, hockte sich hin und tastete die feuchte, nach Mist riechende Erde ab. Erst dann schaltete sie die Taschenlampe ein und leuchtete auf den Boden, gleich neben dem Taubenschlag, wo eine Kalebassenschale umgekippt im Hühnermist lag. ›Hier sind die Schlüssel‹, sagte Emilie und hob die Schale an. Mit dem einen Schlüssel öffnete sie die Holztür, und was ich dann sah, war ein riesiger Metallkasten, und auf der grünen Tür waren fünf kleine Scheiben, die man rund ums Alphabet drehen, und vier andere, die man auf die Zahlen eins bis neun stellen konnte. Sie drehte den roten Punkt einer jeden Scheibe auf die Buchstaben und Zahlen, aus denen die Kombination bestand, bis die endgültige Stellung, im Uhrzeigersinn gelesen, die Buchstaben AMLAS und die Zahl 1881 ergab. Dann drehte sie den Schlüssel um, zog den Griff nach unten, öffnete die schwere Tür und leuchtete in das Safe-Innere. ›Das sind meine Reichtümer‹, sagte sie und strich mit der Hand über eine Bibel, Photoalben, Briefe und gestapelte Papiere. In den kleinen Metallschubladen bewahrte sie das Geld aus dem Parisiense auf, das Samara ihr immer am Wochenende brachte. Man konnte meinen, es sei alles einfach in den Safe gestopft, aber der Lichtstrahl und Emilies Stimme brachten Ordnung in das scheinbare Durcheinander: Das hier sind die Alben aus der Kindheit meiner Kinder, hier die Photographien von Zypern und aus Marseille, die auf unserer Reise nach Brasilien aufgenommen wurden, und in der Schachtel dort liegen die Briefe von Sœur Virginie; zwischen den Seiten des Alten Testaments bewahrte sie wie Reliquien die trockenen Blütenblätter einer Orchidee auf, die ein armseliger Kranker ihr an dem Tag gebracht hatte, als Emir verschwunden war. Zum Dank für seine Gabe hatte sie dem infektiösen, verdreckten Mann alles geschenkt, was sich gerade in Reichweite befand, ein Lamm, eine Tüte Maniokmehl, eine Dose Öl und zwei Tauben, und ihm empfohlen, zu einem Gesundbeter oder einem Priester des Herrn zu gehen. Die Blütenblätter waren so vergilbt wie das Hochzeitsphoto, das sie mit zitternden Händen aus der Bibel zog, und dann zeigte sie mir den Schmuck aus unserer Heimat, den sie nur zu Festen und Einladungen trug und anläßlich der Versöhnungen mit ihrem Mann. Ich merkte, daß sie die Stirn in Falten legte und bedrückt wurde, vielleicht, weil sie daran denken mußte, daß ihr Mann im Schlafzimmer dahinsiechte; aber trotzdem weinte sie nicht. Ich habe sie einmal gefragt, ob sie nie weine, um sich über die Widrigkeiten dieser Welt zu trösten, und sie hat mir geantwortet, daß nur der Tod uns Trost bringt. ›Das ist der Augenblick, wenn der Körper und die Seele sich darauf verständigen, die Stille der Ewigkeit zu genießen‹, sagte sie ohne mit der Wimper zu zucken. Emilie saß in der Hocke und zeigte mir weiter die vergilbten Dinge, und ich litt bereits Qualen, weil dein Großvater allein im Schlafzimmer wimmerte und niemanden mehr erkannte; er hatte sein Lebensende so erreicht, wie er es immer gewollt hatte, mit sich allein, ohne Zeugen und allem entrückt, dem Haß, der Eifersucht, der Hoffnung und der Furcht. Emilie bemerkte meine Unruhe und legte schnell alles an seinen Platz zurück; dann schloß sie die Safetür, drehte an den Scheiben und forderte mich auf, den Safe zu öffnen. Beim dritten Versuch klappte es. Wir gingen ins Haus zurück, wieder vorsichtig, um die Tiere nicht aufzuschrecken; im Küchenvorraum zeigte sie mir, wo die Taschenlampe und der Schlüssel zum Hühnerstall versteckt waren: ein kleiner Wasserfilter aus Porzellan, der nicht mehr benutzt wurde, von der Art, wie ihn die englischen Seeleute früher verkauft haben. Dann bot sie mir Knoblauchsaft an und trank einen ganzen Krug, ehe sie nach oben ging, um an der Seite ihres Mannes zu beten. Ich habe den Safe nie öffnen müssen, denn das, was Emilie am meisten fürchtete, eine kopflose, verabscheuungswürdige Tat ihrer Söhne, um Samara Délia zu vernichten, trat nicht ein. Dagegen trat ein, womit deine Großmutter am wenigsten gerechnet hatte und was für sie ein neuer Schlag war. Nachdem sie ihren Mann verloren hatte, kümmerte sich ihre Tochter allein, ohne fremde Hilfe, um das Parisiense und brachte den Laden so in Schwung, daß Emilie nach ein paar Jahren sogar über den Verstorbenen spöttelte: ›Wir haben in fünf Jahren verdient, was wir in fünfzig Jahren nicht verdient haben – er war dazu bestimmt, von einem Minarett herunterzuschreien, statt stumm hinter dem Ladentisch zu sitzen.‹

So lebten die beiden also recht und schlecht weiter: Emilie im Haus, sie hatte die Tiere, bekam gelegentlich Besuch und sah ihre Söhne einmal im Monat oder noch seltener. Samara Délia arbeitete, aß und schlief allein im Parisiense und besuchte die Mutter einmal in der Woche, immer schweigsam, mit den Gedanken wer weiß wo. Sie bot immer einen hübschen Anblick, und die Zeit, die verging, und die Trauer machten sie noch schöner. Als ich sie das letzte Mal sah, war sie von Kopf bis Fuß schwarz gekleidet. Es war an einem

Sonntagmorgen bei Emilie im Haus, ein paar Nachbarn waren da, und alle unterhielten sich am Brunnen. Emilie beschloß, die Vogelkäfige zu öffnen, ja selbst die besonders seltenen Vögel freizulassen, weil sie meinte, dank dieser Geste könnte sie noch einige Zeit in Frieden mit sich selbst leben. ›Von jetzt an will ich nur noch Tiere in diesem Haus haben, die sich frei bewegen‹, verkündete sie laut, damit es alle trotz der flatternden Vögel hörten. Aber manche Vögel blieben im offenen Käfig sitzen und warteten auf die Körner, die Banane und den morgendlichen Besuch eines Gesichtes, das sich an die Metallstäbe drückt und ihren Gesang nachahmt. Sie trieb sie nicht hinaus und sagte nur: ›Die sind schon ein Teil von mir. Wir werden zusammen davonfliegen, wann und wohin, das weiß Gott.‹ Samara half ihrer Mutter beim Öffnen und Säubern der Käfige, fütterte die Fische und Kaimane mit Brotstückchen und Essensresten und ging mit einem Krug *jenipapo*-Saft zwischen den Obstbäumen umher, um die gläsernen Blumen und Ampeln, die zwischen den Blättern an den Zweigen hingen, für die Kolibris aufzufüllen.

An diesem Morgen verhielt sich Samara in zweierlei Hinsicht anders als gewöhnlich. Ihre beneidenswerte Eleganz weckte bei den Gästen sprachlose Bewunderung und bei deiner Großmutter Stolz. Sie trug Schuhe mit hohen Absätzen, durchsichtige Seidenstrümpfe und auf der Schulterpasse ihres schwarzen Baumwollkleides einen Perlmuttskarabäus, auf den der Schatten der breiten Krempe eines italienischen Strohhutes fiel. Emilie fand ihre Aufmachung etwas streng für einen Sonntagmorgen und fragte, ob sie zur Zehnuhrmesse in die Kathedrale gehen wolle. Samara lächelte und sah Emilie wie üblich von der Seite an. Dann unterhielt sie sich mit den Gästen, und auch darüber wunderten sich alle, denn im allgemeinen war sie in Gegenwart anderer nicht sehr gesprächig. Sie sprach gewandt über dieses und jenes, äußerte sich zu Ereignissen in der Stadt und erzählte von den neuen Kunden des Parisiense, wer Schulden machte und wer pünktlich zahlte; sie sprach von den Bäumchen, die ihr Vater gepflanzt hatte und die jetzt blühten und Früchte trugen, und dann erkundigte sie sich bei Arminda, ob es Esmeralda in Rio de Janeiro gutgehe, bei Yasmine, ob ihr Mann noch immer an seinem Plan festhalte, in diesem höllischen Klima Seidenraupen zu züchten, bei Mentaha, ob sie nach wie vor die verrückte Angewohnheit habe, frühmorgens graue Tauben für die Mahlzeiten am Wochenende zu jagen, sah mich an und fragte, ob ich noch immer allein in dem alten Haus wohne, das an den Garten von Emilies Haus grenzte. Ich antwortete, es sei ideal für eine alte Jungfer ohne Familie. Und wieder lächelte sie, während sie deiner Großmutter einen geschlossenen Beutel reichte. Später habe ich erfahren, daß dieser Beutel außer Geld ein dickes, in Leder gebundenes Buch, einen Brief und noch ein paar Kleinigkeiten enthielt, über die Emilie mir nichts sagen wollte. Bis zu ihrem Tod hat sie bereut, daß sie den Beutel nicht sofort geöffnet hat, als sie ihn erhielt. ›Im selben Augenblick schlugen die Glocken zehn Uhr, und ich wollte nicht, daß meine Tochter die Messe verpaßt, um statt dessen die Verkäufe abzurechnen‹, sagte Emilie. Am Abend desselben Tages wollte sie den Beutel in den Safe legen und stieß einen so lauten Schrei aus, daß ich hierher auf die Veranda stürzte, um nachzusehen, was los war. Ich sah Emilie auf dem Rand des Steinbeckens sitzen, sie ließ den Kopf hängen, stützte sich mit einer Hand am Bein eines Engels ab und streichelte mit der anderen den Kopf eines Schafs. Die Lampen im Patio waren eingeschaltet und leuchteten auf die Fische, die das Wasser kräuselten, und viele Tiere schrien noch, aber deine Großmutter kümmerte sich nicht darum. Ich wollte sie nicht rufen, deshalb überlegte ich nur, was der Anlaß dafür sein konnte, daß sie dort so still zwischen dem Engel und dem Tier saß. Ich saß auf diesem Stuhl hier, nickte hin und wieder ein, aber wenn ich die Augen aufschlug, saß Emilie noch immer in derselben Haltung da; dann fiel mir ein, was dein Großvater einmal spätnachts gesagt hatte, als die Unterhaltung unterbrochen worden war, weil Emilie auf Amadou Tifachi zeigte, einen nordafrikanischen Dichter und Freund von Dorner, der den Amazonas besuchte. Amadou hatte den ganzen Abend über frivole Geschichten erzählt, in denen es um lauter obszöne Situationen und Dialoge ging, um schamlose Liebespaare, wollüstige Lippen, die, wie er sagte, den Männern über das Gesicht wanderten und den Frauen den Leib hinunter; und dieser Kretin wagte es noch, sich als Schriftsteller und praktizierenden Gläubigen zu bezeichnen. Natürlich lachten alle, und die Frauen kicherten laut und genierten sich zu Tode, denn er sprach mit der Zunge und dazu noch mit den Händen. Er redete so viel und so temperamentvoll, daß er sich gegen Ende der Nacht aus der Runde zurückzog und einen ganzen Krug Tamarindensaft austrank und einen Topf Linsen mit Fleisch verschlang. Es wurde schon fast hell, als Emilie den Arm hob und zum Brunnen zeigte, und da sahen wir den Mann stehen, ganz in Weiß und starr, wie eine Heiligenfigur aus Gips. Und dann sagte dein Großvater: ›Wenn jemand eine ganze Weile schweigt, aber nicht schläft, dann denkt er vermutlich an die Liebe oder an den Tod.‹

Emilie schlief mit Sicherheit nicht. Am nächsten Morgen erfuhr ich, was passiert war. Ich erinnerte mich, daß Samara sich ohne große Umstände verabschiedet hatte, mit einem kurzen, knappen Auf Wiedersehen; sie verschwand im Seitengang und ließ ein verblüfftes, rätselndes Schweigen hinter sich zurück, das selbst auf die Tiere übergriff. Ich glaube, wir alle hätten in diesem Augenblick gern eine Bemerkung über sie gemacht, blieben aber stumm; aus irgendeinem Grund waren wir nicht in der Lage, etwas zu sagen. Emilie betrachtete die wenigen Vogelkäfige, deren Insassen nicht weggeflogen waren, Mentaha massierte ihre Schläfen, um ihre ewige Migräne zu lindern, Yasmine atmete mit geschlossenen Augen die Morgenluft ein, und Armindas lächelndes Gesicht blickte auf ihre Hände, mit denen sie die Initialen des Kommendatore auf ein Satintaschentuch stickte. Ich dachte an Samara. Manchmal, nachdem bestimmte Dinge geschehen sind, zumal bei ganz überraschenden und unvorhersehbaren Ereignissen, bedauert man, daß man nicht die rettende Gabe der Hellsicht besitzt oder zumindest ein Fünkchen Vorahnung, mit dem man Unerwünschtes verhindern könnte. Als ich Emilie am Montag morgen besuchte und sah, wie aufgeregt und angespannt sie war, wußte ich, daß es zu spät war, um ein widriges Ereignis zu verhindern. Irgend etwas in dem Beutel hatte darauf schließen lassen, daß Samara untergetaucht war, und Emilie wußte es seit dem letzten Abend. Mehrere Stammkunden des Parisiense riefen an und stellten neugierige, indiskrete Fragen, um zu erfahren, warum die Türen des Ladens geschlossen waren. Als Emilie das Parisiense betrat, fand sie alles in bester Ordnung vor, und in dem Zimmer, in dem ihre Tochter schlief, fehlten nur ihre Kleider und das gerahmte Bild von Soraya. Der Laden wurde noch in derselben Woche verpachtet und der gesamte Warenbestand an den Pächter verkauft. Emilies einzige Arbeit bestand darin, ein paar Stoffe und zwei oder drei Schachteln mit Kränzen und Brautschleiern, die im Lager verstaubten, zu sich nach Hause zu tragen. Emilie sagte immer, daß es Waren gibt, die mit der Zeit zu Lieblingsstücken werden, und daß deshalb einige von spanischen Künstlern handbemalte Fächer nicht in die Vitrinen gelangten, denn ganz genau solche Fächer habe ihr Mann ihr am Abend ihrer Verlobung geschenkt. Also stopfte sie ihr Schlafzimmer mit Dingen voll, die an ein einmaliges Ereignis in ihrem Leben erinnerten, und beschloß, solange Samara Délia verschwunden blieb, nie mehr am Parisiense vorbeizugehen. Dennoch machte sie keinerlei Anstalten, nach ihrer Tochter zu suchen – sie lehnte zahllose

Hilfsangebote ab, vor allem das Angebot deines Großonkels Emílio, der sich bereit erklärte, in der ganzen Stadt, sogar im ganzen Land nach seiner Nichte zu suchen. Aber Emilie erinnerte ihn daran, daß es, als er sich das letzte Mal auf die Suche nach einem Menschen begeben habe, mit einer Katastrophe geendet habe: Wenn Emir bei seiner Nutte in Marseille geblieben wäre, dann wäre er heute vielleicht noch am Leben. Mit den Worten, es sei nur Zeitvergeudung, in der Stadt nach ihrer Tochter zu suchen, denn Samara sei dickköpfig, resolut und stolz, zog sie einen Schlußstrich unter das Thema.

›Vielleicht ist sie so weniger unglücklich, wenn sie anonym in einer fremden Stadt lebt und wir nicht wissen, wo sie ist‹, sagte Emilie.

In den letzten Jahren hat sie wie eine Büßerin gelitten, um in Unterhaltungen bloß nicht über die Katastrophen in ihrer Familie sprechen zu müssen. Um dies zu vermeiden, flüchtete sie sich in Renovierungsarbeiten im Haus, hackte Unkraut im Garten, beschnitt die Weinreben und die Bäume und putzte die Spiegel und Fensterscheiben in sämtlichen Räumen, bis sie wieder glänzten. Eines Morgens saß sie am Teich, rieb mit Stahlwolle Sáluas Panzer ab und strich Bienenhonig in die Risse und Löcher, die von Auseinandersetzungen mit anderen Tieren und grausamen Späßen ihrer Söhne, Enkel und sonstigen Verwandten stammten; anschließend polierte sie den Panzer mit einem in Holzharz getränkten Tuch und setzte dann die Schildkröte auf dem Sandstreifen am Rande des Teichs ab, in dem Dutzende von Schildkrötenkindern schwammen. Ohne mich anzusehen, rief sie: ›Sálua ist mein wandelnder Spiegel!‹ Sie bildete sich auch diverse Krankheiten ein, die morgens auftraten und wieder abklangen, ehe es dunkel wurde, und zwei Jahre lang wetterte sie, weil sie meinte, eine Schwiele an der rechten Fußsohle könnte ihr gefährlich werden, und fürchtete, ein Brand könnte sie behindern und ihr auf immer die unwiderstehliche Lust nehmen, von fünf Uhr morgens bis zur Schlafenszeit durch das Haus zu laufen. Aber seit dem letzten Jahr war sie, weiß der Himmel warum, davon überzeugt, daß es einzig und allein von ihren beiden Söhnen abhinge, ob Samara zurückkäme. Sie war schon nicht mehr ganz bei sich, als sie verlangte, beide sollten öffentlich erklären, daß sie sich endgültig mit Samara Délia versöhnen wollten. Emílio und ich konnten ihr diese wahnwitzige Idee ausreden, die zwar Ausdruck ihrer Verzweiflung und Verwirrung war, aber nicht hilfreich. Trotzdem versuchte sie mit allen Mitteln, die beiden zu überreden, wieder Kontakt mit ihrer Schwester aufzunehmen. Sie sprach mit beiden, sagte, Groll könne das Leben eines Menschen zerstören, und sie habe, obwohl nun ihr Lebensende nahe, diesen Haß noch immer nicht verstanden und erst recht nicht, warum er so dauerhaft und so ungebrochen sei. Sie lachten deine Großmutter aus, und einer warf ihr einen Satz ins Gesicht, der sie in ihren letzten Tagen um den Verstand gebracht hat: ›Du hast ein Freudenmädchen in die Welt gesetzt – du solltest dich selbst hassen und diesen Haß besser verstehen als irgend jemand sonst.‹

Emilie reagierte auf den ersten Blick gelassen, fast apathisch. Sie hörte sich den Vorwurf ungerührt an und sah dem Sohn direkt in die Augen, solange er im Wohnzimmer, mit dem Rücken zur Wanduhr, sitzen blieb. Sie löste ihren Blick auch nicht von ihm, als er sich halb verblüfft, halb verunsichert aus dem Sessel erhob und den Raum verließ, als ergriffe er die Flucht vor einer Bedrohung oder wollte etwas aus dem Weg gehen, das ihm zutiefst lästig war. Das Merkwürdigste dabei war, daß Emilie nicht mit der Wimper zuckte, und ich bekam Angst vor diesem Blick, der auf keinen Menschen, auf nichts gerichtet zu sein schien. Und noch merkwürdiger wurde mir zumute, als ich auf sie zuging und dabei das Gefühl hatte, ein Schatten streifte über den Wohnzimmerspiegel oder ich wäre noch draußen und belauschte das Gespräch der beiden in meinem Versteck zwischen den Büschen im Garten. Ich mußte mich direkt vor sie setzen, damit sie wahrnahm, daß ich da war; und mit noch immer starrem Blick stammelte sie: ›Mir geht's gut, so allein.‹

Das war am Freitag, eine Woche vor ihrem Tod. Es war ihre letzte Begegnung mit ihrem Sohn und vielleicht auch mit dem Leben. In der Woche darauf schlief sie kaum, träumte aber trotzdem sehr viel.

›Die wenigen Stunden, die ich schlafe, schlafe ich nur, um zu träumen‹, sagte sie am letzten Sonntag, während sie Photographien und Briefe ordnete und unablässig in muffig riechenden Dingen in einer Truhe wühlte. In diesen letzten Tagen saßen wir manchmal im Patio und unterhielten uns, und sie nannte den Namen einer Pflanze und fügte hinzu: ›Die hat Anastácia gepflanzt, und die Kletterpflanze dort hat mir ein Hausmädchen geschenkt, das aus Angst vor meinen Jungen weggelaufen ist.‹ Dann sprach sie von deinem Onkel Hakim, der zum Mann gereift war, ohne daß sie wußte, wie er nun aussah, denn er war, kaum älter als zwanzig, aus Manaus weggegangen und hatte ihr seitdem zwar Photos und Briefe geschickt, aber das alles kann nicht einen kurzen Blickwechsel aufwiegen. Sie zeigte mir ein Photo von Hakim und fragte: ›Ist er nicht meinem Emir wie aus dem Gesicht geschnitten?‹ Und teils atemlos, teils beklommen antwortete sie selbst: ›Sie sehen sich so ähnlich wie zwei Perlen einer Kette.‹ Sie klagte nicht über Müdigkeit, aber ich merkte, daß sie tiefe Schatten unter den Augen hatte und daß ihre feinen Gesichtszüge verfielen. Sie schien mehr denn je zu arbeiten, und es gab nur wenige Glockenschläge während der Nacht, die sie nicht hörte. Ich kann mir vorstellen, daß die schlaflosen Nächte sie zermürbt haben.

In den letzten drei Tagen, von Dienstag bis Donnerstag, hat sie mir unzählige Träume erzählt, in denen immer Emir und Hakim vorkamen; dann bat sie mich, ihr die Briefe ihres fernen Sohnes vorzulesen, während sie die Photos der beiden im Album betrachtete, das auf ihrem Schoß lag. Ihr Bruder, der schon als junger Mann gestorben war, hatte große Ähnlichkeit mit dem Sohn, der in den Süden gezogen war; und wenn man die beiden Photos nebeneinander betrachtete, wurde die Ähnlichkeit geradezu beunruhigend, sie schienen genau gleich zu lächeln. Wenn sie über ihre Träume sprach, sagte sie immer wieder andächtig: ›Wie oft sind wir uns begegnet, alle drei auf einem Schiff, das flußabwärts zum Meer fuhr.‹ Und fast alle Träume waren die Wiederholung eines einzigen Traumes, den sie immer wieder erzählte, und immer betrachtete sie dabei die Photos und forderte mich auf: ›Lies, Hindié, lies Hakims Briefe.‹ Am Donnerstag war sie guter Stimmung, lief hin und her, um den Brunnen herum, blieb bei den Fischen stehen und beobachtete sie friedlich, still, versöhnt damit, daß etwas zu Ende ging. Das Klirren der vier Goldreife an ihrem linken Unterarm war das einzige Geräusch, das man von ihr hörte. Das ganze Haus war in tadellosem Zustand und alles, jeder kleinste Gegenstand an seinem Platz.«

8

Hindiés Stimme verstummt plötzlich, und eine ganze Weile schimmert Traurigkeit in ihrem Blick. Von der Veranda ihres Hauses aus schaut sie auf die Krone des Kirschmyrtenbaums und die nun für immer geschlossenen großen Fenster des Stadthauses. Ihr Blick läßt die Entfernung zwischen den beiden Häusern zusammenschrumpfen, und hinter dem schweigenden Blick arbeitet die Erinnerung. Hindié gestikuliert nicht mehr, sie steht nicht mehr auf, um mich zu umarmen oder zu küssen, sie gibt sich einfach dem fast tonlosen Weinen hin, das genauso zu dem Ausschnitt des sonnenbeschienenen Grundstücks spricht, in dem gleichfalls alles schweigt, aber ohne Blick und ohne Erinnerung. Das Haus ist verlassen und verschlossen, bald wird sich Moos auf den Steinplatten im Patio ansetzen, irgendwann werden die Kletterpflanzen die Fensterläden, die Gitter, die Sprossen an Türen und Fenstern und sämtliche Spalte zudecken, durch die der Blick den Lauf der Sonne beobachtet und den plötzlichen Einbruch der dunklen Nacht wahrgenommen hat. Ihr Blick scheint zu etwas Ähnlichem wie der Nacht zu sprechen, zu den in der Dunkelheit zurückgebliebenen Gegenständen, zu den langsamen Schritten, die ein Haus, eine Welt beleben: die Patios, der Brunnen und seine Umgebung, die Pflanzenwelt, die den Himmel mit der Erde verbindet, die Tiere, die keinen Käfig kennen und sich freuen, wenn sie Emilies Stimme hören.

Gegen Ende des Sonntagvormittags geschieht nichts mehr, Hindiés Gesicht bleibt stumm, das Chaos ihres Körpers und ihrer Sprache scheint dem Ende nahe, vielleicht denkt sie noch an diesen Verlust; in der Einsamkeit des Alters lebt man von Vergangenem, es gibt so viele Wahrheiten zu vergessen und einen Brunnen voller Fabeln, die zu

Wahrheiten werden können. Manchmal sehe ich in Gedanken, wie Hindié einsam an der schmalen, fast verlöschten Grenze umherirrt, die den Tod von der Nacht trennt und die Erinnerung vom Tod. Ich sehe sie auch im Schweigen jenes Sonntags vor mir, den Blick fest auf den umrahmten Ausblick geheftet: den halben Baum und einen Teil des Hauses, die verschlossene Fläche der schattenlosen Fassade unter der Sonne, die den Tag halbiert.

Am Freitag nachmittag rief Yasmine mich an, um mir zu sagen, daß die Verwandten und Freunde im Haus zusammensäßen; Onkel Hakim würde jeden Augenblick ankommen, und Onkel Emílio hätte mit Hilfe der Nachbarn alles für die Beerdigung seiner Schwester vorbereitet. Diese Mitteilungen klangen wie eine Aufforderung: ich solle zum Abschied von Emilie kommen, später würde nach der vom Erzbischof von Manaus am Sarg gelesenen Totenmesse Kaffee gereicht. Ich zog es vor, erst ganz zum Schluß hinzugehen, nach dem leidigen Abschiednehmen, konnte aber noch die Trauergemeinde vor dem Haus sehen. Die Söhne gingen an der Spitze des Zuges, und Emilies drei Freundinnen hatten Autos gemietet, um ein paar Leute mitzunehmen, die häufig ins Haus kamen, einfache Menschen, denen sie geholfen hatte, so gut sie konnte, indem sie ihnen die Reste der Mahlzeiten gab, alte Kleider schenkte oder eine kleine Arbeit bei diesem oder jenem versprach. Oder ganz einfach jene zu einem Imbiß einlud, die sich nicht mehr erinnern konnten, wann sie zum letzten Mal etwas Essen zu sich genommen hatten. Die kleinen Diebe und Arbeitslosen, die in der Nachbarschaft unbewohnte Häuser auskundschafteten, schickten ihr, wenn sie von Soldaten oder Bewohnern der umliegenden Häuser aufgegriffen wurden, ein paar Zeilen mit flehentlichen und reuigen Worten, die ihr so nahegingen, daß sie sich persönlich zur Kaserne begab, um den diensthabenden Offizier zu überreden, die Eingesperrten auf freien Fuß zu setzen, denn sie seien schließlich auch Kinder Gottes und keine tollwütigen Hunde. Mit einem unverständlichen, aber dennoch bewegenden Wortschwall gelang es ihr, sie aus dem Kerker zu befreien, und dann schimpfte sie mit ihnen und hielt ihnen eine Predigt wie eine liebevolle Mutter ihren ungehorsamen Kindern, wenn sie der Zorn packt.

Die übrigen Trauergäste waren Verwandte vom Kommendatore und von Esmeralda, die nach dem Tod ihres Mannes aus Manaus weggegangen war. Die Frauen der beiden Familien trugen noch Trauer, und der schwarze Tüllschleier über ihrem Gesicht schien sowohl Emilies Tod wie auch vielen anderen Todesfällen zu gelten, die sich hier oder jenseits des Meeres ereignet hatten, als weckte der Tod eines Freundes eine endlose Kette von Erinnerungen an Menschen, die einmal unser Leben geteilt haben. Vielleicht ist dies der Grund, warum wir nicht unterscheiden können, ob unser Schmerz und Kummer von dem erst gestern oder dem schon vor langer Zeit erlittenen Verlust eines Menschen herrührt, und deshalb tauchen andere nicht mehr Lebende wieder so lebendig in unserer Erinnerung auf und erweitern ihren Wehmutshorizont.

Auf dem Weg vom Platz zum Friedhof versuchte ich, die Gesichter der Menschen zu beobachten. Es waren Gesichter aller Altersstufen, und manche, die mehr durchgemacht hatten, ähnelten sich in ihren Zügen und ihrem Ausdruck, als hätte die Zeit sie einander angeglichen. Ich blieb im Auto, um mich während der Trauerfeier abseits halten zu können. Dieser zermürbende Nachmittag endete in Emilies Haus, wo wir Onkel Hakim allein und reglos wie eine Statue neben dem dunkelbelaubten Kirschmyrtenbaum vorfanden.

Erst am nächsten Tag ging ich noch einmal zum Grab. Ich traf Adamor Piedade, still wie immer, so wie ein Schweigen, das durch einen friedlichen Samstagmorgen geht, ohne

Regen und Hitze, ohne Lachen und Klagen. Er erkannte mich sofort, denn am Tag zuvor hatte er mir von weitem zugewinkt; irgend jemand hatte ihm gesagt, daß ich die Kusine von Soraya Ângela war, das Kind, das den Tod eines anderen Kindes beweint hatte. Wir unterhielten uns etwas im kühlen Schatten der Mangobäume, unter denen du immer kleine Mangos aufgesammelt und dich damit vergnügt hast, auf die weißen Blöcke zu klettern, die verewigen wollen, was doch schon Staub ist. Adamor erzählte ein wenig von seinem ganz der Aufgabe gewidmeten Leben, die Erde aufzugraben, damit sie die Toten aufnimmt; er sprach von den bekannten Toten der Stadt und von den Habenichtsen, die irgendwo bestattet wurden, ohne Cherubinen oder himmlische Gesänge, ohne jede Illusion künftigen Lebens. Er klagte über ständige Migräne, Schmerzen im Rücken, über Müdigkeit, die jetzt immer im Galopp käme, über den mühseligen, zermürbenden, farblosen, monotonen Alltag. Wie mochte er über den Tod denken, dieser Mann, der schon Tausende von Toten beerdigt hatte? Er sagte, die Stadt sei in den letzten Jahren sehr gewachsen, denn er arbeite wie ein Hund.

»Früher«, erinnerte er sich, »war der Tod nicht so gewöhnlich, so belanglos: Eine Beerdigung war ein besonderes Ereignis. Man wurde geboren, und es gab ein Fest, man schloß die Augen, und alles wurde feierlich und festlich begangen. Ich habe all diesen Marmor und Stein unter den Bäumen zur Gesellschaft; und die Lebenden, die herkommen, reden nicht, die weinen. Ich habe mich an dieses Leben unter stummen Nachbarn gewöhnt ...«

Aber frühmorgens am Samstag, noch vor Tagesanbruch, hatte er plötzlich eine tiefe Stimme gehört, die weder leise noch laut klang, abwechselnd melodisch und klagend, hin und wieder abrupt verstummte und einer kurzen Stille, einem Hauch Schweigen wich. »Ich bin ja gewohnt, jede Art von Litanei zu hören«, sagte er, »aber das war etwas ganz anderes.« Er war der Stimme nachgegangen, bis er eine Gestalt neben Emilies Grab erblickte. Nicht nur der ungewöhnliche Gesang verwunderte ihn, sondern auch die Stellung des Körpers: Er kniete nicht und lag nicht, er kauerte fast und streckte beide Arme dorthin, wo die Sonne aufgeht.

»Ich blieb auf der Lauer«, erzählte Adamor weiter, »und wartete auf das erste bißchen Tageslicht. Da erkannte ich ein Gesicht, verlor es aber gleich wieder aus dem Blick, denn der Kopf duckte sich, als wollte er in die Erde, in der letzten Dunkelheit untertauchen, verschwinden. Dann wurde mir klar: Die tiefe Stimme kam nicht aus dem Mund deines Onkel Hakim; es war ein dunkler Gegenstand, der da betete, ein schwarzer Kasten auf dem Grab deiner Großmutter. Ich bekreuzigte mich, wie viele Leute, die hier am Grab vorbeigehen und ganz erschrocken sind, weil da kein Kreuz und kein Blumenkranz und kein Heiligenbild ist, überhaupt kein Hinweis auf einen toten Christenmenschen. Und dann noch der Anblick dieser Gestalt, die stumm redete, mit dem Rücken zu den Verstorbenen ...«

Adamor wollte wissen, was es damit auf sich hatte, mit all dem: dem Zeitpunkt für das Gebet, dem kauernden, sich an den Erdboden drückenden Körper und der blechernen, gutturalen Stimme, die so klang, als singe und spreche und bete sie, alles auf einmal.

Ich selbst wollte kaum glauben, daß sich in Manaus ein Körper gen Mekka neigte, als reichte der Glaube genauso weit wie das Universum – ein Körper verneigt sich vor einem Tempel, einem Orakel, einer Statue oder einer Figur, und alle geographischen Orte verschwinden oder münden zusammen in den schwarzen Stein, der im Innern eines jeden Menschen ruht.

Mir fällt ein, daß du im vorletzten Brief wissen wolltest, wann ich aus der Klinik kommen würde, und »ohne indiskret sein zu wollen« mir verschiedene Fragen gestellt hast und noch zum Scherz geschrieben: »Dies ist kein briefliches Verhör.« Ich weiß, daß es kein inquisitorischer Brief war, aber deine uferlose Neugier erschreckt mich manchmal so, daß ich ganz sprachlos und entwaffnet bin. Was sich abgespielt hat, seit ich in der Klinik bin? Die ersten Wochen habe ich in der friedlichen Dunkelheit eines permanenten, traumlosen Schlafs erlebt. Es war, als hätte ich verbundene Augen, oder wie ein plötzliches Erblinden als Schutz gegen den Besuch unserer Mutter, die sofort kam, nachdem man sie informiert hatte, daß ich eingeliefert worden war. Ich glaube, ich habe sie gar nicht gesehen, auch nicht von weitem. Aber als ich eines Nachts zu der offenen Zimmertür blickte, sah ich einen verschwommenen Umriß, eine umschattete Gestalt, wie ein Körper, der sich aus der Helligkeit des Lichts in eine dunkle Region zwischen der Türschwelle und dem Ende der Welt geflüchtet hat. Vielleicht war sie es, denn ich hörte dieselbe Stimme, die uns vor so langer Zeit verlassen hat: eine an Emilie gewandte Stimme, die sich von einem fernen Ort nach Neuem in unserem Leben erkundigte. Der Körper und die Stimme waren, obwohl so dicht in meiner Nähe, nur noch eine blasse Erinnerung an eine gespenstische Begegnung und verflüchtigten sich vollkommen, als ich aus dem Dämmerzustand aufwachte und in die ordentliche, aseptische und nüchterne Atmosphäre eintrat, durch die pausenlos der Wahnsinnslärm von Menschen gellte, die in den lethargischen Schlaf der frisch Eingelieferten versetzt wurden und endlose Tage ohne jede Fähigkeit zu einer geistesklaren oder kreativen Tat verbringen sollten, wie jemand, der auf dem Meeresgrund schläft und neben Seeungeheuern und giftigen Algen, die zwischen einem schlammigen Lager und einer unendlich fernen Oberfläche schweben, nur noch atmen kann. Ein paar Tage war ich dort, dachte darüber nach, wie ich an diesen Ort gelangt war, und hoffte, meine Freundin würde mir offenbaren, wovor ich mich am meisten fürchtete, obwohl es für mich schon feststand, denn innerlich war ich überzeugt, daß ich auf Veranlassung unserer Mutter eingeliefert worden war, nach meinem letzten Tobsuchtsanfall, als dort, wo ich wohnte, nichts heil und unversehrt geblieben war. Ich bin ohne großen Widerstand hierhergekommen, wie ein Blinder oder ein verirrtes Kind, das jemand an einen vertrauten Ort bringt. Und hier, ein paar Kilometer vom Stadtzentrum entfernt, waren mir der Wahnsinn und die Einsamkeit vertraut. Vom Fenster des Zimmers sah ich auf das Dickicht der grauen Türme, die verschwanden und wieder zum Vorschein kamen, und dachte, auch dort (wo sich die Menschenmassen in Wohnblocks drängen oder in notdürftig aus Brettern und Pappstücken gezimmerten Behausungen) ist ein Ort der Einsamkeit und des Wahnsinns. Eine ganze Weile schaute ich auf das Panorama der Metropole und den Patio des in eine »Erholungsklinik« umgewandelten Hauses, in dem es Zementbänke, grasbewachsene Spazierwege und Bäume gab. Bevor es dunkel wurde, ging ich aus dem Zimmer, um mir die Frauen anzusehen, die der Abenddämmerung ihren Gruß entrichten kamen oder auf eine kurze Unterbrechung ihrer Verlassenheit und Einsamkeit hofften. Manche erzählten immer dieselben Geschichten, riefen sich laut Erinnerungen ins Gedächtnis, um die Vergangenheit nicht sterben zu lassen und das, worin alles (ein Leben, ein Ort, eine Zeit) seinen Ursprung genommen hatte, hinüberzuretten. Mir fiel die Frau in Schwarz auf, die sich auszog, in ihr Zimmer zurücklief, schwarz gekleidet zurückkam, sich unter einem Baum ausstreckte und dort an den Stamm gelehnt lag, bis sie in der Dunkelheit unterging. Es waren Frauen da, die zu den Klängen eines imaginären Liedes tanzten, und auch eine grünäugige Frau, die sie Maria Ares, die Schöne, nannten, sie ging langsam auf alle zu, die sie nicht wegjagten, zog von irgendwo an ihrem Körper das Bild eines Mannes hervor und zeigte es so inbrünstig, als sei es ein Bild eines Heiligen oder Märtyrers. Hin und wieder hörte ich Schreie von der anderen Seite der Mauer, und erst da erfuhr ich, daß sich das Haus jenseits dieses Gemäuers fortsetzte – denn weder die Zeit noch der Raum noch die Nacht trennten den Frauenflügel von dem der Männer, nur eine dicke, feste, unüberwindbare Mauer. Maria Ares, die Schöne, zeigte, nachdem sie das Bild betrachtet hatte, auf die Mauer; sie hatte die Fingerkuppen in die Steinvorsprünge gegraben und versucht, über die Mauer zu klettern, und war dafür zur Strafe eine Zeitlang von den anderen isoliert worden. Der andere Flügel auf der anderen Seite des Gebäudes war für uns unerreichbarer und ferner als die Stadt. Es war ein Gebäude, dessen Grundriß an einen Schmetterling erinnerte: Der Leib war der Block, in dem die Zimmer untergebracht waren, der Kopf die Verwaltung, und in den beiden symmetrischen Flügeln befanden sich die Patios, die Speisesäle und die Gärten mit ihren Spazierwegen aus Gras und Stein, die um die Bäume herumführten und an den Eisentoren endeten. Manchmal bekam ich Besuch von meiner Freundin und erzählte ihr von meinem Alltag, den Gesprächen mit den Ärzten und den Berichten, die sie schrieben, nachdem sie meine Gestik, meinen Blick beobachtet hatten und die Menschen, auf die ich zuging. Der Ablauf meines Tages wurde streng in allen Einzelheiten registriert. Um mir einen Spaß zu erlauben, um die Wahrheit etwas zu verdrehen, um meinen Auftritt etwas spannender zu gestalten, erzählte ich Träume, die ich nicht geträumt hatte, und fiktive Episoden aus meinem Leben. Nur in bezug auf die Eltern habe ich nichts erfunden, aber darüber habe ich sehr wenig gesprochen. Sie hörten mir geduldig zu, mit einer eisigen Geduld, die ihre Emotionslosigkeit noch verstärkte. Die Gespräche fanden am Kopfende des Schmetterlings statt, in einem Raum mit weißen Wänden, in dem weißgekleidete Leute saßen, wie ein Aquarium mit toten Fischen, so groß war der Kontrast zu dem Lärm im Patio, dem Reich der Emotionen, der ungezügelten Begierde. Miriam brachte mir Bücher, Briefe, Nadeln, Garn und Nachrichten. Sie hatte erfahren, daß meine Mutter eine Europareise machen und über Barcelona fahren wollte, um dich zu besuchen. Meine Geschichte mit ihr ist die Geschichte einer verpaßten Begegnung. Ich weiß, daß dich dieses heikle Thema nicht sehr reizt, »das ist eine brenzlige Sache«, hast du immer gesagt, wenn ich darauf zu sprechen kam. Ein Thema, an dem man sich verbrennen kann, Worte wie Feuer, Teufelsgeschwätz, ja? Ich weiß auch, daß du eine gewisse Zeit mit ihr zusammengelebt hast, aber ich habe sie, da ich früher aus Manaus weggegangen bin, nur ein einziges Mal in meiner Kindheit gesehen. Emilie hat nie etwas vor mir geheimgehalten, als wollte sie damit sagen: Deine Mutter kann sich nicht zeigen, sie ist das Unbekannte auf der Rückseite des Spiegels. Miriam wunderte sich, daß ich nicht so schnell wie möglich von hier weg wollte; es war ihr unangenehm, wenn ich sie aufforderte, sich mit in den Patio zu setzen, und sie zuckte beim Anblick der beiden Betschwestern zusammen, die mit weit aufgerissenen Augen näher kamen und sich mit einem Rosenkranz aus durchsichtigen Perlen in der Hand vor uns hinknieten. »Was reizt dich daran, hier zu bleiben?« fragte sie. Ich wollte eigentlich zurückfragen, was mich da draußen reizen könnte, aber statt dessen sagte ich, daß ich daran dächte, eine Reise zu machen.

Solange ich in der Klinik war, ging ich manchmal in den Patio, um mit den anderen Frauen zusammenzusein, manchmal zog ich mich in mein Zimmer zurück, dessen Fenster mir den Ausblick in zwei Welten bot. Von der ungeordneten Welt, über der ein Schleier der verschmutzten Luft der hektisch betriebsamen, sich mit jeder Minute weiter ausdehnenden Stadt hing, trug ich noch die Narben der verzweifelten Rastlosigkeit im Kampf ums Überleben, erschöpft von der mühseligen Eroberung kurzlebiger Freuden wie die feine, alsbald vom Meerwasser fortgespülte Spur einer Schnecke auf dem Sandstrand. Die andere, überdeutlich sichtbare Welt pulsierte wenige Schritte vor meinem Fenster. Nach ein paar Wochen konnte ich bereits mit geschlossenen Augen die Stimmen der einzelnen Frauen erkennen, mir die Bewegungen derer vorstellen, die nie sprachen, und die Gebete derjenigen aufsagen, die ständig beteten. Das Zimmer war der einzige Ort, wo ich allein sein konnte. Dort habe ich sticken gelernt. Ich zerschnitt ein zerrissenes Laken, um daraus Taschentücher zu machen, stickte die Initialen der Vor- und Familiennamen darauf und dachte mir abstrakte Formen für die Stoffstücke aus, die ich den Frauen schenken wollte, die keinen Namen hatten oder nicht unter einem Namen bekannt waren – Menschen, die mich nie ansahen, sich nie ansahen, sprachlose, vom Dialog ausgeschlossene Körper, die sich scheinbar durch eine Wüste bewegten, in der es keinen Gott und keine Oase gibt, und Fährten hinterließen, die vom Wind, vom Atem des Todes ausgelöscht wurden. In mancher nächtlichen Stunde, vor allem, wenn ich nicht schlafen konnte, habe ich mich auf Reisen gewagt, lauter imaginäre: Reisen in die Erinnerung. Hin und wieder las ich zum wiederholten Mal begierig deine Briefe, manche waren schon alt, noch aus Madrid datiert, und vielfach beschwertest du dich über mein Schweigen oder daß es so lange dauerte, bis ich dir schriebe. In dieser Zeit, vielleicht war es die letzte Woche, die ich dort verbrachte, habe ich einen Bericht geschrieben; ob Erzählung, Novelle oder Fabel, wüßte ich nicht zu sagen, nur Worte und Sätze, die sich nicht um eine literarische Gattung oder Form bemühten. Ich hatte mir selbst ein Thema gestellt, das als Erzählfaden dienen sollte, aber jeder Satz sprach von etwas anderem, ließ ein neues Bild erstehen, und auf einer einzigen Seite kam alles zusammen: Fragmente aus deinen Briefen und meinem Tagebuch, die Beschreibung meiner Ankunft in São Paulo, ein alter, in Erinnerung behaltener Traum, der Mord an einer Nonne, das Gewimmel im

Stadtzentrum, ein Hagelsturm, eine von Kinderhand zerdrückte Blume und die Stimme einer Frau, die nie meinen Namen ausgesprochen hat. Ich wollte dir eine Kopie schikken, aber aus irgendeinem Grund habe ich das Original zerrissen und aus den Schnipseln eine Collage gemacht; zwischen das Gebilde aus Briefen und Worten habe ich die Tücher mit den abstrakten Stickereien geklebt – die Komposition aus Papier und Stoff, aus den Farben, dem Schwarz der Tinte und dem Weiß des Papiers hat mir richtig gut gefallen. Das fertige Werk stellte nichts dar, aber wer es aufmerksam betrachtet, kann es vage mit einem unförmigen Gesicht assoziieren. Ja, mit einem unförmigen oder zersplitterten Gesicht, vielleicht mit einem vergeblichen Bestreben in diesem plötzlichen Wunsch, nach langer Abwesenheit nach Manaus zu fahren. Ich wünschte mir, nicht bei Tageslicht hier anzukommen, um die Überraschungen zu vermeiden, die uns die Helligkeit beschert, ich wollte in der Dunkelheit zurückkehren, wie manche Vögel, die sich in die düstere Krone eines einsamen Baumes flüchten, oder wie ein Körper, der vor einer Feuerkugel flieht, und mich so in die stürmische See der Erinnerung begeben. Von oben hat der nachts Reisende den Eindruck, daß ein ganzer Strom von Geschichten in der unsichtbaren Stadt fließt. Du fliegst stundenlang über den dunklen Urwald, und kein Lichtfünkchen blinkt, wenn dein Blick unten nach einem Lebenszeichen sucht. Nichts kündigt das Ende der langen Luftreise an – aber auf einmal, ähnlich den Lichtern eines riesigen Überseedampfers, der auf einem Ozean zwischen zwei Kontinenten schwimmt, sagt dir ein Gebilde aus Land und Wasser, daß der Wald jetzt anders heißt, daß der vorher unsichtbare Fluß nun zu einem beleuchteten Weg wird, und auch seine Ufer, seine Nebenflüsse, die Nebenarme seiner Nebenflüsse – und an vereinzelten Stellen selbst der Wald – sind mit Lichtpunkten gesprenkelt. Dieses überall verstreute Licht weckt in dir den Eindruck, daß die Stadt, der Fluß und der Urwald gleichzeitig aufflammen und untrennbar miteinander verbunden sind; daß dein Flugzeug auf seiner Reise durch den Raum, der sich über der Äquatorlinie dehnt, zwei glühende Gewölbe durchschneidet. Selbst im Sinkflug, bei verändertem Blickwinkel und in dem Bewußtsein, daß dich jetzt keine zehn oder acht Kilometer mehr vom Boden trennen, läßt dich nichts die Asphaltfahrbahnen von den Wasserwegen und dem dichten Wald unterscheiden – eine gewundene Lichtbahn kann das Licht der Scheinwerfer von Schiffen oder von Autos sein, und die feststehenden, flimmernden, auf derselben Stelle konzentrierten Lichtpunkte können eine Straße, ein Hafen, ein Platz oder ein ganzer Stadtteil sein, der sich aus dem Wasser erhebt.

Es war schon nach elf, als ich zu dem Haus kam, das ich nicht kannte. Niemand war benachrichtigt worden, daß ich an diesem Abend ankommen würde, aber ich wußte, wenn Mutter nicht da war, würde das Hausmädchen allein in dem Haus sein, das in der Nähe von dem Stadthaus stand, in dem Emilie wohnte. Ich ging in den Hintergarten, nachdem ich eine Art Laube – ein Durchgang zwischen einem großen Garten und dem rückwärtigen Teil des Hauses – durchquert hatte. Dort, wo sich die Gesindekammern befanden, war alles dunkel. Eine einzige Kugellampe beleuchtete den Garten. Ich wollte das Hausmädchen nicht wecken und statt dessen die Nacht im Freien verbringen, mich auf den Rasen legen oder auf die Stühle setzen, die vereinzelt unter Kirschmyrtenbäumen und über das Haus hinausragenden Palmen standen. Ich hatte nur einen Rucksack bei mir mit etwas Wäsche und einem kleinen Album mit Photos, alle bei Emilie im Haus aufgenommen, der Welt unserer Kindheit. Mein Tagebuch hatte ich auch bei mir, und im letzten Moment hatte ich beschlossen, den Recorder, die Bänder und alle deine Briefe einzupacken. Als du hörtest, daß ich nach Manaus fahre, hast du mich im letzten Brief gebeten, soviel wie möglich aufzuschreiben: »Falls sich dort etwas Ungewöhnliches ereignet, nimm alle Daten fein säuberlich auf, wie ein guter Reporter, ein Anatomiestudent oder wie Stubb, der die Wale studiert hat.«

Deine Vorahnung hat mir viel Mühe gemacht. Ich habe mehrere Bänder aufgenommen, ein Dutzend Hefte mit Notizen vollgeschrieben, aber das alles zu ordnen, dazu bin ich nicht in der Lage gewesen. Ich gestehe dir, daß ich unzählige Versuche unternommen habe, und jeder einzelne war aufreibend, doch am Ende eines jeden Absatzes, einer jeden Aussage verhedderte sich alles zu einer Reihe zusammenhangloser Einzelepisoden, Gerüchten von allen Seiten, unbedeutenden Fakten, einer Unmenge von Daten. Wenn es mir gelang, die ungeordneten Episoden zu ordnen oder Stimmen miteinander zu verknüpfen, ergab sich eine Lücke, die von Vergessen oder Zaudern ausgefüllt war, ein freies Feld, das die Gedankenfolge sprengte. Und das enthob mich der notwendigen und vielleicht zwingenden Pflicht, den Bericht zu ordnen, um ihn nicht unvollendet, planlos, vom Zufall geformt liegenzulassen. Ich dachte (während ich auf die unendliche Weite des Stroms blickte, der den Urwald verschlingt) an einen in seinen Mäandern verirrten Ruderer auf der Suche nach einem Seitenarm, der ihn zu dem breiteren Flußbett oder dem fernen Schimmern eines Hafens führt. Ich fühlte mich wie dieser Ruderer, ständig in Bewegung, aber in der Bewegung verloren, getrieben von dem zähen Willen, mich zu retten – eine Bewegung, die in andere Gewässer führt, die noch verworrener sind und ins Ungewisse fließen.

Wie oft habe ich noch einmal angefangen, die Episoden zu ordnen, und wie oft verblüfft festgestellt, daß ich beim selben Anfang hängenblieb oder bei dem verwirrenden Hin und Her in miteinander verknüpften Kapiteln auf endlos vielen, chaotisch numerierten Blättern. Noch ein anderes Problem stellte sich mir: Wie sollte ich die nuschelnde Sprache der einen oder den Akzent der anderen wiedergeben? So viele persönliche Auskünfte von verschiedenen Menschen in so wenigen Tagen klangen wie ein Choral versprengter Stimmen. Mir blieb also nur, auf meine eigene Stimme zurückzugreifen, sie wie einen riesigen, aber einfühlsamen Vogel über den anderen Stimmen schweben zu lassen. Deshalb gibt jetzt in den aufgenommenen Aussagen, der Beschreibung der Begleitumstände und allem, was das Auge und das Ohr wahrnehmen konnten, eine einzige Stimme den Ton an, die mit Unschlüssigkeit und dem Raunen der Vergangenheit zu kämpfen hatte. Und die Vergangenheit war wie ein unsichtbarer Verfolger, eine durchsichtige Hand, die mir zuwinkte und über Zeiten und Orten schwebte, die meinem kurzen Aufenthalt in der Stadt sehr fern waren. Um dir (in einem Brief, der die gekürzte Zusammenfassung eines ganzen Lebens sein sollte) mitzuteilen, daß Emilie für immer gegangen ist, fing ich an, mir aus der Sicht der Erinnerung die Kindheitserlebnisse vorzustellen, die Kinderlieder, die Geselligkeiten, die Sprechweise der anderen, unser Gekicher, wenn wir die Zwittersprache hörten, die Emilie täglich erfand.

Es war, als versuchte ich, dir die Melodie eines geraubten Liedes ins Ohr zu summen, und nach und nach formten und fügten sich vereinzelte Noten und synkopische Phrasen zu der verlorenen Melodie.